2017

读家记忆
年度优秀作品

教文

曾令琪

ZENG
LINQI

主编

中国出版集团

现代出版社

图书在版编目（CIP）数据

读家记忆2017年度优秀作品·散文/曾令琪主编. --北京：
现代出版社，2018.3

ISBN 978-7-5143-6929-8

Ⅰ. ①读… Ⅱ. ①曾… Ⅲ. ①中国文学－当代文学－
作品综合集②散文集－中国－当代 Ⅳ. ①I217.1

中国版本图书馆CIP数据核字（2018）第040308号

读家记忆2017年度优秀作品·散文

主　　编	曾令琪	
责任编辑	杨学庆	
出版发行	现代出版社	
地　　址	北京市安定门外安华里504号	
邮政编码	100011	
电　　话	010-64267325　010-64245264（兼传真）	
网　　址	www.1980xd.com	
电子邮箱	xiandai@vip.sina.com	
印　　刷	成都市兴雅致印务有限责任公司	
开　　本	710mm×1000mm　1/16	
印　　张	19	
字　　数	278千	
版　　次	2018年3月第1版　2018年3月第1次印刷	
书　　号	ISBN 978-7-5143-6929-8	
定　　价	45.00元	

散文漫谈（代序）

○ 曾令琪

《读家记忆 2017 年度优秀作品·散文》即将付梓了。这本书，共收入 20 余个省市自治区的作者、100 篇各种体式的散文作品，还包括澳大利亚的一个华人作家的来稿，相当于 2017 年的一个全国优秀散文选。此书的出版，是一件大好事。

在各种文学体式中，散文是最通俗易懂、最百花齐放的文体。中国自古以来就有散文的优良传统。千百年来，虽然散文的内容、形式与表现手法到现在仍然处在不断的发展变化之中，但总体来说，散文是一种灵活自由、不受拘束的体裁样式。它可以叙事，也可以抒情。有些散文还可以有一定的实用目的，但又兼具艺术价值。

若从艺术表达角度来看，散文大致可分三类：抒情性散文、叙事性散文和议论性散文。而这三类之中又分别有多种具体样式。本书中，这三类散文，都选了一些，既体现兼容并包之宗旨，也让读者充分感受不同风格、题材的散文的魅力。

在我看来，散文具有五个基本特征：

第一，选材广泛。

散文的选材范围在几种文学体裁中最为自由广泛。天地万物、古往今来、中国外国、东方西方、自然社会，都可以作为散文描写的对象。大到宇宙太空，小到蝼蚁芥子，传说中的传奇英雄，日常里的柴米油盐，都是散文题材的来源。从某种意义上说，散文的选材几乎不受任何时空条件的限制。

第二，内容真实。

散文与其他文学体裁的又一个重要区别是它的内容不能虚构。它所描写的对象应该是真实不虚的。在小说、剧本和一些叙事诗中，作者是可以虚构人物和故事情节的。但散文不能这样做，这似乎是一种约定俗成。我们很难想象散文会像小说戏剧那样出现虚构的人物和事件。散文中涉及的人物形象和事件都是现实中真实存在的，其描写对象不能有凭空想象的成分。

第三，不强调完整的故事情节和人物。

散文不以塑造人物和讲述故事为主要目的，所以，情节和任务仅仅是散文的一个"道具"，是散文的"局部"，但这并不影响我们对散文中心题旨的了解。散文的主要任务是表现作者的生活感受，描写其人生境遇，抒发情感或讲述哲理。作者对自己所见所闻的描写和评价的目的，是为了表现其对于人生和世界的感受和见解。这一目的达到了，散文的任务即告完成。

第四，结构自由，形制短小。

人们常常说散文"形散神不散"，这是说散文结构自由灵活。这也是散文与其他文学体裁在形式上的一个很大的不同。小说、诗歌、戏剧都多多少少地受各自体式的限制，但散文却不存在这方面的限制。散文可以在广阔的题材领域中自由出入，也可以在多种艺术表现手法上灵活取舍，还可以不受时空的束缚而纵横穿插。但散文结构上的"散"也并不是无原则的、毫无目的的，它要受文章中心题旨的驾驭，一篇散文无论多"散"都要围绕着其主题展开，既要放得开，又要收得拢，这才是成功的散文。散文形式上的另一特点是短小精悍。散文因为受其结构松散的限制，在篇幅上不可能作太大展开，否则会因其结构松散而导致枝蔓和无序。当然，我们不排除散文中也可以有一些鸿篇巨制，像史铁生的《我与地坛》1万多字，余秋雨的许多散文作品也动辄上1万字，宁肯等人的新散文流派的作品动辄数万字，等等。但篇幅长的散文毕竟只是少数，大多数散文作品还是短篇。所以，本书所选的散文，大都是 2000 字左右的精短散文，以照顾当今网络"快时代"读者阅读的"碎片化"习惯。

第五，语言优美简洁。

散文篇制短小，这就要求散文在语言上提高艺术表现力。一篇散文，无论说理、抒情，还是状物、叙事，要在较小的篇幅内表达一个完整的思想，阐述一个明晰的事理，如果语言上缺乏表现力，平板、枯燥、单调，是根本不会吸引读者的。因此，散文语言上的经营尤为重要。成功的散文语言有摇曳生姿之致，有曲径通幽之美，它会让一篇短文具有画面感、纵深感、立体感。又由于散文内容多贴近生活，所以语言上应该简洁明了，不要啰里啰唆。《论语·卫灵公》道："子曰：'辞达而已矣。'"说的就是这个道理。

为了方便读者阅读、揣摩，《读家记忆 2017 年度优秀作品·散文》这本书大致依照题材、内容和风格，分为六辑：第一辑《乐山乐水——等你在茶山》，第二辑《故乡炊烟——草垛·摇篮》，第三辑《读家记忆——云间的栖居》，第四辑《亲情友情——母亲的舞台》，第五辑《走过四季——花开少年路》，第六辑《性灵断章——生命的邂逅》。唐代大诗人白居易曾经强调："感人心者，莫先乎情。"（《与元九书》）阅读书中的这些散文，大家就可以感受到一种山水之乐、亲情之念、友情之思、人生之态；丰富多彩的生活情趣，洋溢在一篇篇散文之中，给我们以美的享受。

当然，本书中的一些散文，或许还有这样、那样的一些问题。但不要紧，这些都是发展中的问题，是很容易克服的。党的十九大的胜利召开，为新时代的文艺创作指明了前进的方向，也给了作家、作者前进的动力。"文运同国运相牵，文脉同国脉相连"。中华民族的伟大复兴即将到来，作为文艺工作者，我们理应有更好的作品，讴歌我们的时代；我们理应用最好的作品，描画新时代最灿烂的春天。

2017 年 12 月 19 日，星期二，于西都览星楼

目录
CONTENTS

第一辑　乐山乐水
——等你在茶山

第二辑　故乡炊烟
——草垛·摇篮

第三辑　读家记忆
——云间的栖居

第四辑　亲情友情
——母亲的舞台

第五辑　走过四季
——花开少年路

第六辑　性灵断章
——生命的邂逅

第一辑 乐山乐水

——等你在茶山

马踏匈奴

○ 张向前（河南郑州）

　　绕墓一周，但见墓体高筑，有石人石兽布列四周，墓上林木通山。墓前立有石碑，上书"汉骠骑将军、大司马、冠军侯霍公去病墓"。怅然间，那个英雄少年从历史的深处扑面而来。

　　十七岁那年，霍去病以票姚校尉的军职随大将军卫青的六路大军出征。票姚校尉是一个仅次于将军的中级军官职位，却有自己统领的军队——卫青挑选了800名骁勇矫捷的骑兵归他指挥。如果换成其他的人，这个词也许就湮没在浩瀚的历史烟尘中了，可这个名称给了霍去病就不一样了。票姚成为霍去病一个特殊的代称，一直被后来人特别是诗人们反复使用的一个长久而相对固定的称呼。"汉家战士三十万，将军兼领霍票姚""借问大将谁，恐是霍骠姚""玉靶角弓珠勒马，汉家将赐霍票姚"，李杜及王维的诗，无疑是对霍去病的赞许褒奖。

　　年轻英勇的霍去病，率领他的800骁骑一往无前地向北奔去。莽莽草原，人迹全无。他们不知不觉地走了好几百里，将近黄昏，忽然发现前方远处有一片黑点。霍去病判断应是匈奴的营帐，当即命部下衔枚而行，以迅雷不及掩耳之势杀了过去。匈奴兵根本没想到汉军会这么远地杀来，顿时一片混乱。霍去病身先士卒，率先闯入匈奴营帐，800 骁骑个个勇猛无比，把匈奴兵杀得四散逃窜。最后霍军以 800 骁骑斩杀匈奴兵 2028 人，并杀死匈奴单于的祖父藉若侯产及相国、当户等将官多人，生擒单于的叔父罗姑比。

霍去病英名真正崛起是在祁连山之战，即河西之战。祁连山因位于河西走廊南侧张掖市境内，又名张掖南山。据说张掖之名是取"断匈奴之臂，张中国之掖（腋）"之意。霍去病就是在这里的山岭和谷地纵横驰骋，"断了匈奴之臂"。公元前 121 年，霍去病以骠骑将军身份，独自率领一万骑兵出征河西。他率军从陇西郡出发后，越乌戾山，渡黄河，六天转战千余里，踏破匈奴五王国，摧枯拉朽般将河西诸小王纷纷击溃。霍去病在穿插分割并包围这些部落后，就很轻易地迫降了他们。六日破五国，胡尘千里惊。接着，霍去病继续纵横河西，往北再回头向南，纵横两千里，于焉支山南北杀了一整个来回，在皋兰山与集结起来的匈奴部队短兵相接，大胜。匈奴的全部精锐被灭，汉军损失微乎其微。稍事休整到夏天，汉军发动第二次河西之战。没有等到计划前来会合的公孙敖军，霍去病独自率领所部骑兵继续依原定作战计划，急速前进。采用大纵深外线迂回作战，先由今宁夏灵武渡过黄河，向北越过贺兰山，涉过浩瀚的腾格里沙漠和巴丹吉林沙漠，绕道居延海，转而由北向南，沿弱水而进，经小月氏再由西北转向东南，深入匈奴境内 2000 余里，在祁连山与合黎山之间的弱水上游地区，从浑邪王、休屠王军侧背发起猛攻。仓促应战的匈奴军被歼 3 万余人，浑邪王、休屠王率残军逃走。汉军以伤亡 3000 余人的代价，取得了决定性的胜利。两战河西，成功受降，霍去病短短一年内歼灭、受降匈奴人累计八万多。匈奴人为此悲歌："失我祁连山，使我六畜不蕃息；失我焉支山，使我妇女无颜色。"勇武、机智、果敢的霍去病，让匈奴人闻风丧胆，成为悬在匈奴王国头上的达摩克利斯之剑。

为了奖励霍去病的卓越战功，汉武帝除了对霍去病大加赏赐外，还特意命人在长安为他建造了一座豪华住宅，叫他去看看是否满意。霍去病谢绝了汉武帝的好意，气概万分地说："匈奴不灭，无以为家也！"这比后来三国时期赵子龙的那句"大丈夫只患事业不立，何患无妻"更为豪气。

看来，祁连山不仅是一座自然的山系，也是霍去病征战的演武场，更是霍去病攀登功名的天梯。

后来的漠北之战，封狼居胥，霍去病因功加封食邑5800户，与大将军卫青一起被拜为大司马，拥有管理和提调军队的巨大权力。到了这个时候，年纪轻轻的霍去病功业如日中天。十七岁封侯，十九岁领骠骑将军，二十三岁官拜大司马，与舅舅卫青一起，成为汉武帝时期打击匈奴的"帝国双璧"。其地位和功勋，成为许多将领一生追求都不可逾越的巅峰。

或许是功名太盛，或许是天妒英才。建功祁连山四年之后，霍去病就因病去世，年仅二十三岁。汉武帝很悲伤，给霍去病修了这座形如祁连山的墓，彰显他力克匈奴的奇功。葬礼那天，边境五郡调遣来的劲军身穿黑甲，夹道而立，从长安一直排到茂陵，为霍去病送别，就像他每次出征时，将士们为他壮行。

硝烟散去，四野空旷。汉武帝陵、李夫人墓、卫青墓、霍光墓、上官桀墓等散落在咸阳原上。西风残照，汉家陵阙。人们都在霍去病墓前瞻仰流连，西侧不远处的汉武大帝茂陵却少有人问津。

一组石头雕塑引起了我的注意。它置放在霍去病墓前。形态轩昂的战马英姿勃发，一只前蹄把一个匈奴士兵踏倒在地。手执弓箭的匈奴士兵仰面朝天，手持弓箭，企图做垂死挣扎。战马彪悍、雄壮、镇定自如，巍然挺立，匈奴士兵蜷缩在马腹之下狼狈不堪。据说，这件石马，就是仿霍去病生前战马雕刻的。雕塑的名字叫"马踏匈奴"。

一座高山，一匹战马，成了霍去病墓最典型的标志，也构建了霍去病一生短暂而辉煌的丰满形象。两个词语不期然地跳进了我的脑海：军功比山，骠骑如马。

问观天下，大美杭州

○ 许庆鹏（山东聊城）

　　初到杭州，便因天坠林川、连峰峭壁、碧波荡漾、游客如织等一系列人文风土景观，深陷在痴狂陶醉之中，令人神往，不能自拔。能够有幸领略江南独树一帜国色天香之景观，还要感谢自己久居江北平原腹地深居简出的心情，总是梦想着来一次说走就走的旅行，行遍大江南北、五湖四海，感悟人生不止眼前的苟且，还有诗和远方。

　　水光潋滟晴方好，山色空蒙雨亦奇！让思绪彻底放荡不羁一次，眼眸漫步西子湖畔，风吹过杨柳俏枝，传承着神话古韵浓郁悠长。几滴来历不明的雨珠，躲过片许流云轻轻地滴落在额头，滋润着皲裂干涩的心田。脚尖儿踏足堤岸，澄清的湖水，摆出歌唱家姿态，一道道波浪似轻吟，抑或是山路十八弯的曲工，响彻出纤夫的号子声，牵引着前行。透过几缕花香，由远及近，一簇簇扑鼻而来，引人入胜，醉意绵绵。不承想，一条幽幽曲径便摆在面前，径直走去，尽头便豁然开朗。小茶馆三两成群，温文尔雅，尽显时代典范；咖啡馆醇香浓郁，标新立致，令人赏心悦目，心旷神怡。

　　您看，一条小舟像是诗歌里掉落的灵魂，于晚亭旁轻摇，浪花淘岸声声不息。几行游人落座于亭内，赏风慕景，吟诗作赋，别情雅致，雾雨沾沾自落恰如其分，好不自在！抬望眼，延绵起伏的连峰峭壁，斜影于西湖的辽阔之中，真乃鬼斧神工，世间难得几回寻。一只只白鹭悠然自得，紧贴着湖面翅展云翔，身影尽隐于远方。此时此景，犹如神来之笔，不经意间勾勒出一幅极具撩人心弦的山水画，锦绣生辉。

品一杯清茶，冥思而遐想！端一壶浊酒，吟词唱作赋！殊不知，古往今来，数不尽的文人墨客，在此留下绝笔佳作。宋有苏轼感慨："欲把西湖比西子，淡妆浓抹总相宜。"恨不能抱得美人归。清有周起渭言："天边明月光难并，人世西湖景不同。"令人浮想联翩。字能写千古，词能传万世！可谁又能把下一时令的西湖彻底写清楚呢？

踏足断桥，便不由自主四处张望！想到白娘子与许仙的千年偶遇，悠悠众口，留下千古佳话！想到摇橹的渔家，头戴斗笠，身披蓑衣，昂首笑把《渡情》唱！一幕幕画面在脑海里快速翻阅，一次次爱恨情仇在心尖上激烈碰撞，不知是突然而至的迷茫，还是泛滥成灾的忧伤，迟迟隐匿在脑海里不肯散去，覆水难收。登上雷峰塔第一个台阶，便被光芒四射的灯光和雷峰塔的壮观，几尽折服！当我把自己重新定义为一名游客的时候，当我步入雷峰塔第一道门槛，我却鬼使神差地变成一位虔诚的信徒，对着废墟一样的雷峰塔（原始）塔底，刻有佛经的塔砖，印有位列仙班的壁像，祈求平安！一步一个台阶，登上雷峰塔塔顶，整个杭州城灯火辉煌的夜色，全部尽收眼底，一览无余。一座座楼宇、一盏盏灯光、一条条街道等，与花草树木交相辉映，大气磅礴，通古博今。

离别在钱塘江大桥，挥手告别了万马奔腾的钱塘潮。一座城，殊不知让多少游人，流连忘返，难解难分。一座湖，一条江，殊不知让多人游人，叹为观止，口碑载道。杭州，一处处光彩夺目的人文自然景观，殊不知多少像我一样的过客，在生命中的故乡里，还藏着一个他乡！

理想的海湾

○ 李俊杰（山东青岛）

　　微凉的夏天，我静静地站在海边，聆听着浪花嬉戏的美妙旋律，也在闭目凝神，感受着这份天籁景色所赋予的清凉与舒爽。每当此时，心灵也会随之放飞，对海的依恋也无法自拔，好似将自己送往了最理想的海湾，在那里无限地创造着奇迹，还有那些梦寐以求的梦想！

　　面朝大海，静待花开。每年临近夏天，我都会去海边，看这位与我共同坚守寂寞的朋友，也在它尽情渲染心情的表面下，感受到新的生活与方向。当海面泛起汹涌澎湃的波涛时，我会下决心，将那些艰难坎坷当作生活的考验；而在海面平静泛起微波的时候，我也会冷静地在这份静谧的景致中规划着梦想的未来。

　　生长在海边，感受着夏日那份真挚的清凉，也更让我体味到自己有多幸福、幸运。因为这样上水之境并不是哪里都有的，而我却生在这里，在这里成长，而又可以以它为伴，这莫不是人生最大的幸福！相对来说，去过上海的游玩经历，尽管精彩非凡，可却依然无法和这里相媲美，因为这里的海，是那么地温柔、婉约，有激情的澎湃，还有含蓄的平静，让人能够感受到它独特的魅力。

　　在夏季，也许很多人都会格外青睐大海。因为在海里畅游、在海边分享美食、晒日光浴都可以在此享受到。可是我喜欢夏日里的海，只是一份轻轻的凉爽，一阵阵海边拂来的微风而已。我知道，只有这份清凉，才是它最美的心情！回想过往，夏日里，是我去海边较少的时候，因为太多人去海边，让这位朋友有些忙不过来与我呼应。而时间有的是，其他季节，我们来日方长。不过，夏日看海，给我最大的收获是让我勇敢地努力！努力生活、努力创作，还有努力地实现更高的理想！在它的陪伴下，我也从未辜负过。

春天，万物复苏，海平面微波阵阵，让我看到了对新生活的希望与方向。这个季节，我看海，会多一份睿智与决心，在现实中我会给自己定下几个需要新打拼的目标。夏天，生机勃勃，海面汹涌澎湃，微风阵阵。此时看海，会有一种悠闲与轻松，在生活中我会按目标和方向去努力、去用心地实现。秋天，萧风阵阵，海面多了一份瑟瑟的凉意。这个时候观海，我会多一些冷静与思考，在现实中努力实现理想过程中逐渐完善自己的欠缺与发挥出真实的潜力。冬天，大雪漫漫，海面温度骤降，尽管从未结过冰，可是我却依然愿意来看海，也是我一年中最喜欢看海的时节，因为这个时候，没有太多人和你争着看海。此时观海，可以清透人生，以另一种视角来看这个世界。即使一件事，也可以思考出好几种角度，很是微妙。

对于看海的景致，无论白昼我都欣然接受，为之前往。甚至好多时候，我更喜欢随夜色渐下之时再去观海。看着大海在城市霓虹灯下，闪耀着骄傲迷人的容颜，静静地站在岸边，是可以聆听到心灵之声的。记得小的时候，每当心情无法平静的时候，自己都会来看海。静静地，在这里看上半小时、一小时、甚至是半天的时间，都会有不同的心境感观，好像悟道一般。也许在别人看来，看海的时间是占据了享受美好生活的时光，可是对于我而言，即使是看上几天几夜，我都看不够。因为只要在那里，自己的身心、灵魂都会为之吸引、洗涤，最终获得一种迎接新生活的新的活力与动力。

出于对海的依恋，也出于对这位真挚朋友的祝福，我屡屡下笔描绘过它的样子。可是，却从未写到真切处。我知道，大海就好像是宇宙中最神秘、玄妙的景致。它既是一种大自然的风景、一种蕴含万物的生命起源，更是一种神秘且变化多端的奥秘境域。既然人们谁也无法将它写透，自己又如何将它写好呢？只是浅将心灵最深处对它的感受分享一下出来罢了。

在文学写作的道路上，我最感谢的，其实是四种事物。分别是伤感的情感经历、张宇的音乐世界、一棵童年的香樟树，还有这片无边无际的海。

追求完美的女孩儿，让我一直扮演着伤感的角色，却给予了我写作的决心和勇气；张宇的音乐殿堂，千百首深入浅出的情感旋律让自己有了为写作而储备的文字底蕴；那棵童年的香樟树，让我预期约定，要写出自己的精彩；还有这片无边无际的大海，让我以不同的视角来看这个世界，在不同的心情下都能源源不断地涌现创作灵感。

曾经有人问我："你最喜欢的风景是怎样的？"我也直言不讳地说："一树，一墅，一海。"他问我什么含意，我说："海中央有一个小岛，上面有一间小别墅，门口有几棵椰子树。"听完回答，他笑了笑说："那看来你要划船到对面的繁华世界买生活物品了。"我笑了一下，并没有否认，因为说出这个答案的时候，我已经仿佛站在了岸边的沙滩上，感受到了那清爽而潮湿的海风带着淡淡海腥味，尽情地吹拂着头发、面颊和身体的每一处角落，远远望去，看着海水皎洁无比的蔚蓝色与薄纱似的轻云交织在一起天海一色的美景，真的感觉美极了。

理想的海湾，到底有多远？我不得而知，不过我知道且坚信它就在不远处，而且一直都在那里。即使时间的沙漏改变命运多少次，即使最终我什么都没能握在手里，但是我仍希望，梦醒时分，我依然漫步海滩，任凭海水顽皮地捉弄脚丫，享受海风静静地吹来。让海风沁入心里，沁入梦中，让生命之屋更加绚丽多彩，在珍惜生活中，让人生之海中泛起蓝色的波光。

尖山蓝莓

○ 刘　莉（重庆永川）

夏至，下午五时，一群微友，临时相约去七彩蓝莓园。

位于黄瓜山南端尖山之巅的七彩蓝莓园，是目前重庆境内最大的蓝莓生态园。出永川城沿老永泸路，经森林大道，过中华梨村，再前行五公里，风景宜人的七彩蓝莓园，便呈现在眼前。

红玫瑰娇艳欲滴，栀子花洁白芬芳，绿草坪平缓宽阔，格桑花争奇斗艳。疏密有致的翠网廊，清雅而悠长。翠网廊两边，一片接一片的蓝莓树，牵住了我们的目光和脚步。

第一次看到密密麻麻的蓝莓树，第一次看到累千累万的蓝莓果。我的眼睛一下子直了，直成了神秘的蓝，直成了深邃的蓝。

缀满枝头的蓝莓，挤挤挨挨的蓝莓，半宁静半忧郁地藏在绿叶间，多么像一口口丘陵小古井。如果不是隔着钢丝网，我想，我会情不自禁冲进去。冲进蓝莓园去抢摘那些挂在蓝莓树上，蓝汪汪蓝盈盈蓝水晶般的蓝莓。

急急走过翠网廊，匆匆买了入园票。守门大姐温和地说，你们来得正是时候，蓝莓刚好熟透，上午的一场大雨又把蓝莓冲洗得干干净净。

临近黄昏的尖山，微风徐徐，游人稀稀。一群在城里宅久了的人，一群在群里不太活跃的微友，孩子般兴奋地小跑进了蓝莓园。

繁茂繁密的蓝莓树，一排一排又一排；水灵水嫩的蓝莓果，一串一串又一串。蓝波滚滚，蓝浪点点，晶莹的蓝莓，透亮的蓝莓，如蓝色的小珍珠，如蓝色的小精灵，如蓝色的小美人，似蓝色的小天空，似蓝色的小大海，似蓝色的小宇宙。

望望远处的蓝莓，看看近处的蓝莓。我忍不住小声说，北美的蓝莓，华西的蓝莓，尖山的蓝莓，我们的蓝莓。

看什么看，动手吧。女微友薄荷纤手一拉，我就站到了两垄蓝莓间。

毕竟是第一次，有点胆怯。小心翼翼地伸出右手，用大拇指和食指，很轻很轻地摘下一粒蓝莓。默默凝视手心那粒玲珑剔透，细弱细润的蓝莓。再看看我的蓝色复古连衣裙，我的内心突然充满了感动，一种蓝色的感动。蓝色是我钟情的颜色，我的连衣裙大多是蓝色，我的包也大多是蓝色，甚至，我的窗帘也大多是蓝色。

发什么呆，摘了就赶紧吃。薄荷说着，将一把蓝莓往嘴里扔。

我点点头，将蓝莓轻轻放进嘴里。七分甜三分酸，细腻的果肉，独特的清香，很亲切，很亲切。这种亲切，似乎与生俱来，我可是第一次吃蓝莓呀。对了，蓝莓的味道和葡萄有些相似，葡萄是我最爱吃的水果。蓝莓和葡萄应该是表姐妹，葡萄是表姐，蓝莓是表妹。这样想着，我又摘了一粒蓝莓，轻轻地放到嘴里。

一粒一粒摘，一粒一粒吃，你也太秀气了吧。凭票入园，游人不受时间限制，不受数量限制，可以随便在园内摘蓝莓吃蓝莓。亲爱的，不用摘得那么淑女，也不用吃得那么淑女。薄荷一边吃蓝莓，一边取笑我。

谁淑女啦？于是，我从摘两粒蓝莓，吃两粒蓝莓，摘三粒蓝莓，吃三粒蓝莓，到摘七粒蓝莓，吃七粒蓝莓，再到摘一把蓝莓，吃一把蓝莓。摘摘摘，不停地摘呀摘呀摘蓝莓；吃吃吃，不停地吃呀吃呀吃蓝莓。

蓝莓的小，蓝莓的巧，蓝莓的酸，蓝莓的鲜，蓝莓的真，蓝莓的甜，几乎让我忘记了一切烦恼。在蓝莓林间穿行，仿佛蓝色仙子，自由又自在。

八百亩蓝莓，不，一千亩蓝莓。将我的手指，染成了蓝色，将我的嘴唇，也染成了蓝色。哦，我今天才知道，有一种蓝到极致的蓝，叫蓝莓。

蓝手蓝嘴的美女们，看这里看这里。一个男微友对着我们，举起了数码相机。

坐车时女多男少，吃果时阴盛阳衰。定睛一看，我们忍不住偷偷地笑了。仅有的四个男微友已经退出蓝莓垄，一个站着打望，一个蹲着抽烟，一个低头玩手机。

观光路上，女微友走路不如男微友，是事实。蓝莓园里，男微友吃蓝莓不如女微友，也是事实。

跟美女比吃蓝莓，我们只能甘拜下风。

吃蓝莓吃不过你们，不过还是得了个好处，没有被蚊子咬。

原来，蚊子也喜欢美女。

男微友你一句我一句说开了。

不管男微友说什么，我们继续在蓝莓垄里，摘了吃，吃了摘。也不知摘了多少粒蓝莓，也不知吃了多少粒蓝莓，反正吃够了，反正不想吃了。

摘足吃饱，我们开始进入一个重要环节，那就是自拍。手机拍照片最方便，拍完后马上可以发朋友圈和微信群。

拍照，我属于比较木的一类，拍来拍去就那几个可怜巴巴的简单动作。演艺公司的女微友不一样，她们能歌善舞，她们穿艳衣化浓妆，她们动作多动作美。

美女们，不吃蓝莓，光拍照，不划算哟。一个刚进园的中年女人，友好地说。

谢谢，我们已经吃好了。写网络小说的女微友杜鹃回答。

多吃点，蓝莓吃了养颜。中年女人说着，跳进了蓝莓垄。

不光养颜，还可以明目。一个端着一大盆蓝莓的年轻女人走了过来。

可以明目？蓝莓还可以明目？我们不约而同地瞪大了眼睛。

对，我老公痴迷打游戏，眼睛高度近视。吃了蓝莓，视力比以前好多了。女人笑着说。

怎么吃？薄荷问。

吃蓝莓果，喝蓝莓汁，喝蓝莓酒，都可以。蓝莓是青花素，蓝莓是护眼宝。女人又笑着说。

可是，吃不下了。我们吃了好多蓝莓，吃得好饱，晚上都不用吃饭了。杜鹃有些无奈地摊了摊手。

一个小女孩儿一边吃蓝莓，一边大声说，我吃了好多好多蓝莓，起码吃了一千粒蓝莓，我的眼睛不会近视了吧。

你能吃一千粒蓝莓，我们就能吃一万粒蓝莓，乖乖，你太可爱了。我们全都笑喷。

干脆晚上不回城了，到悬崖宾馆住一晚。笑完了，薄荷提了个建议。

不住悬崖宾馆，在草坪上搭帐篷，与繁星相伴，那才叫浪漫。杜鹃手舞足蹈。

好的，留下来露营，明早起来，继续摘蓝莓，继续吃蓝莓。我第一个鼓起了掌。

嘻嘻，哈哈，呵呵，一阵欢笑，一阵少女般清脆的欢笑，弥漫了黄昏的尖山。笑容里，有蓝莓的蓝；笑声里，有蓝莓的甜。

龙缸的禅意

○ 赵　丰（陕西西安）

"天下第一缸"几个红色的大字出现在一块绝壁青石上。一条小道凿于山脊之上，牵引着我的脚步。两边即是万丈深渊，虽有树木掩盖，仍令我心惊胆战。深不可测的悬崖下，忽有水声响起，想着那就是龙缸里的石笋河吧。只闻其声，未见其形。也是禅意。

鹰嘴岩，是龙缸的一处细节。岩壁三四人之高，宛若巨石，顶端横卧一块长石条，一端偏向缸内，稍勾，酷似鹰嘴。"鹰嘴"的得名正在于此。几个青年站在那儿东张西望，喜形于色。我明白，他们看见了独好的风景。我自知身弱体衰，不敢上去，只能感叹时光不饶人。可是看着覆盖在岩壁之上的藤萝、野花，也是一种愉悦。登过不少的山，领略过无数如此的景象，可在龙缸这儿，它的藤萝缠绕有形，碧绿润目，野花的色彩更是争奇斗艳，数了数，竟有五种色彩。这是我见过的最好的岩壁上的藤萝野花。也许，这是上天所赐。

沿一条小路前行，视野忽然开阔起来。好的山景就是如此，忽而陡峭，忽而平坦，变幻无穷。路旁有无数的枫树，它的叶子在深秋里红得可爱。在我的家乡，枫叶是红黄兼备的色彩，而在这儿却是彰显出一片彤红。人到中年，喜欢上了宋代诗人杨万里，看到了他的《红叶》，诗中写道："小枫一夜偷天酒，却情孤松掩醉客。"在他的思维里，枫叶竟是偷喝了"天酒"而被染红的。杨万里到过此处吗？他怎么就想到了枫叶喝天酒的样子？天缸、天酒。这样的联想很有趣。在这儿，忽然脚步就迟疑起来，于是捡起树身下的一片枫叶，让它躺在掌心，欣赏着它的身姿。更多的时候，我微笑着坐在坡上，俯视着秋风里枫叶落地时的笑靥，奢望用诗性的语言低声轻唤它沉默的金黄，描叙它灿烂的扇形。

扶着道旁的栏杆，突然听见此前隐隐约约的水声迸发出雷鸣般的响声，石笋河到了。转过山梁，果然看见了一条在大峡谷中奔腾的河流。石笋河，当地人称长滩河，是一条尚未开发的处女河，源自湖北利川，在云阳故陵镇注入长江。大自然的鬼斧神工造就了这条河的柔美而惊险，清莹而多姿。在它的急流之处，或飞泻成瀑，或积水为潭，或抛珠撒玉，或惊涛拍岸，勾勒出浪漫的线条。在一处平缓地，看见有人在河边垂钓。清澈的水里倒映着树枝、野草、飞鸟的影子，此处的垂钓应当是绝美的背景。听说石笋河里有一种鱼，拥有着诗意的名字——相思鱼。我在想，垂钓者的心思也许并不在吃鱼上。姜太公在渭河的支流磻溪边垂下钓竿，钓的是自己的志向，而更多的人则是在钓自己的心情。那么石笋河旁的这个垂钓者呢，是冲着一种鱼诗意般的名字吗？

石笋河两岸，景色美不胜收。美丽的山间坝子，仿佛一颗颗明珠镶嵌在碧山绿水之间。峡谷岸边，屹立着一个巨型溶柱。它被称为"石笋"，高达200米以上，显现出雄险如削之态。它的巍峨，它的壮丽，是大自然的造化。石笋河就是因它而得名。在它面前，我挺直着身躯，感受着自己的渺小。隐约中，又看见山腰的一个山洞。这便是苍洞，悬崖峭壁，飞瀑悬空，雾气升腾。洞的奥秘，在于深藏不透。苍洞里有着怎样的秘密呢？它既然身处于"天坑"，在我的意念里，称它为"天洞"更传神。它异常诡秘的位置，令探险家望而兴叹。

不一会儿，进了映月洞。路途虽然依然艰险，但有护栏防身，栏外虽是悬崖，于是感觉安全。顾名思义，映月洞该有月亮吧，但据说农历八月十五前后才有月光从洞口射出，而且应是晚上。看不到它的月光，唯听见滴水叮咚，像是阿炳奏出的《二泉映月》，将我引入夜阑人静、泉清月冷的意境之中。龙缸的景色当然美不胜收，可是它最好的声音大概在这映月洞里，清亮、婉转、悠扬。这映月洞是有传说的。相传张果老要在中秋之夜请其他七位仙人品尝长生不老仙酒，并在月光下吟诗作对。但酒至数巡，未见月光，张果老于是疾奔天空去寻找月亮，鬼使神差来到龙缸，见月亮藏于洞中，于是把月亮推出洞去。传说固然美妙，但我觉得还是难以尽美，不如大自然勾画出的杰作美丽动人。映月洞，也许具备着大自然的魔力，方能引导水中的月亮出洞。

龙缸的缸底在哪儿呢？一座容纳了天地灵魂的地方，那绝对是仙界。如若再融入人的灵魂，那会是怎样的气象呢？若盘腿坐在缸底，会是哪路神仙的姿态？在那儿引颈仰视，和鸟儿对话，与缸壁谈心，远离尘嚣，超然物外，那又是怎样的精神愉悦？但如此的愿望，对我来说只能是奢望。听说能下到缸底者，古今中外，唯有寥寥数人。

不过，我没有遗憾。覆盖在岩壁之上的藤萝野花，还有紫烟和白云缭绕幻化出的白鹿白龙、在上山的路上抚摸过一片枫叶，在石笋河相遇一位垂钓者，在苍洞聆听过映月洞的《二泉映月》……这些是我生命从未有过的细节，引领着我的精神上升。

龙缸天坑，便在云阳清水……

等你在茶山

○ 杨思华（贵州黎平）

　　微风吹过，春雨殷酬，草木已日渐丰茂。深绿色的茶丫尖梢上，嫩嫩的叶芽仿佛一夜疯长，鲜嫩得叫人心疼，直抵人内心柔弱的神经，不经意间就被这春天的精灵俘获了所有的感触。漫步在侗乡黎平山间的生态茶园中，呼吸着四野里清新的空气，信手拈来几叶新鲜的叶芽，缓缓地临近鼻端，一缕缕淡淡的清香茶味便沁人心脾，浸入四肢百骸里去，让人顿觉神清气爽，骨骼清奇，赏心悦目起来。不禁对这小小的天地灵物刮目相看，对它所赋予的文化内涵心向往之，为它所有的风华风物而倾倒，而折服，对它高山仰止般地敬畏与衷情！

　　在侗乡黎平这片生态保持完好的净土上，处处山清水秀，沟谷纵横，峰峦叠翠，一步一景，百里芬芳。这里没有工业污染，没有污水横流，没有雾霾灰尘，这里是一片"山重水复疑无路，柳暗花明又一村"的人间胜景，这里是一处调养生息，旅游休闲，生态养生，宜居宜游的梦里水乡。行走在这片青山绿水的田园景致里，人内心所有的郁闷都会释然，荣辱得失，悲欢离合的情结得以修合，得到了前所未有的心灵感悟。在翠绿的茶山上，一行行油亮光泽鲜嫩的叶芽蓬勃生长，娇嫩欲滴，叫人爱不释手，喜不胜收。春风化雨，渐次催生出这天地间灵性的生物；春风化雨，渐次延伸了侗乡人民美好生活的梦想！有风拂来，茶山上采茶的村妇、妹子们多情浅唱的山歌，闺房密语，便依稀婉约在这茶园坡垴荡漾开来，春色满园，激滟在山间谷地的茶园里，经久不息，撩人情趣。

这山，这水，这春天，这歌舞飞扬的侗乡，风和日暖，草长莺飞，天地祥和，一团静合。这是一方生态保存完好的乐土，这是一片风景如画屏的人间天堂。在碧日蓝天下，物华天宝，才孕育出这尘世间俏丽喜人的叶芽，这生态的人间尤物。这至情至性旷世稀奇的清新灵异珍宝，它不仅对人体健康有着举足轻重的影响，还对延缓容颜衰老有着积极的作用，预防或抑制着某些疾病的发生，是人体不可或缺的微量元素，是养生保健的生态饮料，是怡情养性、修身，陶冶情操、情怀，娱悦身心的琼浆玉液，是人际交逢联络情感的暖意温馨，是茶余饭后惬意的享受……沉浸在它深厚的文化内涵里，细心去品味，去感知它丰富多彩的魅力，去挖掘它潜在的生态价值理念，去弘扬与传承它清秀脱俗的品格，无疑是人生最好、最舒爽通达慰怀的境遇遭逢。生命何其精彩？因为结缘它而芬芳灿烂！人生何其有幸？因为有它的无私侍奉而恬静怡然，情怀安合！

在黎平侗乡茶园，在空气清新不染尘埃的侗乡福地，在四野空旷空明的茶山坡垴，处处是一派繁忙的场景。采茶的妇孺与男子们在悠闲地对唱山歌，或闲话家长里短，有一搭没一搭地低吟浅唱着。手上的活计却一点儿也不曾放松，懈怠，铆足劲儿地暗暗相互追赶，以期达到自己预期的目标，以期达到丰收的喜悦和傲人的谈资。春风里尽是人们愉悦开怀的声息，视野中满是人们轻松欢快忙碌的身影，空气中荡漾着他们对未来美好的愿想和期盼。农家人对幸福生活的向往与憧憬，便都寄了在这片清凌凌的水，蓝莹莹的天空下，在这片青山绿水的茶园中，快乐欢畅的劳动里，期待着前景甜蜜动人的新生活。苍穹上，云空里，充斥着他们怡然自得的欢歌，飘荡着他们梦想的羽翅。展翅翱翔在生命的旅途中，人生的境遇里，飞得更高，飞得更远，飞得充实和自信。

在这片青山绿水的田园春色里，在这方绿油油的生态茶园中，不时看到都市丽人的身影，她们是慕名来此观光旅游，生态养生，体验农家人的农耕文化，采茶文化的。她们在茶山的步道上歇息，玩耍，摄影，也采茶。她们并不奢望一天能有多少收入，只是迷离在这片翠绿的茶山景色中，感受着大自然清新的空气，感应着采茶人的辛苦和快乐。她们欣喜若狂地将这一份不一样的境遇，定格在多姿多彩的人生经历里，细细去品味生活的酸甜苦辣，去诠释生命的意义。她们将愉悦的欢声笑语洒满在山间茶园中，任凭着春天微微的风信传递到远方，也传递到香甜的尘梦里，记忆深处中去！

远方的朋友，这一方灵性的水土，这一片歌舞飞扬的山水人家，这一处如诗如画的茶园画卷，因为有你的到来而变得更加绚丽多彩，因为有你的知遇而更加春意盎然。放下手中琐碎的事物吧，逃离高楼大厦的围堵，到青山绿水中去调节你抑郁寡欢的情结，到黎平侗乡茶园来洗涤你心灵上的尘埃，寻觅到你久违的笑靥，重拾你曾经遗失了的那份感动，那份似曾相识的童年愿想！蓦然回首，你会发现原来生活中竟然还有如此让人怦然心动的感触，荡气回肠，撼人魂魄！在这不经意的转身或回眸里，你一定被侗乡多姿多彩的民族风情、农耕文化、茶园文化、侗族大歌文化所感染，所震撼。在与这方灵性的山水对话中，你心里所有的郁结和失落早已一扫而空，心情舒畅地轻歌曼舞在人生的舞台上！从此海阔天空，心胸开阔地游走在前行的征途里，游刃有余地面对生活中的困苦和艰难，笑靥从容，荣辱不惊地笑看这世间的岁月变更，春来秋往，花落花开！

翠绿的茶山，鲜嫩喜人的叶芽，在和煦的春阳抚育下，折射出润泽的光亮，栩栩生辉，宛若新生的婴儿，叫人亦如初为人父、人母的人们，喜不自禁，爱不释手，倍感珍惜。早起晚归的采茶人，穿云破雨，披星戴月，尽情地陶醉在茶园里享受着劳动的快乐，将这一份暖暖的、幸福温馨的画面渲染在蓝天下的侗乡生态茶园中，天成地就般铺展开来，给这一方灵性的山水田园增添了一抹亮丽的风景。远方的朋友，远方的客人们，在这一片山清水秀、风轻云淡的侗乡土地上游走，生态养生，观光旅游，休闲娱乐，纵情山水，放逐情怀，体验采茶文化、农耕文化，无疑是最理性的选择，无疑是最让人魂牵梦绕的回忆……

松花湖印象

○ 修成山（吉林农安）

　　七月，宜人而又迷人的季节，此时的松花湖是什么样子呢？

　　游船离岸，人已在画中了。

　　本是阳光明媚，可山水却有些迷蒙，淡淡的雾霭罩着水面，笼着山脚，好像一位披着薄纱的漂亮新娘，透着诱人的秀气。许是松花湖面对陌生的游客有些害羞吧，才生出这般的娇媚，如果不是船击水响，如果不是巍然的丰满大坝悄然而去，定不会感觉这是驾船荡在秀静的湖水之上。

　　游船犁开湖水，洒下一串美丽的浪花。此时，天空已经越来越明净亮丽了，山水也不再羞涩，温柔的阳光倾泻在水面上，斑斑点点，远远望去，湖水好像一面巨大的锦缎，在蓝天下闪着金光。两岸峰起峦伏，苍翠欲滴；水岸相接处，倩影倒映。近岸坡缓草美之处，亦有星散牛羊悠然食草，全然不顾我们投去的惊喜目光。

　　游船在五虎岛靠岸，船工向我们介绍说，五虎岛也叫五虎山，传说远古年间，这里有一条恶龙兴风作浪，残害百姓，后来从长白山上下来一只猛虎，与恶龙搏斗数日没有取胜，不久它又回去领来了四只猛虎与恶龙继续搏斗，激战正酣之际，忽然山崩地裂，五虎与恶龙同亡。为了纪念五虎献身除恶，当地百姓从此称此处为五虎山，后来又称五虎岛。醉人的美景，生动的传说，景上添情，让人浮想联翩，心生仰慕。此时，上五虎亭，登望江台，尽览粼粼湖光衔山吞水泱泱而去，大有岳阳楼上观洞庭之感，心胸顿阔、气爽神清、物我两忘。

骆驼峰、北天门、卧龙潭、凤舞池、五虎岛，一路船行、一路传说。几阵汽笛、几声牛叫、几回鸟鸣、几处笑声，点活了这幅山水，恍若眼前已经是甲天下的桂林山水了。

松花湖不仅景色宜人，而且物产富饶。湖里鱼肥虾壮，各种鱼类达50多种，"三花一岛"（鳌花鱼、鳊花鱼、鲫花鱼和岛子鱼）是东北最为有名的野生淡水鱼，尤其是松花白鱼（即岛子鱼）最为名贵，清朝时曾做贡品专供皇族享用。五虎岛上鱼虾类小吃琳琅满目，如果你想在五虎岛的小吃摊上解决午餐，味道鲜美、特色各异的小吃，加上主人的热情好客，一定会让你食而忘归。松花湖周围山地森林茂密，树种多样，森林覆盖率达60%以上，林中有野兔、獐子、孢子、野狸、刺猬等多种小动物，林中还生长着人参、黄芪、贝母、党参、天麻、瑞香、五味子等名贵药材以及松子、榛子、木耳、山核桃等关东特色原生态产品。改革开放以后，随着旅游业的兴起，这些特色产品越来越受到海内外游客的青睐。

《美丽富饶的松花湖》这首歌当年广为传唱，歌中唱道："美丽富饶的松花湖，诗一样的情韵，画一样的风度，烟波渺渺映日月，青山隐隐若有无，松庵烟花含露，白帆飘飘入画图，岸边的森林为你梳妆，水中的鱼儿把你爱慕……"是的，松花湖四季分明、景色各异、独具风韵，美就美在她春夏时节的水碧山青、谷幽林秀的生态风貌，美就美在她深秋之际的枫红桦黄、层林尽染的五彩斑斓，美就美在她隆冬来时松柳披银、玉树琼枝的雾凇奇观。1986年7月，著名诗人贺敬之游览松花湖，虽然雨中的松花湖略显羞涩，但她的美还是深深打动了诗人，便吟出了"水明三峡少，林秀西子无。此行傲范蠡，输我松花湖"的著名诗句，大诗人独特的审美和独到的评价，令多少游人对松花湖别样的美感同身受而流连忘返。

活泼的山、轻松的水、怡然的人，超脱于尘嚣之外，徜徉在自然之中，远离都市的喧哗，没有高速路的呼啸，置身于这清新宁静中，情感沉淀，心灵洗涤就似这湖水般清澈透明。沉浸在松花湖母亲般的怀抱里，我们真的成了画中人了。

美好的时刻总是那么短暂，轻舟返归时，我们依然游兴未尽。美丽富饶的松花湖，期待着再次与你相拥！

秋美王顺山

○ 林　仑（陕西蓝田）

"天下名山此独奇，望中风景画中诗"明朝诗人刘玑这样描写王顺山。的确，秋天的王顺山不愧为山中骄子，它不但有着华山的险峻阳刚之气，还蓄蕴着黄山的娟秀妩媚之质。我是和城里的骄子们一起扑进王顺山的，是携着秋风钻进此山中的。

王顺山又名玉山，位于西安东南方向约 60 公里处，距蓝田县城仅 10 公里，因古代二十四孝子之一王顺从山下挑土葬母于山上，以还母亲心愿而得名。据地方志记载，王顺山共有六大景区，150 个景点，但是，在我们这一群长期生活在车水马龙的城里人的眼里，这森林植物达 870 余种，绿化覆盖率达 90% 的山坳，每一棵树木，每一株花草，每一挂瀑布，每一颗露珠，每一粒沙石……无不透着雄气、灵气，是一山一峰的语言神性地幸福在秋的山怀里。

秋把山间的树冠培育成了那种深沉的墨绿色，一蓬蓬、一簇簇地耸立在山峰或山腰间。刚踏上进山的石阶小径，我们一群还叽叽喳喳，将远离大自然的惊喜喊满了山。忽见对面的枫树火红一片，我们一群忙收敛了咋呼声，这才听得满山遍野叫不上名的各种鸟儿美妙的歌声，鸟的鸣唱伴随着无数条飞瀑在山坳间奏响了无与伦比的美妙乐章。秋将鸟们的歌声也熏染得清脆又恢宏了。

季节才是鬼斧神匠呢。

我们一伙拾级而上，一会儿在脚边清凌凌的水中掬一捧水，一会儿又在擦腰间妩媚而动的各种小野花间轻手轻脚捏一只小彩蝶。抬头望天，天蓝莹莹的，有几朵雪絮般的白云在山巅上轻移，把个浓绿的山点缀得令人心颤。徜徉在大自然的怀抱，人忘记了自己，想不起人为何物了，更将那平日的烦恼、忧虑、得失丢得无影无踪。脚下踩着石阶，满眼装尽了山和秋色，心也舒畅，情也醺然，生命在秋的王顺山被润泽，被陶冶。王顺山何止150个景点，是一山的景致，一坳的美妙呢。到了玉女潭，每一滴的水珠都映现着玉女的痴情，潭边上的小花小草，经过了无数载的荣枯，待无数的来年还要把玉女的传说陈述；望母石上的苔藓，将古时孝子的故事顺着对面的飞天瀑布一直淌进今人的心堂；还有那醉仙台、饮翠亭……无数的景观，以及叫不上名字的植物，无一不在讲述着这里的万般神秘。

我们向着最高峰玉皇顶攀登。石阶刚开始是舒缓的，越向上走石阶愈显狭窄，路也越发陡了。尽管已气喘吁吁，但还不会像登华山那样令人精疲力竭，玩味一直是人一路走来的兴趣，这也是王顺山的一大魅力。如果不急于赶时间，你完全可以放松精神，尽情在大自然的怡趣之中，沿着上山的石阶缓缓向上，向着你的目的地登去。

我们一群人来到了马岗子，这里海拔2160米，罕见的百亩杜鹃林铺展在眼前，虽然不是杜鹃花开的季节，可宽厚的树叶将上天的旨意尽揽怀中。此时正是傍晚时分，西下的太阳像个慈祥的老人，将没有炙热的光焰铺洒在杜鹃林上，使每张叶片都沐浴在晚霞里，整片树林如同笼罩在红色的水晶宫里，使人如醉如痴，如掉进了神话世界。于是，在我们面前尽显出杜鹃花开的季节，那时正值盛春时节，满山的杜鹃鸟在杜鹃花丛中穿梭、鸣叫，将会是多么醉人的仙境呢。

夕阳西下，天空渐渐暗淡下来，还是那千万条的红色丝带将我们带回了现实之中。眼前呈现的一棵千年杜鹃王，已被不锈钢的护栏围了起来，据说明，这树的树围已有175厘米，成长期已有千年，属秦岭中最大的一棵杜鹃树。据说当年闯王李自成曾拜谒过此树，为其祈福求贵。那么眼前这挂满了树身的红带子，正是无数游人求树神赐福予贵的心愿了。这一树的红带子，是一树的索取呢。人总是这样，到什么时候都忘不了索取，我们向树神求取，我们能为它付出什么呢？红带子拴在古老的树身上，让千年老树披上了更多的债负，它背得起吗？

天将近晚时我们来到了顶峰——玉皇顶。站在海拔2200多米的高处，苍茫夜色刚刚降临，灰褐色的朦胧感使人顿觉王顺山的秋季是最令人神往的季节，东眺可见西岳华山的冷峻，西瞰可望古都长安的雍贵，南观但显群山蜿蜒，北望却看渭水接天。这里可作瞭空台，将八百里秦川尽收眼底，将秦岭山的雄伟壮观尽览无余。

王顺山，这秦岭中的山之骄子。

太源的石头会唱歌

○ 吴惠强（江西新余）

依稀记得六七年前，一次坐车偶然的机缘巧合，记住了一个养在深闺的村寨，颇感兴趣。喜欢走近诗走近画走近云卷云舒的我，找个空闲单枪匹马就向半山上的村寨靠拢。一次的匆匆邂逅，从此被那一缕氤氲的乡愁牵牢。每一次的肌肤之亲后，都不忍离去。一次次亲近梦的芳香，亲近满坡的山花烂漫。眸子扫过竹海浪涛的激昂，顺山势而上的古厝炊烟青石巷道，从此在心间安放。和你相遇，真好。你厚重，我年少。

太源，赣西独具苗寨地理特色的村寨，而又区别于苗居。那大山深处的太源村寨，被天然屏障南岫山四面环抱，青山悠悠，重峦叠嶂。整个村寨依山而建，香木为梁，采竹为筋，稻干为丝。每一幢古厝阁楼在片片青石上，或夯土或泥砖砌围或木架擎举屹立，任灰瓦在人字双坡上覆盖，开枝散叶恣意蔓延。任每一季的桃花李花，开在屋顶开在石磊的墙圃上。从村口顺坡而上，青石拓路，片石围圃，花藤果蔓在屋檐在路旁随山风招摇。每一条长廊巷道透着材质本色，不加修饰，极尽简洁朴素，直如太源人的质朴，与天地自然交融。顺着石阶穿行于层层叠叠间。登上石头上的二层吊脚楼，凭栏极目远眺。你会看到水雾缭绕云蒸霞蔚间的南岫山峰，抑或

"白云出岫"景况。层峦叠翠，莽莽苍苍间，连绵葱郁薄雾尽扫。伸手，蓝天白云仿佛触手可及。低头，清澈见底的山溪穿寨而过，错落有致的灰瓦古厝在阳光下熠熠生辉。阿哥的犁铧碰触着每一块石头，石头不再沉默而吟起了田园牧歌。阿哥吆喝的长调和谐了村寨的宁静、安详。

过南岫山顶"长兴庙"护佑的太源村寨，伴风中的禅音，与一棵古树对话，倾听太源周围黄姓人细诉《太源黄氏族谱》。黄姓自元泰定五年（1328）自建溪（今杨桥建陂）徙此，距今已有690年的历史。据记载，黄姓祖上臻元公来到此地，见此地四面环山，山泉清澈，古木参天，遂定居于此。近700年来多少日月星辰轮回，以石为基，凿井引泉，耕田而食，依山而居，繁衍生息。这里的山水草木，都浸润着一个族群的淳朴、勤劳、勇敢、聪慧。这里的岁月盛满了浓郁的灵动与智慧格局，历久弥新，令人惊叹。布满村寨每个角落的石作门框、窗雕、排水涵、曲折的层层台阶，在宁静、安逸时光中，彰显一个谜一样的世界，历经千百年仍然年轻。望着眼前那古老的智慧结晶文化瑰宝，每一块石头都会唱歌的古朴村寨，神驻的世外桃源，怎不令人感慨万端，浮想联翩？

这个七月，再一次地闯进心灵港湾，古村已显沉重。不变的是，每块石头仍然唱着主旋律的歌。步移景异，抑不住为你舞一曲相思难免。捧一朵水，把灵动的心染湿，刹那间盈透天地间。轻抚有温度的每一块石头，我在听一首传唱的歌谣。在山乡，一切不需要假设，勤劳的双手创造出石做的村寨。这一次，你想唱就唱，别让沉默代替过往云烟。幸福，只在一念间。就如这个幸福的村寨，快乐了千年。今天，允你把赣西的唯一，江西的独有，唱给外面精彩的世界吧！让每一块有温度灵魂的青石唱起来。这一刻，恍然回到来处，贴近，就是美好，等你，在树下。等你，在每一阶青石，莫负千年的爱恋。走动的时候，未曾离去。乡音，传来轻轻的问候。为数不多的老人小孩与狗，依然执着守护亘古与悠远。我知道，村寨人游走再远的脚步，太源在、家就在。

流连于幽幽青石板路，此刻我不为寻丁香，暗藏于深山泉瀑间的寨子里，有我一个未了的梦。今天我们来了，肩负背篓的阿妹，额头包裹着五彩头巾，我们圆梦来了。我们随风一坐，把太源坐成一个心字。让心飞翔吧！

翔在渝铃宜人地，冲出天工开物城。每一次来去匆匆，总有许多许多的不够，或许，是该保留点什么，是该呼号些什么。"太源"与你相逢，真好，你厚重，亦年轻……任银铃般笑声歌声撒满石板上的独轮车辙。望着她们忙碌的身影，她们在古韵悠悠里采摘着什么？我从围观的太源人身上，仿佛闻到了正在散发出的一股浓郁相通的厚重农耕文化气息，馨香宜人。风儿撩动头上戴着的银铃"叮当叮当"地响，声音是那么地清脆，而又韵味十足。伴着那袅袅的炊烟，清凌凌的涧水，竟纷纷涌入指尖的快门里，横拍竖拍也拍不够。桥上桥下、古厝曲巷、石阶山路、远山溪流，构成一幅绝美的山水村寨画卷。

　　我竟醉了！醉在石头也会唱歌的村寨——分宜太源。

温馨的夏夜

○ 杨海标（广西龙胜）

我常常想起儿时的故乡，想起故乡美丽迷人、多姿多彩的夏夜。

我的故乡在越城岭余脉深处，是湘桂边界巍峨群山中的一个偏僻、宁静、神奇的侗族小山寨。一条小河劈开重重大山，从山的深处蜿蜒而来，在寨子边绕了一个弯后便又朝前面的大山钻去。河岸上有一块稍平缓的地方，四五十座侗家木楼便有序地在这里排列开来。数百年的繁衍生息浸润了这里的生活和文化，高大古老的栏寨树环寨簇拥，被脚底磨得光滑圆润的石板路透出古老的神韵，鼓楼、风雨桥等斑驳沧桑的建筑，散发出侗族浓浓的气息。

夏夜是我们寨上最温馨美丽的时光。

吃完晚饭，劳作了一天的男人们，叼着长短不一的旱烟杆，披着衣的，光着膀的，不约而同地来到寨子边的鼓楼上会合。姑娘们则拿着还没有做完的布鞋或鞋垫来到鼓楼前的岩坪上，三五成群地凑在一起比手艺。小孩儿们则在这里追逐嬉戏，尽情地享受着童趣。于是每天的新闻逸事在这里传播，舒心的笑语在这里荡漾，心与心的交流在这里融合，天真的心灵在这里放纵……

当月亮从高高山巅的树梢上升起，这时四周环拥的青山在朦胧中若隐若现，黑魆深邃，仿佛藏着无数的神秘和玄机。岩坪边长着两株柚子树和数株梨树，都枝繁叶茂，树上长着大大小小未成熟的果子。果子吐着一阵阵美妙甘芳的清气，在清辉浸透的夜色里飘浮。离鼓楼不远处是一片稻田，稻田外是一条流水潺潺的小溪，它发出清脆颤动、串珠般的音乐。

小溪上时常有一层轻而透明的薄霭，被月光穿过并染上了银色。这时整个世界罩在缥缥缈缈中，给人一种凭虚凌空的惬意。

没有月亮的晚上却有另一番的享受。大家坐在鼓楼上或坐在岩坪的石凳上，任清凉的山风吹拂。夜空中萤火虫像一个个举着火把的舞者，在空中画着美丽的弧线，与头顶上闪烁的星星相映成趣。在墨绿色稻田深处的青蛙以及草丛里的蟋蟀和那些不知名的虫子，或缠绵低吟，如丝如缕；或激情高亢，鸣声悠扬。还有谁家的大嫂在纺纱呢，那若断若续，带着一点悠远、怅惘的纺车声从亮着灯光的窗户飘出，给人带来了梦一般的清新与平和。

如果是逢年过节或有喜庆大事，鼓楼和岩坪便成了热闹欢乐的海洋。夜幕降临后，欢闹的锣鼓声便划破了夜空。男女老少穿着盛装，走下木楼，招朋呼伴，从屋檐相连的巷子中熙攘而出。演出没有太多的客套和开场白便轻松开始了：琵琶歌弹唱得那么声情并茂，宛若叮咚流淌的山溪。芦笙舞跳得那样挥洒自如，那悠扬嘹亮的声音仿若天籁之音，让人如痴如醉。最令人兴奋和激动的莫过于唱多耶歌跳多耶舞了，男女老少手拉着手或手攀着肩，踏着整齐欢快的节拍，围着领歌者唱。那抑扬顿挫、铿锵婉转的合唱，汇聚成令人回肠荡气的旋律，萦绕在高高鼓楼的四周。山寨在喧闹中度过了不眠之夜。

夜晚，是青年人走寨坐夜的美好时光。寨上的姑娘们与邻寨的小伙子们约好了相会的日子，吃完晚饭，一番梳妆打扮后，姑娘们便早早地来到寨边的风雨桥上等候。邻寨的小伙子们来了，雪亮的手电光穿破茫茫夜幕的黑暗渐渐由远而近，姑娘们喜笑颜开地拦住去路，先是一些风趣逗人的"青年话"，而后姑娘们蝉鸣一样以歌代言了。一番侗歌对答后，小伙子们被带到一位姑娘家里，于是男女青年便围着火塘摆开了山歌的擂台，那绵绵的情意随着柔婉的歌飞来飞去，爱情在那温暖的夏夜里开始孕育……

故乡的夏夜是一道永远看不完、品不尽的风景，是一张永不褪色的照片。那月光，那虫鸣，那鼓楼和岩坪，那歌声和笑声，那温馨与激情，都刻在我记忆的深处，并时常浮现，让我眷恋，令我神往。

银滩的海水

○ 伍忠余（四川乐至）

那年与朋友到北海市旅游，感觉不错，特别是对银滩的海水，那感觉简直是好极了。

银滩的海水是勤快的。它每天推着排帚似的波浪，一次次打扫、清洗银滩。不仅把银滩弄得干干净净，还把沙粒搓揉得圆润而晶亮，不仅让我们看起来赏心悦目，而且赤足走在上面也毫无锥硌感，还十分舒坦，甚至有被抚摩的感觉。

银滩的海水是欢快的。它时时举着成排的浪花，向我们游人表示热烈的欢迎。那成排的浪花后面接着还是成排成排的浪花。它们不知疲惫，不减激情，排山倒海地向我们涌来，让我们有受宠若惊的感觉，让我们心潮澎湃。

银滩的海水为什么要那么勤快地打扫、清洗银滩？为什么要那么痴情地扑向我们？我在银滩上走，我在银滩上看，我在银滩上听，我在银滩上想。走啊走，看啊看，听啊听，想啊想。我终于看懂了银滩的浪花，听懂了银滩的涛声。古诗云：百川东到海。原来海水中有我们故乡那条小河里流来的河水，它们看见故乡来的人，高兴啊，激动啊。它们远离了故乡，久别了故乡，它们没有淡忘故乡啊。我们这是在他乡遇故友，他乡听乡音啊，是人生难得的一件喜事啊……

我们下到银滩外面的海水里游泳。海水立即把我们拥着、抬着、举着。一个浪潮把我们抬举到左边，一个浪潮把我们抬举到右边，如此反复不定，如此反复不停。它们像接待凯旋的英雄一样，抬举着我们忽左忽右地走，让我们有云里雾里的感觉。

不时有高大成排的浪花向我们的胸前送来。浪花高大得经常要淹没我们的头顶。这是特别特别的让人惊喜的时候。每到浪花欲撞上胸口淹没头顶时，我们都要高叫一声，并且同时向上一跃。这样我们在海水里手舞足蹈的同时，头才会立在浪尖上涌动。我们不断地得到这样的惊喜。不断地高叫，不断地向上跃。我们不停地跃啊、叫啊。我看见、听见浪花也和我们有同样的惊喜。它们也不停地在欢叫着、跳跃着。

最让我们感到惊喜的是突然电闪雷鸣下起了暴雨。那大珠小珠似的雨点，不是落到波浪上、浪花上马上就不见了，而是砸出一个个坑儿，跳上一两厘米高，然后再次落下去后，才与海水融为一体。这时候游在海水中，眼睛近距离看见似珍珠的雨滴在波浪上跳跃，真是十分难得的享受啊。那些雨珠落到浪花上的景象，又好像是浪花中结出了什么精致的仙果似的。那美妙的情景简直难以描绘。此时的雷声、雨声、涛声、人声呈四重奏欢腾着，欢腾着。那闪电犹如节日的烟花一样，不时照耀着游人如潮的海滨，海滨成了十分喜庆的乐园。

惊喜中，有人的眼镜掉了。但是他没有着急，没有抱怨，并且仍然高兴着。朋友们戏说，大概是海的女儿出于好奇，或者得了近视眼，借去用一用，如果不想玩了，或者度数不合适，仍然看不清楚她要看的人时，她会给我们退回到银滩上来的。还有人把刚刚买的小贝壳手链掉了，他们也戏说，可能是龙王的女儿拿去玩去了。如果她认为乐趣不够、质量不过关的话，肯定也会给我们退回到岸边来的……

在海水下用脚帮朋友找眼镜的时候，我的右耳突然遭遇一个大浪，不仅耳朵进了海水，而且像挨了一个耳光一样疼。我有一点点蒙了，心里问：怎么啦？海水怎么不友好啦？当我往浅滩走的时候，突然左耳又遭遇一个大浪，不仅耳朵进了海水，而且也像挨了一个耳光一样疼。这时候，我踩到了一串小海螺壳手链。我把它摸起来，看啊看，看啊看。我想，原来大海及其龙王的女儿是不需要我们人类制造的什么东西的。人类制造的东西只能污染它们的家园。我想我们的生活垃圾污染了故乡的小河，污染了的河水又在不断地污染着大海。我们是该挨海浪两耳光的啊！

古人说上善若水。海浪给了我几个耳光，水还善吗？我说，善，上善！上善若银滩的海水。故乡的池塘早已经被污染得不能洗菜、洗衣和游泳了，如果大海也被污染得不能游泳了，我们人类就可能接近灭亡了。

回到内地很久很久了，我的脑海里还常常闪现着北海银滩上浪花的倩影，耳畔还常常响着北海银滩的海涛声……

船过神女峰

○ 黄 英（重庆南岸）

> 红叶霜染猿啼冷，绿水轻舟巫峡孤。
> 平湖神女今无恙，银装素裹望渔夫。

一场云雨，让巫山如梦如幻！

这黄昏的"行雨"，清晨的"朝云"，在朝朝暮暮之下，会让人想到宋玉，想到楚襄王，还有神女，还有"巫山云雨"，那些离奇美丽的故事……

坐在游轮上只见远处山峰如黛，云雾缭绕、瞬息万变于巍峨高耸的山峦之间，低头看脚下的江水宛如一条玉带逶迤于群山峻岭之中。江水之柔美只有在近距离亲近她时，才能感受到她的恬静、她的幽美。巫山是神女的故乡，巫山因神女峰而驰名中外，巫山因云雨而充满遐想。翻开《巫山县志》："赤帝女瑶姬，未行而卒，葬于巫山之阳为神女"，这大概就是神女峰最早的来源吧！这看上去衣袂飘飘的神女峰，传说原本是西天王母娘娘的第二十三个女儿瑶姬，她为了帮助大禹治水，邀约了她的十一个姐妹来到巫山，守护在这里，最后化作了十二座山峰保佑过往船只。因此，过去这里的老百姓像信奉神灵一样膜拜这些山脉。也许是这"仙"太遥远了吧，于是就派生出了许多民间版的神女传说。在三峡人眼里，神女就是一个平家女子，一个普普通通的船工的妻子，当丈夫在恶浪险滩中遇难之后，她一步一步地攀向山峰，盼望着丈夫归来，这一站就是千年万年，最后就成了如今人们看到的神女峰。这凄楚的爱情故事，被现代诗人舒婷的"与其在悬崖上展览千年，不如在爱人的肩上痛哭一晚"诗句一语道破，将人们埋藏在心里的痛和普通百姓追求真爱的宣言，直白地表达了出来。正因为如此，千百年来神女和神女峰才被峡江人所喜爱和传颂。

或许是揣着神女峰美好的故事吧，记得二十多年前我第一次陪着母亲乘船去上海，经历了整个三峡，其实也可以说是经过了整个巫山山脉，那时我在船上看到的神女峰只是一个小小的感叹号。如今三峡水库蓄水以后，水位上升了一百多米，但峡谷风光依然，又平添了平湖景色，在宽阔的高峡平湖的水面上，随着游船的快速行驶，离神女峰越来越近，那美丽多姿的神女峰仿佛也和我亲近多了，只要仰视就能看见一根巨石矗立于青峰云霞之中，"神女"衣袂飘兮，亭亭玉立的风采就突兀眼前，你看她每天第一个迎来灿烂的朝霞，又最后一个送走绚丽的晚霞，所以又叫望霞峰。古人有"峰峦上主云霄，山脚直插江中，议者谓泰、华、衡、庐皆无此奇"之说。还有矗立于峡江两岸的十二峰，有的若金龙腾空，有的如雄狮昂头，有的则醉卧峰间，其千姿百态、绰约风姿，形成了一幅环绕神女奔腾流淌的画卷，泛舟其间，真可谓美哉！美哉！

船行大宁河，沿岸悬崖峭壁上的悬棺，成了人们争相目睹的对象。为什么要将棺木裸露悬挂于崖壁上呢？有人说是谐音"高棺"（高官）以保佑子孙后代富贵；也有人说是为了保护先人的尸体，不让人兽侵犯；再一个说法是濮人子孙为了尽孝。游人更好奇的是它是怎样放上千仞绝壁的呢？众说纷纭，这是一个未解的千古之谜。其实在我看来，这些都无关紧要，重要的是它构成一道风景，一道人文奇观，反映了古代三峡民族一种奇特的葬俗，更有着丰厚的历史文化内涵。仰视悬棺，你会对我们祖先的智慧肃然起敬！

船继续前行，前面有一条里河，那是巫山最具传奇色彩的一条河，它聚集了巫山最美的大峡谷，里面有最野性、最原始、最深邃的大峡谷——当阳大峡谷，那里的瀑布群高瀑跌宕，势撼云天，即使你从40米外的河对岸公路上穿行，不管你是走还是跑，都会湿透全身，这将是一种全新的旅游体验，在那里你会头脑亢奋，惊声尖叫，会情不自禁地被这恢宏的气势所震撼，会从内心感叹：长江三峡真美！

笔架山下访杜甫

○ 李跃平（四川乐山）

历史时空总是有着那种迷人的魅力，那些残存的历史遗迹总会让人们卸下物质的羁绊，从而看到命运对一个时代显示出的某些暗喻，生发捍卫性的思考。这次携妻到河南巩义，我突然萌发了去笔架山下寻访杜甫的念头，那种承载历史信息的原生态载体，让我感受到如果没了杜甫，谁人能知唐朝的整部历史又该怎么去书写？

记忆的空白处属于当下，我对那些流传千年的诗篇，有一种天然的亲近感。向酒店的老板打听去杜甫故里的路线，老板告诉我拿他们酒店的名片去，门票可以打折，我本能地拒绝了他们的"好意"。杜甫作为中国唐代最伟大的现实主义诗人，他忧国忧民的爱国精神和关心下层人民疾苦的真挚感情能够打折吗？难道在历史的册页之内，一个卓越的生命，只能接受这种伤害吗？

1300多年前，中国古代最伟大的诗人杜甫就诞生在巩义笔架山下一孔窑洞中，这独特的自然环境、文化底蕴对孕育一代诗圣杜甫必定产生过重要的影响。笔架山下的这孔窑洞已经成为读书人心中的圣地，成为杜甫诗歌精神的象征，始终存在于天下文人的心中，吸引人们前去朝拜。

当然，酒店的老板无法理解我心中的情怀，但我们所努力追求的就是抵抗遗忘。虽然很多历史的陈迹，让人难以翻看，然而对杜甫故居的笔架山和诞生窑，我明显是有自己的期待，早已把它作为自己生命中的一个图腾。它作为杜甫故里景区最有价值的遗迹，可以被摧残，却永远无法将其摧毁，它锻铸着杜甫自己血性的至情至性的不灭韵味，锻铸着杜甫纯清灵魂的铮铮铁骨。

杜甫故里背靠笔架山，前临界泗河。笔架山乃邙山遗脉，三峰挺立，中峰突出，形若笔架，故而得名。笔架山上土石相间，林木交杂，葳蕤苍翠，远望山峦云缭雾绕，近处一洼清水澄明如镜，俗称墨水潭。笔架山上搁的这支笔，自然是名垂青史的如椽诗笔；窑洞附近的这汪水，自然是润泽撒开的墨水。"诗圣"用诗笔饱蘸着它，抒发人生的慨叹。

杜甫故里景区包括诗圣堂、杜公祠、瞻雪阁、诞生窑、上院、壮游园、三友堂、怀乡苑、万汇园等展区，生动展现了一代诗圣的心路历程。那棵种在笔架山下生活了数百年枣树，见证了朝代更替，寒来暑往，见证了杜家宅院里主人的来来去去，也见证了杜甫乡邻们的欢乐与艰辛。

杜甫虽然出身士族之家，但在壮游中，他目睹了社会的种种不平，接触到生活在最底层的贫民，感受到了贫富分化的日益严重，他对弱势群体的同情、对朝局的焦虑、对正义的渴望，以及他无能为力的痛苦和彷徨，都通过迸发的诗情，留在他一首首的诗中。杜甫作为"人民诗人"，他始终跟老百姓生活在一起，这在中国的历史册页里是不多见的。

我们知道杜甫在故乡的时间不长，他向着远方，一路前行，从巩义笔架山下出发，走向洛阳，走向成都，走向潇湘，"一叶扁舟"却载着杜甫一路远去，离故乡越走越远。虽然杜甫未能止下脚步，但他心中萦绕着洛阳、长安，更有中原和笔架山，渐行渐远的家乡一直在他生命的记忆中。"露从今夜白，月是故乡明""秋风楚竹冷，夜雪巩梅春"，也让我们那种朴质的心态，经过天长日久的渗透后，已经融进了他的生命的情怀。

杜甫诞生于大唐盛世丽景中，但伴随着他的成长，强盛的大唐却日益衰败。这一切，注定了杜甫的悲情命运。他十年漫游、十年求官、十年漂泊的一生，沿着背离中原故土的方向愈走愈远。经历了唐朝由盛转衰的历史，他一生跋涉，颠沛流离，悲情激烈，却因为毅力、苦难、悲悯和仁爱而成为伟大。

杜甫行万里路，且行且看，且行且诗，这也自然成了他一种生活形式，一种惯常的生存方式。他忧国忧民，挥毫赋诗，一生清贫的际遇，让他写下诗文约3000篇，流传下来1400多脍炙人口的诗篇。那沉郁顿挫、铿锵凝重的诗歌，以其坚实而强大的思想体系，为中华民族精神的重塑提供了土壤。是的，杜甫给漂泊的生活，镀上人生最精彩、最热烈的那一部分，也让历史学家裁取了很多特别的断面，从而有了无数的篇章和叙说。

杜甫生命的基色充满生机，他的心中有庙堂之高，更有江湖之远和黎民百姓。翻读历史，我们知道，他祖籍湖北襄阳，出生于河南巩义，灵气蕴藉的故乡山水怡养了杜甫高尚的性情，深厚的文化底蕴启迪了诗人宽广的文学情怀。杜甫的出生地巩义留下许多跟诗人有关的历史文化，成为当地历史文化的重要组成部分，让人们骄傲了一千多年，崇拜了一千多年。

我们生活的实质就是回忆，我们的知识本身就是回忆，回忆的长度构成了我们生命的长度。杜甫很幸运，从巩义走出来，最终被我们记住。多少岁月流过，面对有文字的历史，对杜甫小心翼翼地阅读和翻检，实在是一种享受，重温杜甫诗歌记忆，感受杜甫诗歌穿越时空的伟大魅力。

记忆真的是独特的东西，杜甫为我们后人所推崇，他留下的优秀诗篇更是让人们世代传诵。然而，从早就定格了的历史去看，显然，命运给他的是无法逃脱这种宿命，历史，早已淹没了杜甫的印迹，我们看到的虽然只是一个个片段，却让我们深刻地感受着回忆的力量，从而获得新的生命。

杜甫故里的笔架山和诞生窑虽然显得有些寂寞和孤独，但那阅尽1300多年的历史变迁的窑洞，仍然默默无言地叙述着生前身居茅屋、梦想"大庇天下寒士俱欢颜"的杜甫那个永恒的名字。在已被风化，已被咀嚼成痕的历史旧迹中，寻找一些灌铅的魂魄，让我们在那种神魂颠倒的悲哀中，重新找到一个时代骄傲的理由。

血性西湖

○ 宋曙春（吉林吉林）

　　我从东北平原的干燥中奔走而来，西湖以明亮和湿润迎接着我。当我在黄昏，或者静夜，寻步西湖之畔，夕阳胭脂，云蒸霞蔚，或残月当空，孤星散淡，这时的我，既有踌躇，又兼感喟。心里许多驿动随风而逝，胸中许多浮想变得纯如西子了。

　　西湖的美艳已无可赘述了，因为前有古人，后有来者；西湖的清纯已无以复加了，因为已把西湖比作西子了；而西湖的性情你知道吗？我便是在流连踟蹰之中，蓦然悟到她是具有多种性情的。

　　站在西湖岸边，"楼观沧海日，门对浙江潮"，不由得忽发一种感怀，西湖的魅力其实在于她的多种性情啊。那是宽厚，蕴含深远，兼收并蓄；那是平和，任凭风雨，波澜不惊；那是豁达，胸襟广阔，散淡从容……

　　然而，西湖的柔弱中，又有着不能不说的血性。因为，西湖有"三杰"。西湖三杰，是葬于此地的岳飞、于谦、张苍水。他们的死，都是血性的写照。十二道追命金牌，让岳武穆沉冤风波亭，八千里江山，依然疮痍满目，十里荷花，尤为舞醉歌迷。于谦临危受命，力阻南迁，坚守北京，社稷为重，却君王降罪，秋后算账掉了脑袋。张苍水反清复明，被押至杭州，西湖的波纹漫开了无数疑问，张苍水却下落不明，生死未卜。岳飞也好，于谦、张苍水也罢，都只能仰天长叹，以碧血丹心为苇航，方刚血气，泅了西子的湖色。

西湖在接纳中原人岳飞的三百年后，又扶回了自家人于谦的灵柩，也深藏着宁波人张苍水的迷案。自1142年岳飞被害，经1457年于谦罹难，至1664年张苍水失踪，历时五百余年，西湖的优雅婀娜终因这不朽的民族三杰而成就了血性的悲壮。流水清凌，高天明澈，谁说这一泓碧水里没有眼泪？谁说这一片葱茏苍郁不是血性成就？

西湖三杰，皆为西子山色知音，高山流水，瑶琴凤尾。正因有此三杰，正因他们的执着与忠诚，西湖更加血性了。漫步白堤苏堤、孤山西泠之间，西湖的文化底蕴更显磅礴大义。西湖是情义西湖，钱塘名妓苏小小因情而逝，葬于西泠桥畔，芳魂不散，留下多少情义在人间。西湖是侠义西湖，杭州府提辖武松，为民除恶的侠义壮举家喻户晓，百姓深感其德，葬之于西泠桥畔。西湖是灵透的，许仙断桥巧遇白娘子，一把小伞，遮住娇羞，顿生爱慕，便演绎出惊天动地的缠绵悱恻。西湖可以永远飘逸，最为潇洒隐士林逋，性情恬淡，自甘贫困，不趋荣利，终生不仕不娶，西湖边上种梅养鹤，人称梅妻鹤子，那是多么悠然自得，多么孤高自傲啊。西湖可以濯洗心灵解脱尘缘，身为情僧、诗僧、画僧、革命僧，集才、情、胆识于一身的苏曼殊，半僧半俗，孤独一生。三十五岁，一绝红尘，留下"一切有情，都无挂碍"八个字，悠然解脱，却引得后人无尽感慨。西湖的柔媚中包含民族气节，因为章太炎也寄傲骨于西子湖畔，他多受民族主义熏陶，不屈于清朝的异族统治，坚决而激烈地反抗权威和一切束缚，张扬国粹，强调道德，主张个性，至死都桀骜不驯。

三潭印月的水波，绸缎般平滑舒缓，楼外楼的西湖醋鱼，让你尝尽生活的美味，而安于湖畔的众多名人的墓葬，成为一种文化，会让你在赏心悦目之中，感受到无形的力量。

你还能说西湖性情只是温柔吗？

你还能说西湖只是宁静美丽吗？

你还能说西湖没有方刚血性吗？

温盘峪印象

○ 张鑫琦（河南巩义）

　　温盘峪是进入焦作云台山的第一个景区，以前，我没有去过。在知根底的朋友和夫人带领下，进入了云台山风景区温盘峪。

　　那里距离大瀑布处还有不短距离，顺石台阶而下，朝峡谷里走着。都是上次旅游对云台山产生的不好印象，固执地估计这里也不会有什么新意，旅游的兴致还难以调动起来。但我不能打击好友的心意啊，随着步步深入地层下边。路过一块标志这里山石地质年代的碑刻，钻过一个天然的石洞，接连着天然山洞的，我们站或者走的地方，是旅游设计者沿着岩层开凿出的悬空长廊式岩洞。内面，以山体作为支撑；外沿，则临波涛汹涌的山涧。为了安全，砌了道大概一米高的隔离墙。对面则是原始状态的悬崖峭壁。这条石山地下长廊，大大方便了游客们观看大自然的造化，观看那颇具力度的原始山岩，观看那颇具坚韧意志不停喧嚣着的水流。

　　我被一线天的光明映照下的景象吸引住了。这是在十几亿年前，震旦纪地壳运动山体裂缝成隙造就的一条峡谷。站在山顶上看，还不怎么险要，长一公里多，宽丈余，也是高山与流水的组合，也可以闻听些水流的韵律。因为天已过了霜降，山坡上没有怎么诱人的植被，也显示着草木萧疏的气息。但随着石头台阶的延伸，下边的水急湍流的景象就逐渐显现在了眼前。到了台阶最底部，那打着漩涡向前奔涌的流水，让我心里发生了震颤。这里的水简直有点黄河壶口瀑布的影子。这种景象，在云台大瀑布和云台小寨沟瀑布群那里绝对领略不到的。神奇的是，那急流奔涌的形势，在温盘峪山口处却倏地不见了。我听导游说，那水流入地下再流经三十多里后，才重新回到地面。它又复出的地方叫海蟾宫，郦道元在《水经注》里记载的"潜流三十里而复出"说的就是这里的奥妙了。而这都是此地复杂的地质变化所致啊！

我的心里震颤了。对着云台山所有泉水汇集的通道，看了好长时间谷底外涌倏忽消失的水流，才又在后边人催促下往前走去。

边走边看两岸的陡峭山壁悬崖，远古时代造地运动的情景似乎展现在了我们面前。炙烈奔突的岩浆，冲撞抬高着深海里叠压许多世纪埋在地心的岩层，它们冲破了大海的强烈压抑，承重着一座高山突兀出了原始的天空。而高山上每日每夜或强或弱的流水，好像没有忘记母亲的哺育之恩，顽强地切磨着背负它们的岩石，去锲而不舍地寻找让它出人头地的力量所在。于是，眼前曾经深睡地下的这原始岩层，就看见了天日。那粗粝的岩石上，被水流许多年热情的亲吻，留下了一条条刻骨铭心爱的印痕。有的石层上，还被水或许还有风协助着，雕琢出了怪诞的图像。特别是对面高高的崖头上，似一排抽象派的什么雕塑，昂首并列着。像人？像兽？像传说中的神祇？都有点影子啊！

走在那山间地下长廊里，会给你一种错觉：自己还是在人间吗？自己还是现代人吗？我觉得，我和迈着步边走边看被眼前景象强烈感染的人们，都似回到了亘古蛮荒的造地时代。我们似乎正在亲历着大海如何在倒退，大山如何在隆起，动物如何在诞生，继而，如何有了猴子，如何有了人，如何有了春夏秋冬……我心里还有另种错觉：凡在山体地下长廊里游转的人们，都幻化成了远古的什么动物，其实最像一群深海的鱼类了。眼前坚硬的岩石，它们原来都躺在深海底层，是大海真正的儿子，它们当年都是和鱼儿相生相伴的啊！有种说法，人类最早是从水里走出来的，然后山林促使了人类自身的完善。可见，水与山林都是诞生人类的子宫。走在那地下长廊里，我们真像鱼儿在游弋着，在寻找着诞生人类的残留信息。

跟随着朋友，走到了地下长廊的顶尖处，出现了一座美妙的小桥，越过山涧，连接到了对面山体里，仍然是开凿的地下长廊，构造同样，随山势弯曲着延伸着。前进些距离，从长廊里走出来，台阶探到了山涧旁边。山涧上用石块垒砌了一座十分自然的桥，如摆在流水中的一个个石块，迈开腿从这块踩到那块上，几次动作，就可以享受跨越激流的成功感了，也会有一种和山涧接近的亲切感。然后又进入对面的山体地下长廊里。这样曲曲弯弯的长廊引导着，山体的这端那端，如一条什么绳线，松懈地缠绕着深入地下的山涧。不断变换着游人的视觉，让你看岩、看水，也看在岩石上顽强生长的苔藓、草、树，偶尔还可以看到深入峡谷里盘旋的鹰鸟。

在温盘峪里迈着脚步，蛮荒苍凉的气息，如一记美好的神药，使游人们脱离了尘世间的喧嚣。那亘古的岩石，那切入地下的涛声，都在悄悄研磨洗涤着你的灵魂，使你本来沉重的灵魂渐而就变得轻盈起来了，后来竟如蒲公英一样，缥缈、缥缈，使你在心里情不自禁地唱起了自由的歌儿。

温盘峪，十分魅力的旅游处啊！我感叹开发者的眼光是那么地深邃！不久，我听到了一个振奋人心的好消息，温盘峪已经被联合国科教文组织确定为世界地质博物馆。

站在米拉山口

○ 张菊兰（云南禄劝）

站在米拉山口，5013 米的海拔托举着小小的我，天离地很近，云离我很近，我离圣洁很近。

米拉山又称"甲格江宗"，意为"神人山"。米拉山是西藏拉萨地区和林芝地区的界山，因它横亘于东西向的雅鲁藏布江谷地之中，从而成为雅鲁藏布江东西两侧地貌、植被和气候的重要界山。它独特的气候条件，缔造了美丽的西藏江南林芝。

从印度洋上吹来的暖湿气流，顺着雅鲁藏布江这个天然通道长驱直入，行至米拉山口，被南北走向的米拉山像一扇门一样挡住。这些暖湿气流不能再西进或北上，因而在林芝地区形成降雨，使得林芝地区长年笼罩在来自热带、亚热带的雨水中，温暖潮湿，植被茂盛，而与林芝地区一山之隔的拉萨，没有了来自印度洋的暖湿气流，变得干燥寒冷，不仅没有丰富的动植物资源，就连山体也低矮浑圆，植被以灌木为主。

米拉山口是 318 国道海拔最高的垭口，是西藏到林芝的必经地。旅游车经过这里，都要停下来小憩，让游客观景。

当我站在米拉山口，晨风劲猛地吹拂着，天与地仿佛合在了一起，白茫茫混沌一片。一路在车窗外呢喃细语的雨丝，不知什么时候变成零星的雪花，盈盈然飘落到我身上。农历七月的家乡云南禄劝，还浸泡在酷热中，而米拉山口却让你实实在在地领略到冬天的气息，这不得不让人新鲜好奇、激动不已。我想大声喊山，以抒发我多年没见到雪花的喜悦；我想大肆宣传，让远在故乡的亲朋好友分享我的惊异。

掏出手机，小心翼翼地调好相机，欲找一个纯净的背景，摄几片圣洁的雪花，发送出去。可不一会儿，公路上先后停下好几辆大巴，人如潮水一般涌到山口。我换了好几个角度，都无法摄到空镜头。

嘟起嘴巴，我呶呶地发泄着心中的不满。一朵多情的雪花，好像想抚慰我，趁机穿过唇齿，融化在我的舌尖，凉丝丝沁人心脾，涤荡着我的心灵。一朵硕大的乳白色云雾从脚底升起，似乎欲擎着我在纯净的空气中飘飘然升空，我像坐在白莲花宝座上的仙女，身在起飞，心在起飞，感觉离天堂越来越近，离圣洁越来越近。

也许，最高境界的美只可意会，不可简单复制。我收起手机，裹紧红色披风，尽量避开人潮。我想让米拉山口刺骨的寒风，剔除掩藏在骨髓里的奴颜和媚俗；我想让米拉山口澄澈的空气，洗尽混在血液中流淌的杂质和病菌；我想让米拉山口的雪花，拂去滞留在身上的污垢和灰尘……然后脱胎换骨，纯纯净净地回到故乡。

海拔高高地挺起我，天空低低地压着我，雪花凉凉地拍打着我的面颊，我打了一个寒战，真切地感受到"高处不胜寒"的滋味。但挡不住美景的诱惑，不想躲回到有空调的车上。远处的山峰，在白茫茫的云雾中，若隐若现，虚无缥缈，仿如仙山琼阁一般美妙；近处的山坡，飘浮着色彩纷呈的经幡，与雪一般洁白的云雾相互映衬，分外妖娆。

米拉山因其巍峨雄奇，成为藏族人心目中的神山，它犹如一位高大伟岸的藏族汉子，一手挽着妩媚多情的林芝，一手牵着气宇轩昂的拉萨，雄赳赳地屹立着，撰写着神秘和美丽。

米拉山口最高处，矗立着一座标有"雪域之舟"的藏牦牛雕像。三只牦牛迎风挺立，威风凛凛，栩栩如生。牦牛是高原之宝，它不畏风雪，耐寒负重，坚韧不拔，是吉祥的象征。昂首挺胸的牦牛，既像祈祷上苍赐福人类，又像激励路人莫畏山高天寒、莫惧艰难险阻。威武雄壮的牦牛塑像，象征着藏族人的勤劳、勇敢、智慧和善良，是体现藏民族优秀传统文化和西藏独特魅力的标志性艺术作品。

米拉山口的蓝、白、红、绿、黄五彩经幡在早晨凛冽的秋风中猎猎作响，诵念着千百年不变的六字真言："唵、嘛、呢、叭、咪、吽"，向苍天诉说着藏族同胞祈福保平安的心愿。民谣中唱道：黄幡象征自现莲，红幡象征雨调和，青幡象征后裔长；红幡插在草坪上，如鹿角光耀眼；红幡插在屋顶上，如红火永兴旺。布的颜色在这里是有明确寓意的。

经幡也叫"风马旗"。藏族人认为，"风马"在深层意义上指人的气数和运道，或者特指五行；在灵气聚集之处（神山圣湖等），挂置印有敬畏神灵和祈求护佑等愿望的风马，让风吹送，有利于愿望向上苍神灵的传达和实现。

据说，藏民一生要念五百万次经文，有的人可能终其一生都念不完，聪明的藏族人就把经文写在经幡或经筒上，风每吹动一下经幡或手每摇一下经筒，就是在念一遍经文，借此来消灾解难，祈求神灵赐福保佑，积攒功德……

站在五千多米的云端，张目四望，心里豁然敞亮，整个人仿佛高大起来。第一次与天这么近，近得似乎可以听到众神的呼吸，仿佛一伸手，就能叩响天堂之门。五彩经幡随风飘荡，给米拉山增添了神秘色彩，我的心真切地感受到六字真言带来的宁静和祝福。

站在米拉山口，巍峨挺拔的山体托举着我。零星的雪花，飘落在红色披风上，我感觉自己脸上的笑容，也纯净如米拉山口六角形的雪花；身在透明澄澈的空气熏陶下，变得一尘不染；心在纯净无比的凉风淘洗后，变得白莲般圣洁。

花岩溪白鹭

○ 夏海峡（湖南常德）

你们纤灵的身姿再次掠过我的眼帘。

又见白鹭。

这么多年了，昔日的花岩溪林场改名为花岩溪国家森林公园，曾经的官冲分场折建成休闲民俗居，原来的超美水库更名为龙凤湖。岁月如梭，世界的一切都在变，亘古不变的永远是情怀。白鹭，只有你们还依然恋恋不舍地守着这树这山这水。

那是 1985 年，你们栖息在龙凤湖，就在我家门前的那个小山坳。那个时候，你们的家族还没有这么壮大。每天清晨，扎着两个羊角辫的姐姐在湖边背诵课文，稚嫩的声音和着你们清脆的鸣声，静静地流淌在湖面上。黄昏时候，你们愉悦地在夕阳下飞来飞去，听姐姐歌唱《谁不说俺家乡好》："一座座青山紧相连，一朵朵白云绕山间"……听着姐姐的笑声看着她的泪水，你们陪伴着她一步步长大；生生息息，你们的家族亦越来越壮大。

龙凤湖的山倒映在水中，绿油油的，那水中的白珠点点，便是你们的倩影。或飞或停，一动一静，映衬得湖水生机盎然。夏日的黄昏，常常因为有你们而绚丽极致。姐姐总爱在这个时候，打开拴在岸上的绳索，驾着小船，在湖中心荡漾。你们友好地飞落在船头，拍拍翅膀，在夕阳中抖落一身的金黄。小小的我却不准坐船，只能羡慕地站在岸边，看着惬意的姐姐。你们间或地绕着姐姐飞，轻盈越过湖面，背后的青山与白云牵手，姐姐就似那快乐的天使。这幅美妙的画一直那么清楚那么深刻地印入我的脑海，以至于常常在午夜梦回记起。

1999年6月6日，花岩溪国家森林公园举办了首届白鹭节。白鹭，你们有了属于自己的节日。或许上天就是让你们对这山山水水如此深的眷恋给感动了吧！这么多年，你们固守着花岩溪的山水，你们彼此融会一体，终于守得云开月明。你们被誉为环境保护监测鸟。家乡的这片净土，让我们彼此感受到了人类和大自然的和谐相处。花岩溪人用心地爱护着你们，一如你们的执着。你们快乐地生活，就是我们生活的快乐。

纷纷扰扰的尘世充斥着喧嚣和窒息，我们日益倦怠和麻木，我们渴望有一处驿站释放超载的心灵，于是，花岩溪的静谧淡泊，你们的与世无争，让我们在紧张的生活中得以小憩，感受那份"宁静以致远"。

登上观鹭台，对面山坳成片的白，你们栖息在树头、枝丫，你们对着湖面理着羽毛，你们拍打翅膀仰天鸣叫，你们悠悠地飞来飞去，你们用你们特有的方式欢迎着我们。灵性的你们将快乐送给每一位游客，让他们喜欢你们喜欢花岩溪，让他们在轻松的游玩中感受那份心旷神怡。

姐姐告诉我，她每次陪游客来到观鹭台，看见这一只只洁白的鸟儿，无忧无虑地翱翔在青山碧水之间，心底深处就会涌上一种莫名的感动和虔诚的感恩。白鹭，虽然我们彼此听不懂对方的语言，但我知道我们心意相连心灵相通，因为我们、你们都爱着花岩溪，深深地、切切地，我们都见证着花岩溪的变化。

白鹭，你们是花岩溪的精灵，花岩溪的山因为你们而更显隽秀，花岩溪的水因为你们而更显深蕴，花岩溪的人们因为你们更加快乐。常常在许多思绪如飞的日子里，想起以前的、现在的花岩溪，真心感怀你带给我们的一切。就是因为你们，花岩溪才逐渐走进人们的心里，才令越来越多的游人喜爱这里。

沿着阶梯缓缓而下，心中溢满一种淡淡的不舍。秋去春来，花谢花开，白鹭，下次再见的时候又会是怎样的一种心情呢？

明月朗照双清楼

○ 肖曙光（广东广州）

一个月光如水的夜晚，我站在广州市海珠区南华西街龙溪新街 42 号，一座三开间旧式民房前，驻足凝望，久久不愿离去。

这座民房占地面积约 400 平方米，是砖木结构两层楼的建筑。此刻，笼罩在淡淡清辉里的这座建筑，显得那样静谧和安详。我抬头仰望，楼上那间斗室的窗户，仿佛正缓缓向我打开，于是，一幅画面便在眼前徐徐铺展开来：120 年前，月华皎洁的晚上，在这间斗室的窗前，总有两张年轻的面孔沐浴在月光里，他们或临窗赏月互诉衷肠，或对月吟诵诗句，或伏案作画习字。斗室里，惠风和畅，暖意萦怀，幸福的笑容洋溢在他们的脸上。

这是一对新婚夫妇琴瑟和鸣温馨可人的画面。这对新婚夫妇就是廖仲恺和何香凝。何香凝因反抗缠足而保留下来的一双天足，正好符合廖仲恺遵照父亲遗嘱而提出来的择偶条件，他们因"天足"而结缘了。1897 年 10 月，两人新婚后，住进了哥哥廖恩焘的家里，先是住在楼下神厅后面的一间房子里，但是两位喜爱读书的年轻人，为了有一个清静读书的环境，搬进了楼顶左侧晒台自搭的一间斗室里。斗室虽然简陋，但在他们的眼里却是天堂。在这里，他们研读诗文，切磋字画，讨论时政。有月光的夜晚，推开窗来，让溶溶月色流淌进这间小小的斗室里，两颗年轻的心不知不觉融化在月色里，变得如月光一样澄碧干净了。

这样的日子，令他们陶醉。当又一个明月朗照的夜里来临时，面对月色轻洒斗室落下满地清辉的何香凝，不禁触景生情，脑海中浮现出杜甫"杖藜从白首，心迹喜双清"的诗句，写下了"愿年年此夜，人月双清"的诗句。于是，两人便把这间斗室命名为"双清楼"，希望"人月双清"。何香凝自号"双清楼主"。"双清"是何香凝希望自己为人处世，抛却一切杂念，达到清净的境界。

双清楼里，他们度过了五年的幸福时光，即便后来他们搬离了这里，依旧念念不忘。廖仲恺将其诗集取名为"双清词草"，何香凝将其诗画集命名为"双清诗画集"。

双清楼孕育了他们真挚的爱情，也播撒了两人相濡以沫共同革命的种子。1902年他们先后抵达日本，在那里遇到了孙中山，从此两人一直追随他，并肩走上了革命救国的道路。

廖仲恺与何香凝不仅是感情深厚的情侣，更是一对意志坚定的革命志士。何香凝赠诗廖仲恺，表达了她慷慨豪迈的革命情怀："国仇未复心难死，忍作寻常泣别声。劝君莫惜头颅贵，留取支那史上名。"廖仲恺坚决拥护孙中山"联俄、联共、扶助农工"三大政策，是孙中山的得力助手，国民党左派的旗帜。1925年8月20日，廖仲恺被国民党右派收买的暴徒暗杀殉难。廖仲恺去世后，何香凝将他坚守的人生信条"精神不死"四字作为勉励，"哀思惟奋酬君愿，报国何时尽此心"，她不惧困难和危险，继承廖仲恺的遗志，继续投入报国事业中去。

如今，双清楼早已人去楼空，但廖仲恺与何香凝同甘共苦的伉俪深情，舍身报国的革命情怀，如明月一般将熠熠光辉撒播下来，激励和影响着后人。

双清楼，一座不朽的精神丰碑。

犹忆黄龙溪

○ 解华福（四川都江堰）

黄龙溪是一处值得人们游憩和怀古的地方。

走近黄龙溪，远远地望去，黄龙大桥画栋雕梁巍然飞跨于锦江之上，让游人叹为观止。站在桥上，古镇上那几棵黄桷树翼然屹立于江岸，脚下是奔流不息的江水，微风拂面，满眼是水乡的味道。

黄龙溪有成都平原古镇的缩影，那里有熟悉的川西林盘，熟悉的乡里乡亲。晚间古镇上传来的打更声，令人仿佛走进江南水乡，走进张择端笔下的《清明上河图》。如今，这座因水而生的古镇仍然人头攒动，店铺林立，生意火爆，被龙神佑被水滋润的小镇古朴灵动，丰满着游客的梦想。

走进黄龙溪，幽深的街道弯弯曲曲，脚下是光溜溜的青石路。抬眼望去，乌黑发亮的门板，招牌古色古香，"扁担巷""蓑衣巷""泥鳅巷"等一条条街道透着浓浓古意。黄龙溪保存着明清时期的建筑，两旁是飞檐翘角杆栏式吊脚楼，临街和靠近河边的店铺是用来做生意的，门前挂着各色店招店牌。因地处成都平原发达的农业耕作区，锦江与鹿溪河在此交汇，黄龙溪逐渐成为水陆码头和茶马古道。水乡的人离不开水，每遇天干大旱或者洪水肆虐，他们就会对龙顶礼膜拜，祈求龙王爷保佑，以期风调雨顺，五谷丰登，因而黄龙溪留下了许多龙的故事和龙的传说。"千年古树伴古镇""一街三寺庙""三县一衙门"，这是黄龙溪留给人们的印象。这里有龙王庙、镇江寺、潮音寺等古迹和景观，有全国著名的火龙表演并列入国家非物质文化遗产目录。逼仄的街道上，青石板路面被岁月磨蚀得湿润而光滑，似乎还能听到当年古镇上那一串串骡马踢踢踏踏的声音。

到黄龙溪，你不能不去江边码头走走，到古镇小溪小巷寻幽。或登上游船，看江水东流，听渔歌唱晚，发悠千古思情。去探寻"窗含西岭千秋雪，门泊东吴万里船"的喜悦。

到黄龙溪你不能不尝黄龙溪的美食。在黄龙溪街上，你首先想到的是"老妈兔头""肥肠粉"和"一根面"，以及那从一家家餐馆、一张张餐桌上飘来的一股股扑鼻的美食味道。黄龙溪遍街都是小吃，比如芝麻糕、丁丁糖、珍珠豆花、牛皮糖、猫猫鱼、臭豆腐、肥肠粉、黄辣丁、焦皮肘子、土豆豉等，让游人品尝到了水陆码头和丝绸之路上的茶文化、酒文化。

回家的路上，我们发现，大包小包里早已装满了与黄龙溪有关的美味小食和旅游纪念品文化……

第二辑　故乡炊烟

——草垛·摇篮

乡间小路

○ 张浩洪（河北滦南）

周末，抽空回家探望一番。在县城住宿，见到的不是密密匝匝的高楼大厦，就是繁华热闹的人群车辆，今天又回到家乡一次，我的心情格外地兴奋与舒畅。好在到家的路程不长，充其量也就是四五公里，于是就安步当车，走下宽敞明亮的公路，溜溜达达地在曲里拐弯的小路上走去。

此时正值夏末秋初，虽然火辣的阳光强劲地照射大地，但偶尔吹来的阵阵秋风，使人感到一阵阵的清爽。我穿着衬衫短裤，走在乡间的小路上，放眼一看，左面是遮天蔽日的玉米地，右面是葱茏茂密的棉花田。此时的玉米，经过农民们几个月的辛勤劳作，从播种，到管理，一株株羸弱的嫩绿幼苗，俱已呈现出直立挺拔之势。黄绿的叶子，粗壮的秸秆，冲天的雄穗，趴在秸秆上的玉米棒，阵阵秋风吹过，飒飒作响。它们似欢乐的孩童，用迸发于内心的喜悦，向人们展示着自己美妙的姿容；像分别已久的亲人，以活跃的肢体动作，迎接着我这个少见的家乡之人。那些棉田，碧绿如油，高矮有致，伸出的枝枝权权上，布满了宽阔的叶子，叶子下面，花蕾绽放，艳丽多姿，每个花蕾都孕育着一个棉桃。在秋阳的照射下，显得生气勃勃，富有魅力。往前走去，眼前倏地亮了起来，这是一块花生地，蓬蓬勃勃的花生秧苗，在秋阳的照射下，熠熠生辉。像是商量好的一样，一垄一行的青苗，不高不矮、色泽一致，整整齐齐地竞相生长着。远远看去，既像巧妇织就的缎绵，平展展地铺在地上；又似技艺高超的妙手丹青，将一幅浓墨重彩、亮丽无比的画卷，奉献在人们面前。

我在小路上继续前行，在温和的秋风中观赏着如画美景，我的心中非常舒畅和惬意。走着，不停闲的思绪不由得将我带回曾经在家劳动的年代。那是在 20 世纪 60 年代，中学毕业的我，一度随着父辈，辛勤耕耘在这块土地上。春天，在生产队长的分派下，我和社员们，扛着锹镐犁杖，牵着牛驴骡马，到田里深翻、整地，将一粒粒玉米、棉花、花生种子，均匀地撒进耙好的垄沟；小苗露头以后，又拿着锄头，轻轻地在苗垄间锄耪，毫不留情地将一棵棵野草除掉，把僵硬的土层搂得松松软软，以有利于小苗的正常发育；小苗长到一两尺高，又拎着化肥袋子，将一把把化肥撒到苗子根前，补充其生长需要的营养元素，促使其苗壮成长。其间，还得撒药防虫、浇地抗旱、泄水排涝。到了中秋以后，就进入一年一度的收获时期，掰下来的棒子、摘下来的棉花、刨出来的花生，一车车地运往生产队的场里。在场里，经过晾晒干了以后的粮、棉、油料，该交国家的交到县里粮库、棉麻公司；该分配社员的送到各家各户；该集体储备下的存到生产队里的粮仓。这就是整个春种、夏管、秋收、冬储备的简单过程。由于当时生产条件所限，机械化程度还相当落后，在整个劳动过程中，人们几乎天天都是忙忙碌碌，脊背朝天，用汗滴禾下土的辛劳，以换得最后的劳动成果。劳作是艰辛的，而收获的果实又给人们带来无限的喜悦和欢畅。

我还清楚地记得，在劳作过程中，我曾因不会锄地受到过父亲的严厉斥责；因不小心除掉禾苗遭到过扣掉工分的惩罚；因不会修剪棉枝而遇到过同龄人的嬉笑；更因无力背扛粮袋多次跌倒备受尴尬的煎熬。岁月沧桑，时间如永不回头的河水一样，快速流淌，当年时值青年的我，如今已是人到古稀，满头华发，一脸皱纹。眼观当前之景，滚滚思绪令心潮难以平静。这个令我艰苦成长、获得无限人生常识的黄金阶段，思想起来，真是酸甜咸苦辣，五味俱全啊！

小路的尽头，就是生我养我的村庄。当我就要步出这块土地之时，回首又望了望那些深刻心灵深处的绿色稼禾，又多了几番感慨。还是这块土地，还是这些作物，但是，从种到管，从管到收，一切操作程序和原来大不一样。春天把播种机一开，轻而易举地就把庄稼种好；由于水利设施健全，根本不用担心沥涝之灾；一年不下雨也不用担心受旱，机井遍地皆是，喷灌家家都有；秋收之际，把收割机往地里一开，毫不费劲地就把各种粮食打下来，省下来的劳力，再去城里打工或是从事第二、三产业，一年下来的收入，不亚于城里的上班族。这些，和我几十年前的情形，相差实在悬殊。

我一路走下去，思潮滚滚，浮想联翩。庆幸现在的农村百姓遇到了好时代，但愿在党和政府的领导下，以后的日子会更加美好！

游龙烧花闹热年

○ 石建希（四川成都）

自从腊月初春官上门，闹热的过年便列上了日程。

所谓春官虽是乡村农人装扮，却是像煞有介事般慎重，头顶乌纱帽，身着旧时官服，左手持木刻春牛，右手拿打春棒，身背私刻的旧皇历，走乡串户投递皇历。每至一户，必有"风调雨顺，渔樵耕读，新年大吉，喜事逢双"等自编自套的吉利歌谣奉赠主家，名曰说春。主家接过皇历、门神，对春官也必有些许报酬。春官不止来一次，多数的农家也不生厌，于是足不出户，春联、门神、皇历、年画一应俱备。

春官带来年的信息，大家开始忙年。除尘清垢自不必言，最要紧的是杀过年猪，留下二十来天食用的肉食，然后制熏腊肉，熬油窖肉，以待来年；其次便数做糖，条件好的人家做米花糖、苕丝糖，差些的人家也会炒些花生米、爆苞谷花。这时孩子们最高兴，节日里手里口中全不落闲。而其他如蒸猪儿粑、置新衣等，各家也是尽力而为。

忙到腊月三十便是岁末，此日全家人务必同桌同吃。哪怕还在千里之外，也是尽可能赶回家里，与亲人团聚。如有意外滞留他乡，必定两处挂牵一样落寞。

祭过天地祖宗，贴好门神春联，挂好红纸灯笼，点燃悬在大门口的长长鞭炮，关上门，怎么吃也丰盛的团年饭才开动筷子。这团年饭要越吃得久越好，以示吉祥。接着便围炉取暖，伴着电视守岁，等到子时放过新年第一串鞭炮，方才休息。年之至此，方才过了一半。

新年初一，早早地烧香放炮，祭拜天地，然后全家上街，名叫朝街。大人小孩儿新衣笑颜，见人就拱手，开口必祝福。一过初二，便该走亲访友拜新年了。

初一的乡镇上更是热闹非凡，一年一度的游龙烧花会要出龙了。以前这烧花会多是祠堂商家赞助，现由政府组织。封建那套祭拜活动就多免了，由乡镇领导致过贺词，二十四颗大如饭碗的雷炮响过，参加游龙烧花会的各路人马齐齐上阵，便是出龙。数百人的队伍中，有祈祷丰收的草龙，描金绘彩的彩龙，还有闷龙、板凳龙、狮灯、牛灯、旱船、秧歌，还有装扮齐全的财神、福神和一些川剧人物，这些年还多了学校的鼓乐队，粉红黛绿，气势不凡。随后各路花会自会派人送喜帖，将自家花会要来的消息告诉各家各户，镇政府也会选择有代表性的龙灯到县政府拜年。

多数花会并不特别，虽也穿花摆尾耍弄一番，不过庄稼汉子总少些花样也缺些难度，通常是点点龙头，伸伸狮腰，送上一段吉祥喜庆，拿上红包走人。

花会真正的高潮是傍黑开始的烧闷龙。闷龙九节腰身，竹架绢布所做，粗如大水桶，每节分开，内置明烛，鲜艳夺目，又名亮龙。烧龙少不了花筒，花筒用鲜竹做成，长约尺余，内装火药，填得松紧适度，点燃后火焰超过一米。当闷龙游到自家门口，主家便用竹夹钳住花筒，将点燃的花筒火焰，对着龙头猛喷，龙头左撩右晃，终于忍耐不住向前猛跑，烧花人必紧追不舍，满街的人在躲闪中齐声喝彩，待一筒花烧完，多半已在十米开外，花尽龙头又折回原地，重复再三，一家花筒烧尽才行至第二家。烧龙气氛火爆，但一般也很安全，耍龙人除腰间和头上围一雪白长丝帕外，全身赤裸，身上涂满菜油，更有肩上的龙头遮挡，每有火焰袭来，耍龙人左闪右跳，偶有火花着身，只听见噗的一声，绝不伤害皮肤。烧花固然精彩，不过也时有花筒充填过紧点燃即炸者，虽不伤人，耍龙人蓬头灰脸手忙脚乱的姿势，也必然在鞭炮声中，引得众人哄笑，花样百出。烧花者习惯上是青壮男人居多，但也偶然有老人小孩儿一试身手，不知道是想把代表邪恶的年赶走，还是想把代表世界的年追上？

烧花更有一绝，名叫打水花。每有殷实人户，门前生一炭炉火，风机不停，烈焰蹿起，一人手拿铁勺，内置细铁砂，在炉上烧得通红，欲熔未化之际，抛掷空中，另有一人手拿木板如击棒球往空中一拍，嗒的一声，半空中繁星点点，颜色各异，耍龙人借着不停扭动向前迎避着铁水花，满街人群如潮水般随着闷龙涌上又避开，冲撞闪避中，笑声不断，更有一份惊险兴奋。这铁水花虽然没有花会结束后政府组织的焰火晚会壮观，气氛竟更热烈。

初一至初三，天天烧闷龙，围观人群众多，近者十里八乡赶来，远的则是从县城驱车几十公里专程而至。直到正月十五晚上，选一个要路桥头，或是水源龙脉所在，方将满身疮痍的闷龙浇上油，彻底烧掉，称为放龙归海。而后年的闹热方随着远去的车辆，还有山间小路上的电筒火把的亮光悄然散去。

一年里唯一的一段身心放松的日子就这样过了，激情重又蜷缩回谦恭节俭的骨子里。满地的爆竹碎屑，满钵满盆的菜肴，似乎可供圈点的地方还多，然而激情是最好的注白。也是，没有激情的人生会有多大的希望呢？

稻田上的草垛（外一篇）

○ 林杰荣（浙江宁波）

　　按照惯例，秋冬丰收以后，农民们总是会把脱谷的稻草秆子扎成一簇一簇地堆放在一起，如同一个小型的蒙古包，又或者像一座奇形怪状的尖塔。不管形状如何吧，它们都曾是乡村孩子们童年时光的幸福与欢乐的营造者，也是乡村不可或缺的一道朴实亮丽的风景线。

　　与春意盎然的满野绿色不同，这时候的稻田多是显露出枯黄的干涸。只不过，这种干涸并没有渲染出秋冬季节的萧瑟，反而延续了收获的喜悦与轻快。尤其是稻田上堆垒起来的一座座早已被风干的草垛，在阳光淡淡的抚慰下，反射出几许若有若无的温度，仿佛在每一个见到它们的人心中架起了一个个暖炉，驱散弥漫在空气中的寒意。

　　每一个草垛都记录着一个村的故事，每一个草垛都守护着一代人的童年。

　　辛勤的庄稼汉，垒起成堆的草垛，大抵是为了能够在冬日里备足耕牛的草料，为来年春种开一个好头。孩子们却不用为生计忙碌，只是单纯地将这一片零零散散堆满草垛的稻田当作玩乐的天堂，在这里无忧无虑地倾洒着童年的欢声笑语和天真烂漫。

　　躲迷藏、捉麻雀、扎草人、攀草垛……稻田上的草垛，不仅赋予乡村孩子丰富多彩的童年生活，更赋予他们意义非凡的心灵成长，让纯洁的童心感受到大自然的安宁，让明亮的眼睛看到天地间的纯净。

秋冬时节的阳光是难能可贵的。这时候，最惬意的事情莫过于攀到草垛顶端，随意地斜着身子躺在干草上，接受阳光对身心的舒适按摩。一些尚未完全脱尽谷子的稻草秆子，还会引来雀鸟竞逐颗粒，三五成群，叽叽喳喳，好不热闹。于是乎，上有温暖阳光普照，下有群鸟觅食之声，躺在草垛顶上，仿佛置身云端，轻飘飘的，思绪往往不由自主地飞向千里之外，为稻田上的美梦寻找一处可以安家落户的好地方。

伫立在稻田上的金黄色的草垛，很多时候更像是大地的卫士，忠诚，可靠，牢牢地守护着乡村的记忆与村民的渴望。它们经历了成熟，经历了收获，卸下沉甸甸的荣耀之后，只剩着几分谦虚与踏实。

伴随村子度过整个秋冬，或许在耕牛的咀嚼中实现价值，或许在烈焰的燃烧中完成使命，那些稻田上的草垛，终归有它们各自的结局。而每一个结局，都是在迎接一场全新春天的降临。

青瓦木屋

青瓦木屋是村里最古老的房子，主要分布在山脚下以及一些地势较低的老区域。我奶奶家所在的就曾经是村里典型的青瓦木屋聚集地。

一般而言，青瓦木屋多为老人居住，房屋与居住者都早已被岁月化装成一副风烛残年的模样。木墙上的每一条裂缝，老人脸上的每一道皱纹，都铭刻着乡村的历史，都记录了光阴的故事。

朴素与陈旧是这些青瓦木屋予人的第一印象，仿佛是将五六十年代的黑白照片立体地呈现在人们眼前，抹去了那些定格在胶片中的斑驳泛黄的沧桑，让乡村的曾经更加清晰可见。

青瓦木屋并非真是由青色瓦片覆盖，房顶瓦片多呈灰蓝色或者暗蓝色，也有些许青灰色的瓦片穿插其间，只是数量较少，远远望去，一片灰白相间。

偶有几丛绿色，那是历经日晒雨淋的瓦片上所滋生出来的苔藓植物，虽然没有鲜花娇艳，却也以其顽强的生命力为这古老的建筑添上一笔独特风景线。

在这里，独门独院的青瓦木屋较少，大多数以挨家挨户的形式存在，甚至有不少布局风格类似于北京的四合院。邻里之间，出门可见，即便独居的老人也应当不会太过寂寞。

许多木屋门前都会竖着一些木柱支撑屋檐，木柱下面则是垫着石墩子，与某些古装影视中的画面颇为相似。逢年过节的时候，人们还会在木柱上贴几副应景联作，更添传统喜庆的节日气氛。

青瓦木屋门前，往往会有一条鹅卵石铺成的小路，又或者是一条小泥路，可供四五人并肩行走，路面算不得宽广，却也留下了村里几乎所有人的脚印。

儿时，特喜欢在木屋门前的小路上与小伙伴们追逐打闹，或是挖几个泥洞，一群人玩打弹珠的游戏。玩得面红耳赤、污手垢面，被父母狠狠地教训一顿之后，依旧乐此不疲。

这些美好的回忆与曾经的脚印一样，都已经被路过的岁月深深地踏进泥地里，难以再翻寻。

乡村正值日新月异，而青瓦木屋却已经老了，老得就像只能卧病在床的患者，眼睁睁地看着红砖块、水泥墙、钢筋混凝土在村里突兀而起，大刀阔斧地将乡村改造得面目全非，唯有低沉地叹息一声无可奈何。

乡村在改变，时代在改变，一切都在改变，而改变就意味着要告别一些过往。

就像在村里屹立了半个世纪的青瓦木屋的身影，逐渐在风中消瘦。与此同时，乡村的记忆也正在渐渐缩水。

沉淀了这么多年的乡味，是否也会在时光中被稀释殆尽？无数颗充满乡愁的心中开始回荡起这样一个问题。

故乡的色彩

○ 陈雁飞（河南柘城）

又是一年的春天了，天气渐暖。村里枯瘦的老树上慢慢
地抽出了新芽，仿佛薄透的新琢翡翠，让人心喜。这是极美
的风景，然而看得久了，难免会审美疲劳。家乡的意义，在
于离开之后的魂牵梦萦和切切思念，只有在回忆的时候才愈
觉回味无穷。

小时候电力尚未全面普及，楼上楼下电灯电话还只是憧
憬，小村里的我们根本无从知道，同样的时刻，外面的世界
也许已经成了不夜城，即使是数公里外乡镇里的孩子，都开
始瞒着家人买游戏币了。我们似乎什么都没有，因为我们拥
有却浑然不觉：遍地的月光透着冷白，月明地上几个人互踩
彼此的影子，嘻哈不断；满天的星星相互辉映，组成一个个
瑰丽的图案，有勺子一样的北斗七星，有平行的三颗星，那
是猎户座的腰带，牛郎织女星只是听说，却总也找不到；柳
林间的风声送来花香，柳条折下来后抽出白色的枝干，手上
便有了笛子，一吹就发出嘟嘟的响声；树梢上的蝉鸣终日不
停，那是夜里漏网的爬蚱变的，旁边定有遗下的蝉蜕，捉下
来可以卖钱买糖；村头的大坑里有最好的胶泥，可以做成好
玩的手枪、小车，村里辈分最长的老人，唇上有两撇八字胡，
曾给我做过一只埙，虽然未经烧制，却可以发出呜呜的声音，

堪称神奇；田地秋收后捆好的玉米秆下潜伏着各种蛐蛐，只是小角色，头扁得像戴了大檐帽，叫"司令"，传说最是好斗；老人嘴里传下的故事总是说了一遍又一遍，"老吃虎"的传说吓倒了一代又一代的孩子；伙伴们自编的鬼怪总是花样百出，一堆人半夜卧在空房的草堆里，恐惧，亢奋，讲完了要结伴才敢回家。这些懵懂的日子，却成了日后最美的回忆。

对了，还有，一家人冬夜里围炉而坐的温暖。小时候的冬天常下大雪，大雪封门，几可盈尺，而且经冬不化，日晒夜冻，便成冻雪，踩上去如踩碎浮冰，嘎吱作响，一不小心或许就能摔个四脚朝天。这样的冬夜，通常无处可去，吃完饭就窝在家里，点上一支蜡烛，围在火炉旁，就着如豆的烛光，聊聊家长里短。屋外寒风吹彻，檐下的冰琉璃越来越长，屋内却还暖和，四面墙上人影随着烛影不停摇动，不时地传来欢声笑语，这是团聚的一家人。炉火边还会放上秋收的花生，被微弱的炉火烤着，慢慢地散出香味，并发出噼里啪啦的爆裂声，一会儿工夫就被兄弟几个哄抢一空。

时间都去哪儿啦？那些我孩提时代的珍贵记忆，也早已杳无踪影。小时候村中的那片空地是我们活动的据点，大人们在这里开会、拉家常，我们就在旁边追逐嬉戏、玩游戏，在他们的会场里穿过来穿过去，在这个聚集地，常常还能互相分享邻里家的饭菜，还总是觉得格外喷香。天色渐晚，我们意犹未尽，每当这个时候，家长就会大声叫着各自孩子的名字，喊我们回去，声音洪亮，能响彻半个村庄。如今那片空地早已盖起了楼房，当年的孩子也已各奔东西。每天可口的饭菜依然在舌尖，却已不见当时炊烟、不见我的童年。

那些时光，总是无忧无虑。小学时父母遇雨雪接送，一把大伞下遮着我和妈妈，大手牵着小手的温暖感觉，仿佛是在昨天；初中开始贪玩，胆子也大，敢爬树掏鸟窝，嫌夏天太热，抛却大人们的告诫，偷偷跳进村头的小河，哪怕回家挨打，这些顽皮我都没有忘记；高中和大学开始寄宿，每周定期还把换下了的衣服背回家洗，走的时候爸妈还拼命往书包放很多吃的，总是塞了又塞，说是正在长身体，不能缺了营养。当然，不忘在适宜的时候谆谆教导要好好学习。

此时此刻，这一切的一切，仿佛一瞬间回来了，刹那间又突然消失在时间的无涯里。有时我真的愿意相信讲述时光倒流的电影。可电影毕竟是电影，时光确实一去不返，韶华已去，时光不再。时间究竟去了哪儿？它还能回来吗？当身边的春风轻轻拂面，仿佛有个声音在对我呼唤。

前些年看到影印版凡·高油画《吃土豆的人》，画面有些晦暗，在破旧的屋子里，一家人在如豆的灯光下吃着晚餐。他们贫穷瘦削，有的麻木，有的不安，有的习以为常不以为意，历经苦痛却仍是最完整温馨的一家人。繁华终将逝去，留下来的，便是这最后的归宿，便是这生命的力量，永不磨灭。

故乡的雪

○ 司长冬（广东佛山）

北方的腊月天寒地冻，和广东是无法比拟的，但也有可以向广东人炫耀的话题，那就是雪。我曾多次将故乡的雪景上传到博客和空间中，当广东文友们惊叹时，我曾贴上一首打油诗打趣他们：

山舞银蛇原驰象，粤友惊诧北国妆。

黑狗变白白狗肿，莫非遍地是白糖？

那一刻我的心情，就像小朋友得到老师奖励的大红花一样自豪！

记得小时候，一进入冬天，长辈们就盼望着下雪。大雪对北方的冬小麦生长至关重要，既能冻死害虫，又能将农田冻得非常松软，还能给小麦提供宝贵的水分，来年的丰收就有了保障。所以家乡流传着"麦盖三层被，来年枕着馍馍睡"的谚语，就连书上也有"瑞雪兆丰年"一说。

然而我们这些"不解庄农事"的顽皮儿童，也同样对下雪充满了期待，因为下雪后，我们就可以到田野里抓兔子了。

每当早上醒来，看到"千树万树梨花开"，我们就急不可耐地约上小伙伴，带上狗来到野外。这时的大地白茫茫一片，碎琼乱玉般的大雪把贫瘠的故乡装扮得洁白丰腴，大地就像盖上一层洁白的棉被。我们踏着厚厚的白雪，深一脚浅一脚地寻找兔子的脚印。虽然冻得脸蛋通红，手脚生疼，很多时候还是空手而归，但我们却乐此不疲。大地就像一个巨大的游乐场，堆雪人、打雪仗、打滚、翻跟头，累了，就躺在雪地上；渴了，抓一把雪就吃。一旦发现兔子，就带着狗欢叫着追上去。由于兔子的腿很短，在雪中就像陷入沼泽中一样，往日的敏捷也大打折扣。抓到兔子后，我们都会欢呼雀跃，连狗也兴奋得围着我们撒欢。那时候，我们最大的心愿就是能天天下大雪，天天抓兔子！就算是弄破了衣裤、弄湿了鞋帽也不怕母亲训斥，因为总能得到父亲大度的庇护，原来雪地抓兔子也是他们童年的最爱。

联产承包后，农民种田的积极性空前高涨，长辈们精心地呵护着土地和庄稼。连地边、河滩、甚至坟头也见缝插针地点上几株玉米，栽下几棵红薯，而河沟和路边的野草没等长高就被割了喂牛，信奉"人勤地不懒"的长辈们起早贪黑，辛勤劳作，随着粮食年年的丰收，故乡呈现出一派欣欣向荣、人财两旺的喜人景象。只是每当庄稼收割后，一览无余的田野里，能让兔子栖身的地方越来越少，兔子也越来越少见了。

但进入21世纪，大批年轻人离开故乡到外面打工，留在家里的全是老人、孩子和妇女，农田失去了往日的魅力，甚至出现了大片良田撂荒的现象。父亲在电话里告诉我，由于人口减少，荒地增加，故乡的兔子又多了，甚至以前绝迹的野鸡、刺猬、鹌鹑、黄鼠狼都又出现了。我听后心中五味杂陈，从保护环境的角度来说，野生动物的增多是人与自然和谐相处的体现。但从另一个角度来说，也与故乡的凋零此消彼长。

2015年春节，故乡又下了一场大雪，我和几位发小一时心血来潮，想"老夫聊发少年狂"，相约来到田野里抓兔子，重温一下儿时快乐的情景。孩子们也兴趣盎然地跟着我们，想亲眼见证那曾让父辈们魂牵梦萦的童趣。但当我们来到村外，只见撂荒的农田里，大片干枯的荒草展示着曾经的茂盛，几个破塑料袋挂在上面发出呼啦啦的噪声，还有许多没收割的玉米秸秆在寒风中瑟瑟发抖。这些枯草残秸在雪地里显得非常刺眼，就像洁白的床单上留有大片枯黄、灰褐的污渍。雪地上的兔子脚印倒有不少，但要么找不到兔子，要么就是发现了兔子，兔子好像挑衅地望着我们，然后一下就钻进草丛中不见了踪影。我们几个大腹便便、穿着臃肿的中年人没追几步就气喘吁吁，大家面面相觑，望"兔"兴叹。而缺少锻炼的孩子们也失去了兴趣，嚷着要回家看电视、玩电子游戏。就连那养尊处优、不缺食物的狗也围着我们在哼唧，似乎在央求快点回家吧。发小们意兴索然，纷纷建议回去打麻将喝酒。"想吃野味还不简单，市里的野味农庄里什么稀奇古怪的野味都有，今天我请客，咱们别在这儿受罪了，真没劲。"一位老板发小的提议得到了大家一致的赞同。

天空灰蒙，雪野苍茫。一阵寒风吹过，我打了个寒战，这时佛山的朋友打来电话：司兄，听说河南下雪了，你可要多拍一些雪景和雪地抓兔子的图片让我们看看啊。

那一刻，我支支吾吾：不好意思，我家没下雪。

市井之声

○ 万有文（甘肃高台）

　　这是一段短暂的声音。短暂，是因为只给了他们不到一个多小时的时间。

　　他们是一些来自农村或城市里流窜的小摊小贩。他们有的开着电动三轮车，有的骑着三轮车，也有开着三轮汽车的，那南边靠近体育馆展柜的就是三辆卖肉的三轮汽车。而除过这三辆三轮汽车外，其他车上有的放着青菜、萝卜等蔬菜，有的摆放着苹果、香蕉和梨。那些水果和蔬菜有些是从农民的大棚里刚刚摘下来的，而有些似乎是已搁久了，不再新鲜了。那萝卜本来樱红一般鲜红的色调此刻却显得有些暗沉，像生病了；而那些梨或香蕉，则像长了黑斑一样，慵懒而病态地堆放着，谁看了都像是一群嫁不出去的丑姑娘。尽管摊点的主人不断地吆喝，"便宜卖了，便宜卖了。"但买的人还是很少，人们侧过头去看，看看，拨拉几下，问，"都这个样子了，还能吃吗？"摊贩捡起一个，擦擦放到嘴里，啃上一嘴，水就顺着嘴角流下来，一边说，"咋不能吃？好好的，就是外边变色了。"看的人才挑上几个还能看得过眼的。

　　转一圈，就能看出来这里的东西，比别处要便宜很多，一个是这些摊贩就是种菜的附近村子的农民，他们直接从自家的地里摘下来，属于自产自销，再不用拉到东边的菜市场卖给菜贩子，他们卖得比城里的零售价便宜，又因省了中间的环节，自己挣得也比卖给菜贩子多，这样倒是两边欢喜；而还有一些是快熟透的蔬菜水果，在菜店或正经摊位上已经卖不了好价，在这里倒是让大家捡了个便宜。正是这个原因才吸引了很多人的目光。

到这里买菜的都是些什么人呢？是早晨起来锻炼身体的人，要么是老头老太太，要么就是一些中年妇女。这里临近大操场，也就是大家熟知的"全民健身活动中心"。而在西边则是一些中老年妇女和老头在跳广场舞。自广场舞时兴起来以后，城市里每天都能听到这样的广场舞音乐，看到这样跳广场舞的身影。特别是去年与前年这一年多时间里，中心广场改建，有很多锻炼的人无处可去，一部分人就找到了老文化委大楼东侧的这片小广场。而那些商贩们也瞅准了这个地方，老头老太太们及妇女们跳完舞，转过来，顺便就把菜买回家，节省了不少时间。紧接着卖水果的、卖肉的也来了，哦，对了还有两个卖鞋袜衣服的，也利用这短暂的一点时间，摆摊设市。前面是吆喝声此起彼伏，后面是音乐声不断，欣喜地说一声，"这才是生活呀！"讨价还价的，看秤的，挑拣水果蔬菜的，漫步和随意探看的，熟悉的生活和熟悉的情景，如几十年都没有变过。

那些人还穿着运动衣，那些慢节奏的生活和慢下来的步伐，穿过摊点间的过道，每个人的脸上都是市井里那随意的微笑和惬意。生活原来这么热情，这么清晰和热气腾腾。

在那些摊位间忽然看到一个亲戚，原来是在西十字的拐角处摆摊，后来那里不让摆了，没想到他又在这里"安家落户"。他的叫卖声还和西十字街口一样，"快来买啊，梨便宜卖了！"声音高亢而直接，引得几个人上前翻看和寻找。这边一个熟人更是咧嘴笑着，想不起是在哪里认识的。那人转过头又向着人群里喊，"便宜卖了，便宜卖了，快来看哪！"这声音高亢而热烈，朴素而真诚。在一阵微笑之后，愉快地离开那里的人群、叫卖声以及音乐声，忽然觉得我们离开生活太远了，觉得这里才有真正的生活，这里才有属于生活的声音，那些真诚而朴素的声音，因为在这里充分体现着民以食为天，散漫的生活透着市井的随意，这是一种只属于底层百姓生活的节奏。

草垛·摇篮

○ 徐彩娥（山东青岛）

　　父亲不是堆草垛的好手。每每他都会把草垛堆得又细又高，还歪斜着，有点像他本人——父亲高大，但瘦，驼背。我们很不开心，这不好玩哪。父亲便赧赧地不敢堆太高，堆到一半就停工。等我们踩踏够了，玩过瘾了，他才去重新收拾惨不忍睹的现场，把他的活儿干利索。

　　晚饭后，夜的大幕拉开，星星像银钉洒满清幽幽的天幕。月亮抛下一层层白纱，房子啦，树木啦，一下子就有了朦胧柔和的带点毛边的轮廓，村庄顿时有了童话的意味。风也褪掉了白天的燥热，丝绸般爽滑滑地飘过。这样的夜晚对孩子们是一种巨大的诱惑，何况还有坦荡荡的打麦场，还有堆在边上的新鲜麦秸草和金黄色的草垛。我们姊妹三个，再加上前屋两个孩子、后屋一个大点儿的，就在这附近藏猫猫，麦秸草被我们踢踏得到处乱飞。玩够了，再换个老鹰抓小鸡的游戏。喊叫声，笑闹声，把人家后窗的灯光震得晃晃荡荡，天上的银河，也被吵得哗啦啦直响。

　　玩累了，就躺在草垛上，吹风，看星星。这个时候，大家的嘴巴都像拧上了开关，世界一下子安静了。就那么随意伸展着身体，挨挨挤挤地，极散漫地躺着。柔软的麦秸草在身下散发着隐隐的香味儿。忍不住拿起一根，放在嘴里嚼。

嚼着却没什么味道。丢掉，再拿起一根，当成竖笛，吹。自然只有咝咝的出气声，但是心里似乎飘过一支什么歌，红灯牌收音机里唱过的。想抓住，它又溜了。只好呆呆地看着天空，找星星。牛郎织女星是认得的，他们很早就跟随母亲的故事出现在夏夜里。盯着他们，看他们相望得那么辛苦，真想飞上天去，把银河扒拉两下，用星星搭成一座桥，这样他们就不必非得苦等一年一度的相会。然后再找北斗七星。它的亮亮的勺柄一直是那样，转啊转，是一把硕大的银勺子放在巨大的磨盘上，被驴子拉着缓慢绕圈的感觉。

这时候母亲出来了，拿着块补了补丁的雨布。她照例是责怪我，怎么又不铺东西就躺上面了。我这人出身低微，但肌肤娇贵，接触麦秸草，裸露部分的皮肤是会起红疙瘩的，痒痒的，火辣辣地难受。但我不理会母亲。铺了东西，在草垛上躺个什么劲？

母亲无可奈何，叹口气，回去了，我扬扬得意地听风，醉醉地嗅着风的气息。风的脚步踏过田野，带来泥土和庄稼的香。又飒飒穿过树梢，惹得小憩的鸟儿低低叫了一声。最后它来到我的身旁，掀掀衣角，挠挠手脸，像母亲的抚摸。然后我就睡过去了，梦里有星星的私语，有从人家窗户透出来的昏黄的灯光，有虫鸟的轻鸣，还有麦秸草的香。这是一个在大自然怀抱中自由成长的童年。

不知过了多久，三家大人呼叫孩子回家睡觉的声音从窗户里、门缝里钻了出来。大家这才不情愿地爬起来，揉揉眼，深一脚浅一脚地回家了，继续做梦。梦外等待我们的，是一个忙乱的明天。

我呢，身上照例是起了小红疙瘩了。我不作声，因为是心甘情愿的。母亲心疼，但也无话可说。我想她理解我对草垛的深深眷恋。

那时候，大人们就是这么好脾气地纵容着孩子，毕竟有草垛供孩子玩闹是件自豪又奢侈的事情。搁以前是真的没有的。穿的不够，吃的不够。烧的也不够，生产队里的草还要喂牛马，分到各家的草不几天就烧没了。秋末，没了农活，母亲歇工的时候，赶上星期天，我常常跟她到很远的地方去拾草——近处的已经早被抢收了。挎上面槐条子编的篓子，带上镰刀，扛着搂草的竹耙子，向变得开阔了的原野进发。正是秋高气爽的时候，高天流云、呼啦呼啦扇动金翅膀的阳光、玩着花样飞翔的鸟儿、不时滴落的圆滚滚亮晶晶的鸟鸣声、连天的荒草，说不出的美。但新鲜劲儿一会儿就过去了。割草，捆草，用耙子划拉散碎的草，好单调，好累，汗水浸透后背，但还得那么不停歇地干着。半天过去了，父亲推着手推车吱呀呀地过来运草了……坚持了那么几天，农家的炊烟就能飘起来了，冬天就有热炕头可以对抗窗外呼呼的寒风了。那些年的冬天，出奇地冷。

但是这种茅草的草垛，我们没想过要用来玩。没有意境，提不起兴致。

后来土地下放了。为了报复没有馒头吃的日子，各家狠劲种麦子，于是家家打麦场上比赛似的矗立起高大浑圆的麦秸草垛。

农家的日子红火了，孩子们也长大了。草垛没人光顾了，没长大的孩子也不来了，他们有了黑白电视可以看。很快又有了彩色电视。现在电脑手机也不再是奢侈品，农村再也看不到到处疯闹的野孩子了。

至于草垛呢，却又是越来越小了。人们渐渐找到了外出打工的门路，种地成为业余时间的零活，因为它已养不起需求越来越多的日子。再后来很多年轻人彻底舍弃了土地，或者迁离土地搬到城里定居了，种地成了老年人的事情。但老年人也很少有种麦子的了，因为收割时天太热，遭罪。现在谁还吃得了当年的苦？

时间的脚步一会儿就丈量了很多年的时光。回忆不自觉地剔除了当年的艰辛、清苦和眼泪，只留下星星、月光、金色麦草垛、淡淡清香和笑声。

泥土，父母的血汗和泪水，创造出金黄的麦垛，哺养了贫瘠的年代，也哺养了一代人的人生。

母亲的菜园

○ 张吉萍（吉林德惠）

菜园不大，到处皆景。

春天，土地刚一复苏，母亲便开始播种了。母亲先从菜园里收几篮土弄回屋中，筛去杂物，接着把这些土装进许多纸杯大小的塑料碗儿里，然后再给这些整齐排在泡沫箱里的塑料碗儿浇水，等碗里的土彻底吸足了水分，母亲便开始播种了。

每年三四月份，我家的窗台上总是摆满了泡沫箱子，箱子里装满了各色的塑料碗儿，一个个挨挨挤挤的。母亲每天都盯着这些宝贝，发现土略微干了，就用小喷壶洒上一点水，常有一些不甘寂寞的杂草三三两两地钻出土来，母亲总是很小心地把它们拔掉。没过多久，母亲种下的菜种终于破土而出了。那一刻母亲仿佛看到了分娩的胎儿，眼睛里满是欣喜和自豪。此后的一段时间，母亲就像侍候婴儿一样侍弄着这些"孩子"。等它们渐渐长大一些，母亲便把它们移植到了外面搭建好的小塑料棚里。定时通风、浇水，菜苗在温暖的小棚子里快速地生长着。

几场春风春雨，天渐渐地暖了。立夏前后，母亲便把这些宝贝移栽到了菜园里。

夏天的菜园就像一幅绿色的织锦，浓淡相宜，高低有别，疏密有致，一片葱葱茏茏的景象。

菜园的入口处，有一株芍药花。芍药花开时，也是菜园繁华的开始。这株芍药每一年都开得热情洋溢，百十朵粉色的芍药花在绿叶丛中或凝视蓝天，倾听飞鸟的低吟；或低垂粉面，与大地深情地交谈。金黄的花蕊上，翻飞的蜜蜂贪婪地吸取着花蜜，即使有人走近，它们也毫不惊慌离去，而是从这朵花上又飞到了那朵花间。小蚂蚁也成群结队地沿着花径爬上来，忙忙碌碌地花叶间嬉戏，在花蕊里偷食花蜜。夜来风雨，晨起满地残红。花无语，花瓣上大颗大颗的雨滴，却听不见花泣。一次生命的旅程又付诸了一场花祭。"明媚鲜妍能几时？一朝飘泊难寻觅"，那场景常让我想起黛玉的《葬花吟》。

阳光暖了，菜园里的一切都在你不让我我不让你地拼命疯长着。黄瓜开花了，在绿叶的掩映下闪烁着黄灿灿的光芒；紫盈盈的茄子花也张开了笑脸。南瓜、豆角、葡萄都在悄悄地开着花。"一切都活了，要做什么，就做什么。要怎么样，就怎么样，都是自由的。倭瓜愿意爬上架就爬上架，愿意爬上房就爬上房。黄瓜愿意开一朵花，就开一朵花，愿意结一个瓜，就结一个瓜。若都不愿意，就是一个瓜也不结，一朵花也不开，也没有人问它……"母亲的菜园确实和萧红笔下的菜园一样自由，一样美丽。

这一畦香菜刚刚长大，那一畦就已经发芽。大葱的种子还未成熟，小葱便已经在母亲的手下一垄垄地整整齐齐地生长。东墙根的韭菜剪了一茬又一茬，西墙根的蒲公英开了一次又一次。最有趣的是，母亲种下的一瓣瓣大蒜，如今竟已经长成了小笼包大小，白色的外皮包得紧紧的，真的猜不出那一瓣种子究竟孕育了多少"子民"？

菜园里品种最丰富的要属辣椒了。前边几株尺把高、叶子略阔一些的是青椒秧，几个拳头大小的青椒结结实实地倒挂着，绿得油亮油亮的；后边几株叶色略浅的是羊角椒，粗大的羊角椒鲜绿鲜绿的，正躲在叶子下面享受着阴凉。左边的几株狗尾椒密密层层的叶子又细又长，细碎的白色小花还未落，辣椒就已经长得近10厘米了。长大后的狗尾椒可长达20厘米。顶着花的狗尾椒还没有铅笔粗细，那身段就像窈窕的少女一天天成熟。它们大多长在茂密的椒叶下面，很少有崭露头角的。这几种辣椒的果实都是向下生长，基本都是每一个枝丫上长一个辣椒，可是右边的竖椒却与众不同。它的每一个枝丫上都长着一簇小辣椒，几个或十几个不等，而且全部竖直地向上生长，整齐地朝向天空，或许这就是竖椒名字的由来吧。直到竖椒成熟，也仅有小拇指大小，一簇簇的小辣椒，红艳艳地立于万绿丛中，让人心生喜悦和怜爱，就像一帧风景静默于菜园的一隅，给人以无限的遐想和回味。细一看这四种辣椒竟然被母亲规划成了一个"田"字，母亲的菜园除了注重颜色搭配，还包含着一定的文化韵味。

秋天的萧瑟只有那么几天。几场秋霜过后，菜园里的大多植物都结束了生长的使命。那些原本绿盈盈的生命在阳光下蔫了，憔悴了，软绵绵地耷拉着脑袋，低垂着发白的叶子。母亲很快便把这一园的衰败清理了。裸着的土地上，偶有几片残叶在秋风中微动着。可是那些种子，早已经被母亲分类装好，等待明年的春暖花开。从此，菜园变得线条清晰，美得简单整洁。

菜园不大，却被母亲侍弄得满目繁花。这里有声有色有情趣、有花有果有文化，这里种着母亲的希望，开着母亲的欢喜。方寸之地，尽显母亲的勤劳，完成了一家人绿色的供给。

乡村"水井边"

○ 张浩宗（四川万源）

我说的"水井边"，不是人工挖掘、嵌入地下的圆形筒井边，而是村里人常去房前屋后在木质水槽下接取饮用水的地方。

在川东北一带的乡村，大山里遍布着数不清的山泉、溪水，少见井水，但凡起房造屋，村里人总是选取紧挨泉水淌流的地方，泉水流经有落差的地段，就是最理想的"水井边"。

地段选好了，院儿里人就在有落差的泉水的终端处固定好一截木质水槽。泉水沿着木槽匆匆流淌，至水槽的尽头便倾泻飞落，木槽下便有了一股急速、清澈的流泉，长年不断。

经年累月，水槽下慢慢就被流泉冲击成一凼齐膝深、一平方米左右的小水潭，潭边被人斜斜地安放了几块小桌面般光滑、被打磨得光可鉴人的青石板，院儿里人就能常年蹲在水潭边就着青石板搓衣服、洗衣服、清衣服了。

更多的时候，"水井边"会三三两两走来挑着一对木桶的人，他们依序排队，先将一个木桶放在水槽下接满，又换上另一个木桶，待两桶水都接满了，就用一根扁担吱吱扭扭挑回家去。

这就是大巴山人沿用了很多年最原始、最惯常、最便捷的饮水方法。

有的"水井边"供一座院子的人使用，有的"水井边"要供几座院子的人共用。"水井边"是人来人往最多、最勤的地方。当有人一时半会儿不见了踪影，或有谁抬高嗓门呼喊自家的娃娃回家吃早饭或晚饭，如久唤不回，就有人搭腔说，咋不去"水井边"找找呢？兴许就在那儿呢！

有人不信，依旧找，可找了半天，最后多半还是在"水井边"找到了。不见踪影的那个人和那个娃娃，正在水井边洗衣服和玩水哩。

幺娘是一个把干农活看得比命都还重的人。为了赶季节，她总是成天忙碌在田间地头，出门前胡乱将细娃儿的脏衣、脏裤随手扔进水潭里任其浸泡，三五几日都不斜眼看一下，有时到"水井边"挑水，也总是行色匆匆，生怕耽误了一时半刻的时间似的，猴猴急急担一挑水回家便到田地里忙农活儿去了。

一段时间，"水井边"水滩里的脏衣服、脏裤子都泡起白边儿、长"盐碱"了，仍不见幺娘清洗晾晒，一院子的人都骂骂咧咧，就是没有人敢站出来说叨几句。为啥，因为她丈夫在公社做事，"有权有势"哩。得罪她干吗呢？那就把一腔怨气小心憋着吧，谁让大伙儿都在心头惧她呢？

也有胆儿大、不信邪的，见十天半月还有馊衣、馊裤浸泡在水潭里，就走来一个干瘦的老头儿气呼呼地将一潭脏兮兮的衣服、裤子甩在了潭边的垮坎上。幺娘知道是谁甩的，想针对这个老头儿冒火，又在心里畏惧着，只能对着大山、对着林丛、对着墙壁敞开喉咙乱骂一气。指桑骂槐嘛，谁也不理她。那干瘦老头也不还嘴，却独自在心里乐开了花。她又没指名道姓，由她骂吧！

这干瘦老头何许人也？乃家族里的老辈子。性格古怪，独来独往，但正直无私，在家族里极有威信，德高望重，院子里哪家有了大事，都等着他发话哩。幺娘拿他有啥办法呢？

其实，幺叔不张扬，很正派，更不趾高气扬、装腔作势，从来不把自己当成一个啥了不起的人，不就是在公社当干部嘛！那又咋样？也从不见他"仗势欺人"过，平时对人总是客客气气的。只是幺娘自个儿在心头"倚仗"老公的"权势"，在嘴上过过欺负人、糟践人的干瘾，实际呢，当着院子里人，连一句重话都不敢哼哈几声。

因此，幺娘只是在表面上仗势欺人，内心却是空虚脆弱的。因为幺叔只要听说她在院子里做了啥出格的事，知道后准会对她一顿拳脚相加，每回都是皮开肉绽，让她不长记性都不行。

一次，幺叔不知咋知道了她"死泡"脏衣裤、还开口骂人的事儿，从公社回来后，趁院子里人多的时候，当着众人，抓住幺娘就是一阵拳打脚踢，直打得她喊爹叫娘，嘴里连连告饶，还不住地大声吼，我下次再也不敢了……

幺娘从此规矩了许多，水滩里再也没见过她泡上十天半月的脏衣服、脏裤子了。

打那以后，"水井边"又如同往日般干净、清爽、安静了。

溪脉细细，叮咚淌流，润泽了山里人的日子，滋养了山里人的岁月，伴着山里人的喜怒哀乐一路歌吟，笑眯眯地流向远方……

后来，慢慢地，不知是谁想出了一个妙招，山里人将山泉用拇指粗细的水管从半山坡引进屋里，之后，一条条溪沟便干涸了，村里再也看不见清澈流淌的山泉了，再也听不见山泉唱歌的声音了。

前不久，我回到老家，路遇幺娘。幺娘早已白发苍苍。

幺娘依旧粗门大嗓，远远地招呼我，说，侄儿啊，我好久也不见你回一趟家了，你晓得不，我们山里人的日子是越过越好哦，你看，连离屋只走几十步的山泉都被我们引进了家里，安上了自来水管，用水时，龙头一拧，水就来了，不怕侄儿笑话，幺娘我已经有 10 多年都没有挑过水了。

说完，幺娘哈哈大笑起来，爬满皱纹的脸上洋溢着难以抑制的自豪和喜悦。

面对幺娘的热情，我无奈地点了点头，心里却不知涌起一种啥滋味儿。

我熟悉的乡村和记忆中的"水井边"到哪里去了呢？

童年农事

○ 陈辉忠（四川威远）

　　童年的生活一如满沟的稻穗，幸福地金黄着。孩子们的快乐，在稻田里每一个深深浅浅的脚窝里，晃荡得叮当作响。大人们组成的收割方阵，在挥汗如雨中割倒沉甸甸的稻禾，成把成堆地码在田间，犹如砍伐着一片片森林。稻谷饱胀希望的渴盼，等待着一阵撕心裂肺的疼痛后完成最后一跳，成为金灿灿的粮食。打谷机与半桶联合组成生产线，将打谷子的和声交响推向高潮。在这条生产线上忙活的一般是五个人，打谷机的脚踏板仅供两人各放一只脚一起上下踩动，通过齿轮及传动杆带动使装有倒 V 字形的铁齿飞轮旋转，两个熟手主持打谷的关键程序，接过两边副手递过来的谷把子，送到旋转的飞轮上，一颗颗谷粒于速度里翩翩舞蹈，在阵痛中画出一道道优美的弧线，完成从播种到收获的生命旅程，幸福地酣眠在半桶里。脱粒后的谷草被扔在旁边，垒成垛。然后专门由一个人将其打成谷草捆子，在田埂上站成一个个"谷草人"，犹如一排排列队的士兵，等待收获的农人检阅。打谷草捆子是个技术活，一般得上了些年岁的人来完成。只见其两手抓出一大把谷草，再抽出较长的几根视作草索，在两腿的帮扶下，对着谷草末梢不远处就势一围，再使劲一勒，草结就打成了。这套活儿直把我们这些小鬼们看得眼似牛卵。

这不打结，怎么能成捆呢？于是照着老人的样子去体验，却怎么也捆不成把子。后来向老人请教，才知其奥妙。原来是勒草把子的时候，另一只手的大拇指顺势将草索一端压在围过来的草索里，待使劲一拉，就自然成结了。整个动作要十分协调，充分把握分寸才行。于是，不得不打心眼里佩服劳动人民的智慧呀。

打完一定区域的谷把子后，得将这条生产线前移。两个熟手从打谷机踏板上下来，一手拽住半桶"耳朵"，一手扶着打谷机，而两个副手转到半桶后面，一前一后使劲儿推拉，在新的地方又开始重复前一轮工序。广阔天地，其实真有作为的，农人们用自己的方式，在书写着丰收的华章。孩子们的快乐，仅仅只是这部和声的几个装饰音而已。

一挑挑谷粒，被送至晒谷坝里，在阳光的烘烤下，完成另一个乐章。这里是农人们给谷粒搭建的另一个舞台。谷子从枝头到走进饭碗之前的履历，就在这里由农人们填写。谷粒被经过反复晾晒后，首先被送进风车里，经过其生命旅程中的一次重要挑选。风车开始工作的时候，谷粒从风车最顶端的漏斗形装置里，通过一块很小的舌形门闩，泻入另一个被扇叶高速旋转而鼓满风的世界里，进入残酷的"双选"环节。那些未曾饱满的瘪囊壳、稗子之类的东西，就被轰出粮食的范畴，去到该去的地方。童年时候给我们留下最深刻印象的，就是那块舌形门闩，竟然能承载上百斤的重量，而且"车"谷子的整个过程，它主宰着最关键的一环，担负着最重要的责任，扮演着最出彩的角色。四两何以能够拨千斤？童年时候便有了深切的感受。整体的实力和竞争力，往往从一个极不起眼的地方显现出来，这个短板管理理论，就是那时候最大的收获。

在风车周围鞍前马后嬉戏的，就是我们这些顽童。忘形是快乐至极后的结果，而回到家中，更刻骨铭心的是浑身奇痒难受。也许只有此时此刻，我们才最清楚，那些让我们敬仰的粮食身上是有刺的，谷壳上的一层茸毛状附着物，可不是闹着玩的，对皮肤有很大的刺激作用，孩子们的皮肤大都对其过敏。可是风车一响，我们的快乐便又拉开序幕，至于其他的东西，才不放在心上呢。

最后脱颖而出的就是真正的粮食了，它们被很尊贵地送往围席圈定的粮仓里，堆成小山丘。傍晚时候，这些地方便成为我们游戏的主要场所。孩子们对粮食的崇拜，可见一斑。

童年农事，随着流逝的岁月一起逐渐模糊。粮食还是堆积在仓库里，硕鼠们尽情地享受，已经没有多少人在意。如今农人们不仅粮食富有，心灵更富有。随它去吧，鼠们也得生存，顶多是对鼠们食而硕后过河拆桥胡乱糟蹋粮食表示愤慨。

田里的风景在四季轮回中依旧，行走在田埂上的人却发现土埂两边早已物是人非。残存的那些记忆影像，被飞驰而来的庞然大物啮噬得面目全非。却令人又惊又喜，因为那是文明在进步！

墙头风物

○ 韦大龙（贵州贵阳）

这墙，围墙之墙，高墙之墙或高墩之墩，乡村可见，城里亦可见。墙头风物，无城乡之别，以一种自在、从容、优雅的姿态，在尘世间生生不息。

这风物，有迎春藤。

春寒料峭，迎春藤不择地，不择时，光秃秃的藤蔓渐次染绿，迎春藤华丽转身，一袭绿色长裙，临风飘舞；盛开的迎春花，金光闪闪。金黄的花，碧绿的藤，风韵天成，在墙头独自灿烂、芬芳。

烈日下，迎春藤静静地悬挂，仿佛剪刀裁出的绿叶上，似乎发着白光，但绿意流动，娴静而优雅。清晨或者傍晚，无须忍受难熬的炙烤，似乎滋润了，绿得青翠，青翠欲滴。一场雨来，淋湿了滚烫的夏天，轻轻拥抱了迎春藤——这绿色的、韧性的、不屈的精灵，催生了绿意中的灵气，盎然、勃然。

草木凋零，秋天如约而来，山山水水，清冷起来，寂静起来。迎春藤舒缓地、无怨无悔地走向生命的极致。秋阳下，秋风中，望着远山近水，沉静地微笑着。在秋冬交替时节，慢慢染成浅黄，却不见衰微，不见枯萎，另成一番风致：沉稳、灿烂、透明、润。

冬日，水瘦山寒，绿叶染成金黄，以舒缓的舞姿飘然坠落，优雅地投向大地的怀抱……冬日漫长，迎春花却不冬眠，不用多久，凤凰涅槃，悄然新生。雪花还在飞扬，天地间依然冷冷清清，迎春花悄然开放，随处看得见它冷艳的风姿……

这风物，有野苎麻。

城里的"不毛之墙"上，也能见到乡下才有的野苎麻，豪放的舒筋活骨，婉约的旁逸斜出，一兜一兜，一丛一丛，依傍着高墙，装点着高墙。遒劲的茎与枝，碧绿而宽大的叶，牢牢"吸"在干硬、贫瘠的墙头。风过，雨过，枝叶在风雨中晃动，宛如矫健的骑手，"仰手接飞猱，俯身撒马蹄"，腾挪扭转。风停雨息，野苎麻不喘息，不怨怒，不显疲态，神定气闲。

清理墙面，顺手去拔，竟拔不下来。用力，亦未能连根拔出，竟是平着墙面折断，白色的横断面，似在无声抗议。可是根，却深深地扎进石墙里了，哪里拔得动分毫！根扎进土里——即使贫瘠、干硬的土里，不足为奇；根能扎进石墙，已大不易；扎得深，扎得牢，几乎与石墙融合，不能不称奇！野苎麻的根，如铁画银钩，在墙上沉稳地涂抹着"瘦金体"，书写着生命的诗行……

烈日下，风雨中，侧身凌空，仰观天，俯瞰地，高高擎起心形的绿色的手掌，或静立，或摇曳，日晒雨淋，不见倦态，亦无惧意，高昂着头，笑傲江湖。

苎麻生命力强，野苎麻生命力更强。平地抑或山尖，不择地而生，而且落地生根，甚至还与荆棘相伴，自顾自生长……可是，有苎麻在，谁在意野苎麻？在乡下，野苎麻受尽冷落，坠落尘埃，自生自灭。然而，"野火烧不尽"的，何止"离离原上草"？一到来年，野苎麻又逢蓬勃勃……

春去春来，花落花开，墙头风物，只是抱紧了生命之根，修炼成一种生命的图腾，镌刻在高墙之上。一旦寒冬逝去，春雷震动，春风吹来，春雨落下，这些墙上的风景，睁开眼，翻个身，舒活舒活筋骨，宛如浴火重生，再次踏上新的生命旅程……

墙头风物，是造物者安放在尘世间的镜子，静静地注视着匆忙赶路的芸芸众生，照见了尘世间的生命轮回，演绎着生命的精彩，自在、从容而优雅。

乡关在何方

○ 程茗星（河北涉县）

　　小时候学习崔颢的这首诗，里面的一句"日暮乡关何处是，烟波江上使人愁"，除了死记硬背老师要求的注解，对诗里面的意境一直似懂非懂。如今再次诵读这首诗，特别是这一句，一个"愁"字勾起了我对故乡更加深切的关注。

　　如今的中国，如今的华北平原，每年的秋冬之际，总是被雾霾层层封锁住，除了等风来，偶尔可以见到蓝天外，大部分时间，华北平原都是笼罩在一片雾蒙蒙的霾的世界。站在中国地图跟前，我寻找着故乡他乡，地图上的青山绿水，回应着窗外的雾霾，升腾在心底的何止是一抹乡愁？

我的乡关

　　我的家乡，地处三晋平原，没有任何的山，只有一条听说过的昌源河流淌在十几里外的地方，几乎没去过。所以，谈不上山清水秀，只是记忆里的一个小村庄。此刻回望那时的家乡，村东的大片果园，春时桃梨花争艳，秋来果实累累挂。村南和西边，高大的杨柳树在春天里飘着杨花柳絮，冬天里肃静的道路只有鸦雀偶尔飞过，倒是树上的高高的鸦巢一直悬挂在记忆深处。

如今我已是家乡的陌生人。匆匆来去，倒也看到了很多家乡的变化。道路硬化倒是比较到位，可是那些飘香的果园早就成为了过往，路旁的杨柳树早就没了踪影。最显目的倒是村南的那一座砖窑厂，坑洼的路面，光秃秃的田里码着待售的砖墙，一辆车在扭扭捏捏地路过，扬起的灰尘遮天蔽日，去哪里寻找昔日整齐的麦田和摇曳的谷穗？

村里没有任何的资源优势，最值钱的也就是这片无声的土地和傲娇的杨柳树，还有原来田地里粗壮的枣树。如今，成材的树木踪迹全无，据说是每一任村官的业绩就在这里面，具体不得而知。许是我回去的时间不对，总是满眼的荒凉和无尽的惆怅，交替在心里闪现。

我的故乡，流落在游子的脚步中。乡关何处，院子里那棵榕树，还在每年周而复始地花开花谢，由着眼泪打湿在我的梦里。

他的乡关

我一直都记得第一次去婆婆家时，从镇上通往村里的那条长长的路，两旁葱茏的树木遮蔽了阳光，走在湿润的泥土路上，闻着青草和田地里的谷物清香，满心欢喜地走到了村边的那条小小的桥上，桥下的水哗哗流淌着，偶尔有鸭子游过，自在得令人羡慕。村妇在捶打着衣服，嘻嘻哈哈的说笑声伴随着小河的流淌，就这么轻轻巧巧地留在了我最初的记忆里。

几年之后，我再次游走在村庄的各个角落。村边的小河已经要干枯，更不要说那些鸭子的踪迹。不远处，挖沙机轰隆隆的声音此起彼伏，原来平整整的田地被挖掘得千疮百孔，来往的土路被碾压得坑坑洼洼，村庄已经被机械化包围。

如今走在那个我并不熟悉的村庄，更是满满的陌生。按说我是属于这里的，只是我找不到最初的那个美好的记忆。更让我不能忍受的却是，本来已经坑坑洼洼的乡村土路，现在更加崎岖不平，来往的大货车轰鸣着挤压着这片羸弱的土地，只为了让某些人更快更富起来，完全无视大众的蓝天白云的需求。

我知道我没有任何权利评价这里的任何人任何事，这里不是我的故乡，是他乡。可是他乡山水孕育了我的亲人，这段乡愁就此洒落在老房子的屋檐下，成了我最不愿提起的心事，随着斜阳沉落在小桥的尽头。

他们的乡关

朋友的家在邯郸区县，她婆婆过生日，邀请我去她老家玩。一路上和她闲聊，她告诉我，老家的人在他们的土地上可以挖到铁矿，浅浅的地表之下，随便圈一片地就可以发财。我不信，哪有这么随便和容易的事，特别是挖矿。

临近他们村庄，她告诉我这条小河记录了他们很多童年乐事，我信。她告诉我那远远能看到的地方，圈着各色围墙的地方，就是矿区，看不见一眼庄稼的痕迹。我开始信了。

村子已经有了老旧的味道，特别是蹲坐在门口吃饭的多数是掉了门牙瘪着笑脸的老人。我知道，这些留守的老人，每天就这样等待着"候鸟们"的定时来去，剩下的时光就是街门口的阳光下树荫里的闲聊和无边的守望。

他们带着我行走在村边上的河沿，聊着他们小时候的趣事，还有此刻呈现给他们的人为开发和无序开采留下的斑斑狼藉，语气里满满的失望，再也不提在此投资挖矿的事情了。转回到村的另一边，很多个高大气派的门楼一把铁将军把门，他们讲起是谁谁谁挖矿挣了钱，早搬到市里去了，这房子偶尔回来住住。不用进去，从外边镶贴的瓷砖和偌大的院落，你可以想象到土豪的奢侈。

我们在聊天的时候，曾经说过，在他们老家，盖个小小的院子，院里养花院外种菜，老了在此安享田园生活。我知道，这终归是一个美好的愿景，他们也知道，这个愿景终归是个理想。

乡关在何方

当每次归去来兮，我和他们一样，心里感受到的对于家乡的情感在不停地发生着变化，最初的渴望、兴奋，然后是冷静、失落，我不知道哪一个更能准确地表达。当我们的血液流淌着家乡的山水行走在异乡的土地时，我们是想念家乡的。当我们越来越更多地融入到他乡的土地时，才知道故乡已经远远地抛在了原地。

乡关在何方？问过了千百遍自己，是否一定要叶落归根，现在的答案还是不那么肯定。就算是千疮百孔的心灵，最后的归宿也许还是家乡的那片土地吧。我想。

童年散记

○ 史忠和（吉林东丰）

走过了崎岖坎坷的路，经历了喜怒哀乐的事，一路走来，留下一串串深浅不一的脚印，人生的五线谱演绎出了酸甜苦辣咸的明晰节奏。生命的长河，自然界的风雨，在经历中感悟成人生的哲言陪伴着我的灵魂。

步入了老年人的行列，抛开生活中的繁杂，拥有一份好心情，把沧桑和苦涩挡在心外，让心中的那份清澈静静流淌在生命的河流中，宁馨悠然、静美惬意。喜欢回忆过去，也许这是对过去的留恋，也许是忘不了那段逝去的时光。童年的爱意浓浓，童年的恩恩怨怨，童年里矜持的诱惑，童年里青春的骚动，无不深深地埋在心底。而今翻晒出来，也是内心的一种慰藉与畅意。

出生在艰苦岁月的我，生活条件非常艰苦，艰苦的程度是现在的孩子无法想象的。当时的农村是以生产队为单位，老百姓靠干活挣工分，没有机械化，没有化肥、农药，仅凭生产队里的一年积攒的农家肥，每亩地仅产粮食两百多斤。若遇旱涝之年收获少得更是可怜，生产队没有什么副业收入，所以整个农村都很穷。那时人们吃的食物很单调，除了玉米面大饼子就是玉米粥，偶尔能吃上一顿高粱米那就是上等人家了。鸡蛋是家家都有的，但只有在孩子过生日的时候才能吃上一个，在五月节的时候能分到几个，大人们是从来舍不得吃的，除非家里来了客人，主人没办法就炒盘鸡蛋招待客人。家里养的鸡下的蛋一律积攒起来，攒多了拿到供销社去卖，卖的钱换回的是"洋油、洋火"之类的日用品，这就是"鸡屁股是银行"的来由。

哪里有菜？自家腌的咸菜条就是最常见的。我的家教很严，爷爷是我们家的天，我们在他的眼皮底下别指望吃到一点好的东西，什么点心、糖果，想都不敢想，就是家里的小得可怜的菜园子，我们都别指望擅自走进去。

"嘴馋"是小孩子的天性，为了吃，我曾没少挨过母亲的打。我的家里有两棵大桃树，每年都会结好多的大血桃，快要成熟的时候是最诱人的，眼巴巴地看着红红的血桃压弯了枝，馋得我直淌哈喇子，也不敢去摘一个吃。爷爷每天不是坐在园子的小门旁，就是来回行走在园子四周，手拄着个光滑直挺的拐棍，吓得我们连面都不敢见。菜园子的门是有布条挂着的，有记号，也是爷爷特意做的，只要我们谁开了门，他就会知道。终于有一天，我实在忍受不住鲜桃的诱惑，趁爷爷没注意，就一溜烟地钻进了园子里，箭一般地飞到了桃树下，不管三七二十一，摘下桃就塞在背心里。爷爷发现了，就笨拙地抄起拐杖喊骂着向我奔来，我吓得头发都立了起来，慌不迭地绕着黄瓜架和爷爷玩起藏猫猫来。因为害怕，加之像老鼠见猫一样的胆怯，浑身大汗淋漓，桃毛蹭在身上和着汗水，整个身体奇痒无比。我顾不得这些，慌忙逃离园子，跑到门前的高粱地里，狼吞虎咽一番，哪里品得出什么滋味，吃得眼嘎的，抹抹嘴，很惬意，可是，难耐的瘙痒开始折磨着我，整个肚皮都是密密麻麻的红疙瘩，任我怎么挠，都无济于事。回到家，迎来的是爷爷的拐杖和妈妈的暴揍，下决心再也不敢了。

从此以后，在那个缺吃少穿的岁月里，我再也没有因为饥饿、馋嘴而偷吃东西挨过打。虽然那时太苦、太饿，甚至有点太委屈，但我牢记爷爷对我的"苛刻"。我感谢他给予我良好的家教和严厉的家风，并很好地传承下来。

每一朵菊都是你

○ 曹　蓉（四川成都）

识花君与我约定，一起去看菊。只是这几日成都的天气总阴阴的，欲雨。看花是需要一个好天气的。可没有想到，此君竟利用午间偷偷跑去公园，还向我炫耀。

我发了一个生气的表情过去。

见机智的我识穿了他，识花君慌忙输字："不敢了，刚踏进公园，赶紧跑。"

我好像看到他慌张跑走的样子，不禁好笑。

其实，我可以一个人去看菊，但我怕自己像宋时那个女词人，东篱把酒后，在满地堆积的黄花里，寻寻觅觅，冷冷清清，独自悲悲戚戚而黯然神伤。苦苦思念一个人的时候，面对花开却苦无人相伴。当此良辰美景，却无人共赏，会让人更深地体会孤独，更感万古愁心。"莫道不消魂，帘卷西风，人比黄花瘦。"李清照便是在这样的情状里，触景生情，充满寂寞、孤单、愁苦。我也怕自己面对冷落清秋而柔肠寸断，心欲碎了，更怕念那句"怎一个愁字了得？"

幸有识花君陪我看花，不会对花伤感。

当然，某人不叫识花君，是我给他取的名字。因为他能识别许多花，几乎没有一种他认不出的花，有什么俗名，属于什么种类，无所不知，俨然是一位植物学家，让我真是崇拜和惊奇，以前怎么没有发现此君有这方面的才华？每次识花，都是我输给他。可后来我恍然大悟，原来他有一个"识花君"神器，只要输入一张花卉图片，就会准确地显示花名。

"你作弊！"发现上当后，我怒怼。

他大笑，说将功赎罪，要陪我去看菊，保证不用"识花君"也能认出每一种菊。且信他一回。重要的是，"甚合孤意"。

我知道，这只是我寻找看菊的一个理由。真正的理由是，我不想错过与菊的相逢。在菊花盛开的时候，怎么能缺失我的在场呢？

千年前，菊的那一次悠然开放，若那位任县令的陶渊明没有在场，又怎么会"采菊东篱下，悠然见南山"呢？又怎么会让后世的人向往那一种隐逸闲适、物我两忘的境界？不然，在今天，我怎么会产生看菊的一种冲动？

再远一点，若楚国大诗人屈原没有在场，那千古绝唱的《离骚》便不会散发"香草美人"的清绝气息，也不会留下"朝饮木兰之坠露兮，夕餐秋菊之落英"的楚辞，而让我们对香草美人一切美好的事物和高洁的品格心怀敬意。

傲霜独立的菊，悠然自得的菊，冲天香阵的菊，每一种菊，对于不同的人有不同的感受和意义。但如果失去了在场，就会错过一次美丽的际遇，一份暗香浮动的心情，一种你与花的因缘，甚至错过你的一生而因此感到遗憾。

无论是人生，还是爱情，或者是，一处风景，不要等到失去在场之后，我们才知道后悔，满眼落花，一地心碎。

终于等到晴好的天气，可以去看菊了。

公园里人山人海，涌动的人潮几乎淹没了花潮，还伴有喧哗、吵闹的声音。我真担心，那些挤来挤去拍照的人群会把脚下柔弱的菊花踩踏，生怕那些触角很长的自拍杆会把花瓣刺破。

这许多拥挤的嘈杂的画面，很难令人相信并不丝毫影响我的心情，而且是发生在一个非常美丽的午后。

在沸腾的市声里，喧嚣的都城中，能辟出一方绿地，把千盏万盆菊花的美展示给你看，过滤蒙尘的心灵，你还能不心怀感激吗？

"小隐隐陵薮，大隐隐朝市。"这是中国道家的哲学思想，闲逸悠然之美并不一定要到林泉野径才能看得到，更高层次的美是在都市繁华之中，拂拭蒙尘，排除一切干扰的宁静。这都市中的菊花不就是一种大隐吗？而我们生活在都市中，不也需要一种身处闹市而物我两忘的心境吗？

所以，当我看到公园盛大热闹的菊展，看到千朵万朵菊花开在我的面前，仿佛整个世界都安静下来了，我的眼中只有菊，只有菊的美。

识花君在我前面，替我开路，我从人缝中挤到菊的面前，一丛丛菊花各种颜色，金黄的、粉红的、白色的、紫色的、橘红的、淡绿的……缤纷地开着，千姿百态。阳光的金粉落下来，与菊的清香一起浮动，我的心情瞬间被惊艳了。

幽径、花圃、水畔，都是盛放的菊，以一种卓绝的不可藐视的风姿，安静地傲立。那些嘈杂之声，仿佛不闻不觉；那些空气中的尘埃，仿佛没有一点染着。明灿的阳光照射着朵朵菊花，使它笼罩在金色的光芒中，有一种澄澈的、自性的明艳，却艳而不俗。

在尘埃飞扬的都市，在万物萧瑟的季节，它竟然可以开得这样美，这样安静，这样独立。其实，不一定要到南山，才可以见到东篱的菊色。只要我们的心回到明净的本真，保有一种超然尘外的宁静，就会发现美的事物离我们很近，在我们的眼前。最悲哀的是，处美身边我们的眼睛却看不到。总以为最美的风景在远方，月亮和星星在天上，离我们很远。

若我们的心中安放着一朵花，一轮明月，还会远吗？

想起曾经写过一篇散文《做一朵菊》，而此刻，在这个明灿的秋日午后，面对千种菊，忽然不知道我要做哪一种菊？或，哪一朵菊是我？

但我能够肯定的是，会有一个人辨认出，我是其中的一朵。

我回头考问识花君，你不是说，能认出每一朵菊吗？

他说，没错。

我指着一朵白色的菊，这是什么菊？

他神秘地含笑道："是你。"

我知道他在开玩笑，又指着一朵紫色的、很罕见的菊品，说："认不出来了吧？"

这朵菊好像从悠远、清冽的山中而来，有一缕山野的清香之气。

他认真地说："认得。每一朵菊都是你。"

虽然我知道，这是识花君的赞美。但我仍然很感动，我愿意做一朵菊，愿意每一朵菊都是我，在喧嚣的都市里，以一种独立而超然的姿势，拂去尘土，静静地，在心田开出一朵洁净、清雅而自在的花。

老 屋

○ 韩 峰（河南淇县）

打从爷爷奶奶和二叔去世后，多年没回故乡八特了。清明前夕，心里对故乡的思念突如潮水般涌来，回故乡的愿望一下子是那么强烈，犹如婴幼儿向往母亲的怀抱一样。

一路风尘，我终于又踏上了久别的冀西南的故土。

这是紧挨着老村新建的一条街道，两旁是统一设计的两层小楼。我的老屋在哪里？一时如坠云雾。下车见村人，皆陌生，正如贺知章那首著名的《回乡偶书》所云："少小离家老大回，乡音未改鬓毛衰。儿童相见不相识，笑问客从何处来？"

凭着少年时的记忆，我终于找到了老屋。临街的南屋和东屋已塌了，如日本鬼子扫荡后的断壁残垣。西屋和堂屋是20世纪50年代盖的，因长期无人居住，也显得老态龙钟、破旧不堪。

老屋空空如也，不空的是我的心灵。我仿佛看到被生活的重担压得驼如老式步犁的爷爷坐在炕沿儿，手指敲着二郎腿上的膝盖，眯着眼儿，微扬着头，哼着武安平调落子，消除着一天的疲劳；仿佛看到奶奶颠着小脚在堂屋与南屋的厨房间穿梭，复制着每天一锅锅红薯、玉茭面窝头，抿截和稀得照人的米汤；仿佛看到袒胸光脊的鳏寡孤独的二叔放下锄头，坐在屋前的石板上吸着低廉的烟，然后在院子角落极简陋的灶火上，点着从地里带来的柴火，做着无滋无味的饭菜……火红的石榴花和粉粉的夹竹桃花也荡然无存了，那只常在房檐踱步蹿上蹿下的老狸花猫也无影无踪了，只有一棵还未绽绿的老桐树，伸着干枯如爷爷奶奶手指的枝丫，诉说着岁月的无情和无奈。

走出老屋，只见东邻一老妪呆坐在门前的石阶上，我上前打招呼，方知将九十高龄的她眼已看不见了。我的脑海里不禁浮现出她当年老实本分和善可亲的模样；浮现出她的丈夫和西邻一女人私奔后，她带着一双儿女与苦涩的生活抗争的情景……四周静悄悄的，大多人家已搬到了村边的新居，这里已成了和许多农村类似的"空心村"。

逝者如斯！昔日鲜活的一切转眼已消逝在岁月的长河中。我和80多岁的老父亲及妻儿默然无语，在废墟前留下了一张张永恒。

废墟前已放了白线，一条崭新的街道正将伸展，伸展出勃勃生气，伸展出新的希冀……

我的傻哥

○ 刘天文（河南辉县）

傻哥是我二伯父的小儿子。

听父亲说，傻哥起先并不傻。小时候生了一场病，发高烧，那个年代，缺医少药，加上家境困窘，把大脑烧坏了。

傻哥的傻是相对于正常人来说的。

我读一年级时，傻哥读三年级。我读二年级时，傻哥读三年级。我读三年级时，和傻哥成了同班同学。当时学校有规定，学习差是不允许升级的，傻哥于是读了三个三年级。

我和傻哥的故事就是从这时开始的。

傻哥是小伙伴们经常嘲笑、捉弄的对象。傻哥虽长得高大、粗壮，对各种嘲笑、捉弄总是一副"憨憨"的样子，不还口，不动手，这样更助长了伙伴们的气焰。

我耻与傻哥为伍，更不曾喊过他一次"哥"。放学回家和傻哥要走同一条路，为了撇清与傻哥的关系，我选择走小路，要绕一个大弯儿，路程变长。

和傻哥关系的缓和是一次说不清与谁相关的打斗。

那次我值日，下午放学后打扫教室卫生，走得晚。到学校门口时，看见了三个同学手拉手围着傻哥不让他走，边跳边喊，"老傻、老傻……"傻哥"憨憨"地站着不动，明明与他相关却一副与他无关的样子，任凭他们捉弄。

面对傻哥的无动于衷同学们觉得无趣，看见了我，一阵小声嘀咕后围住了我。喊声变成了"傻弟弟、傻弟弟……"从一年级开始一直是班长的我又怎会傻呢？所有的委屈化成了泪雨滂沱，双手交替擦着泪水，竭力把哭声咽到肚子里。

"傻弟弟、傻弟弟……"的喊声在我的泪眼蒙眬中戛然而止。原来傻哥出手了，干脆、利索，把那三个同学打倒在地。我睁开泪眼的那一刻，看见了傻哥的左手伸到了我脸前，他面色有些尴尬，我想，傻哥是想给我擦泪水吧？

看到傻哥伸出的左手，忽然想起傻哥用左手拿筷子、用左手写字的样子，我破涕而笑。傻哥是左撇子。

我以为，此后会与傻哥一直在一起，有人欺负我时，傻哥会像大侠一样从天而降。可现实不是这样，傻哥退学了。

我不知道傻哥为何退学，一度怀疑是不是因为上次的打架。我不敢去问傻哥，更不敢去问二伯父。

此后，上学、放学我不再走小路。在那条傻哥曾经经常上学、放学走的路上，我幻想着能遇到傻哥，可是没有，一次都没有。

傻哥有一手绝活儿——掀蝎子。一个洗干净的装洗衣粉的塑料袋，一个用竹筷子从中间劈开做成的镊子，一个用钢筋弯成的翻石块的钩子，凭着这些简单的装备，在春天，傻哥会大显身手。我也经常跟着傻哥去掀蝎子，傻哥很照顾我，告诉我哪里有蝎子。当然，除了我，傻哥掀蝎子一直是独来独往。

我们把大蝎子叫"黑毒"，小的叫"蝎羔儿"，中等的叫"半大儿"。当然数个头大的"黑毒"毒性最强了，得小心应付，但我还是遭遇了一次。

当我翻开一块大薄石板，一只"黑毒"赫然在目，拖着长长的尾巴仓皇向草丛中跑去。我慌了，害怕蝎子跑丢了，顾不上用镊子，用拇指、食指捏向"黑毒"尾巴。揪心的疼传来时，我清醒了，我被蝎子蜇了。

我大呼小叫，傻哥跑过来，看见我紧握住的食指，快速地解开了腰带，并抽出来，是一根窄窄的长布条。傻哥把腰带放在石头上，拿起一块石头砸断了一截，在我食指根部用这一截布条使劲儿缠了一圈又一圈，最后打了一个结。

回家路上，傻哥因为没了腰带，用手提着裤子，还得拿着掀蝎子的工具，走动中时不时裤子会掉下来，又赶快把工具扔了提裤子，样子滑稽可笑。我是痛苦并快乐着，一直到家。

我一直好奇，我把卖蝎子换来的钱全部买零食吃了，可从来不见傻哥买零食，那钱都哪里去啦？问傻哥，傻哥总是扭扭捏捏，黝黑的脸庞微微发红，可不告诉我。我更是好奇，在我的连翻追问下，傻哥告诉了我——攒钱娶媳妇。因为这个回答我笑了好久、好久。

一次和傻哥在去姑姑家回来路上，傻哥走着走着，忽然跌倒地上，身体抽搐不止，口吐白沫，双眼紧闭。我不知道怎么了，不知道该怎么办，只是大哭。没多久，傻哥竟醒了，精神萎靡，弱弱地问，怕不怕？是不是吓着你啦？

后来我知道了，傻哥这病叫"羊羔疯"，学名"癫痫"。

有一段时间，傻哥总是神秘兮兮地把我叫到无人的角落，掏出一个熟鸡蛋与我分享，还叮嘱我，谁都不能说。我不知道鸡蛋的来路，有时也会问，不攒钱娶媳妇啦？以为是傻哥买的。有一天，这个秘密被父亲发现了，父亲大怒，责骂我，记忆中这是第一次。后来我知道了父亲发怒的原因，那个傻哥和我天天分享的熟鸡蛋，是伯父为了医治傻哥的"羊羔疯"找的偏方，是治病的药。再后来，我目睹了熟鸡蛋的制作过程。一个粗糙的碗，倒入食用酒精，然后用火柴点燃酒精，在幽蓝的火焰中把一枚鸡蛋放入碗里，待酒精燃尽，鸡蛋也熟了。

不知道二伯父从哪里找来的偏方，但终是没有治好傻哥的"羊羔疯"。

那是一个初冬，在二伯父家东侧的马路上，我在看姐夫用新买来的粉碎机粉碎晾干了的红薯藤。伯父急匆匆地走来，喊姐夫，我也跟着去了。

在傻哥的卧室里，傻哥盖着厚厚的被子任凭伯父、姐夫的一次次呼喊没有应声。傻哥就这样死去了，无声无息。没有人知道是如何、在什么时候死去的，是二伯父发现傻哥一直不起床喊他时才知道。

那一刻，我如中雷击，大脑一片空白，以至于傻哥后来的丧事我没有一点记忆。只是听父亲说，在傻哥的床下，发现了一摞整整齐齐码好的钱。我知道，也许只有我一个人知道，那是傻哥攒的娶媳妇的钱。

仙人掌

○ 胡星渝（江西新余）

　　新房装修好以后，宽敞明亮，家具都买齐备了，顺顺当当放在它该有的位置上。可母亲在房间里四处转转，嘴上总嘀咕说好像少了点什么，一时又想不起来。直到有一天城外苗圃的伙计推着三轮车，运来一车花卉在楼下叫卖，母亲于是拍了一下大脑，说，咱家就缺了几盆花！

　　乡下的母亲一辈子在田间的花花草草中生活，她知道城里最缺的就是这些玩意儿，她提出要买盆栽，我是很支持的，心里还暗自赞叹母亲的审美情趣大大提升了不少，以乡下人的眼光，她是一个时髦和前卫的女人。伙计也是见母亲热情高涨，向她推荐这个，又向她推荐那个，恨不能一整车都让母亲买去。

　　盆栽终于是选定了，母亲很花了一番功夫。她对这些东西可谓一窍不通，连名字也叫不出来，全凭了伙计的介绍。可伙计除了自卖自夸以外，似乎也一时找不到别的什么破绽，母亲又要识别他的话语的真实度，又要在价钱上计较，争论到最后已是头晕眼花，口干舌燥。

　　那天我下班回家，看见客厅的电视墙两边各摆放了一盆金橘，翠绿的树叶与修剪得体的外形，很是惹人怜爱，母亲忙向我介绍，说这叫"摇钱树"，生财的同时还兼带了开花结果的本事，不仅可以吸收家里的油漆味，明年还能吃上橘子呢。我暗自为苗圃的伙计折服。

自从有了"摇钱树"，母亲一刻也没闲下，忙完了家务，心思就全在两棵树上。我知道母亲的想法，她是渴望家里大富大贵。可她没有对我寄予厚望却反而把下半辈子的筹码都压在两棵又聋又哑的树上，这未免让我伤心。

母亲是个庄稼人，跟庄稼打了几十年的交道，各样农活她都是一把好手，她把种庄稼的经验应用在"摇钱树"的护理上。为了更好地浇灌"摇钱树"，母亲特地去商场里买了一把很小的漏壶，每个星期定时浇上一次水，这水母亲也是很讲究的，她认为自来水不行，她说，自来水不能养鱼，估计养树就更不行。于是每到浇水的时间，母亲就提了漏壶到小区的池塘里装上一壶水，一点一点地浇在土壤上，她浇得很小心，不快也不慢，就像给一个婴儿喂食，快了怕噎着，慢了又怕吃不饱，我从这过程上看见了母亲养育我的艰辛。

除了浇水以外，母亲还给"摇钱树"杀虫。母亲在乡下习惯用农药杀虫，可对"摇钱树"她没舍得，只要停下来，她就盯在树身上前前后后地看，一片一片叶子翻出来，一旦发现有什么害虫，她就用手亲自拧灭，丝毫没有她一贯的仁善慈悲。

按理说，树比庄稼好伺候，我儿时在乡下，每年春天跟小伙伴把一株一株的小树苗插在村前的河堤上，后来整条河堤两岸绿树成荫，我们却除了栽种以外再没有给予别的什么关照。可"摇钱树"在母亲的精心护理下却日渐枯萎，先是新叶停止了生长，后来老叶也开始一片片枯黄掉落，母亲整日看着树叶散落在客厅的瓷砖上，心里有一种说不出的愁味。她问过很多人，小区里跟她一起买盆栽的几位大妈，她一家家上门拜访，想要讨得一个消除病根的药方，止住小树继续枯死的厄运，可一问才知其他几家的命运也挺糟糕。母亲心里似乎有了一些安慰，她认为或许大家都上了那伙计的当。

后来，母亲又不甘心，她内心里向来好强，别人做不到的事，她偏要做到，而且还要做得很好。她又想在最后的时刻挽救小树岌岌可危的生命，央我去书店给她买了书来看，学着书里的说法，把土壤倒出来换了，又买了化肥，千方百计想要把小树抢救过来，可小树终于在日复一日的折腾中死去了，树叶全枯黄了，纷纷扬扬掉落在地面上，就像一个头发渐渐花白、掉落的老人。母亲拿了簸箕，一次次把枯叶扫进垃圾桶里，眼神里也越来越看不见光彩。我知道母亲是伤心了，后来竟狠下心连树带盆搬下去扔了。

临近年终的时候，家里大扫除，我无意间在厕所外窗边的角落上发现一盆仙人掌，在凛冽的寒风下岿然不动，它长得格外茂盛，葱葱茏茏把整个盆子都遮住了。我问母亲什么时候又买了仙人掌？母亲迟疑片刻，小心翼翼爬在窗沿上往外看，下来以后搓着双手说，我都把它给忘了，又没有香气又不结果，还满身带刺，真没想到它竟还活着。

后来我才知道，母亲当时买盆栽的时候一口气买了两棵"摇钱树"，付过钱以后硬是要苗圃的伙计再额外送她一盆小东西，伙计随手就把一盆仙人掌递给了她。那时仙人掌还刚出土不久，芽苗十分鲜嫩，一般没什么人买，属于附赠品，母亲因为有了"摇钱树"，也就顾不上它，于是把它随意丢弃在厕所外窗的墙角边，以后又因为一门心思在"摇钱树"的护理上，就再也没有想起那墙角边上竟还有这样一个神奇的生命在蓬勃生长。

我把仙人掌重新请进来，端端正正摆放在阳台上，又给它换了一个大的盆，以便它更好地生长。母亲担心我被刺扎了手，几次三番说要把它扔了，说一盆仙人掌有什么好养的，看又不好看，又没有其他什么价值，命还这样贱的。

我不知道母亲是因为"摇钱树"伤了心，从而迁怒于仙人掌，还是她真认为仙人掌命贱而轻视它。但在我看来，它确是无比高贵和伟大的存在，每当独坐书房良久，我便徘徊在阳台上细细打量它，像研究文物一般爱护它。深冬的阳光照射在那宽大浓绿的叶片上时，满身的刺就成了金条，顿时金光闪闪，我的心中总有一种无法言说的激动。

豌豆花开

○ 盛怀峰（安徽宿州）

　　春天来了，淡紫色的豌豆花像一只展翅欲飞的蝶儿开放了。燕儿的《豌豆》也要出版了。

　　第一次见燕儿，是在 2012 年 8 月 26 日。那时候，她的母亲离开她已经 5 年了。5 年来，她与父亲相依为命，寄居在一家私人养老院里。后来，她父亲得了脑萎缩，父女二人已无法互相照顾。这是她人生最黑暗的时刻。她在网上发出了求助信息……

　　在志愿者和有关部门的帮助下，燕儿被安排到了大店镇东约两公里的养老院。我们去看她时，她刚到养老院不久。她精神很好，热情地招呼我们进屋，坐定后，便和我们交谈起来。她很健谈，也许是平时很少有人能这样听她说话的缘故，她不停地向我们介绍自己这些年的情况，脸上却始终带着笑容，似乎在说着别人的事情，没有一丝伤心和痛苦。对于自己的病，经历了这么多的苦痛，她已经看得很淡了。而她的父亲，还在那家私人养老院痛苦地等候生命终点的到来。

　　第二次去看她，是在 2012 年 11 月 22 日。她的父亲已经去世了。她也从原来的敬老院搬到了新的敬老院。这是一家新建的养老院，就在她生活多年的村庄不远处。这里的一切都是新的，新的床，新的柜子，新的桌椅。

燕儿还是那样健谈。她聊了一些和文友交往的事，以及搬到这里的经过，始终没提她刚刚去世的父亲。但我知道，父亲的去世，对她的影响是巨大的。那个固执、暴躁而又与她相依为命的亲人永远地离开了她。他为了家鞠躬尽瘁，而她再也听不到他的牢骚、训斥，再也得不到他的关爱和帮助了。她内心的悲痛可想而知。

父亲生前卧床不起，家里无钱救治，燕儿也无力去照顾。父亲的去世，对燕儿来说，也许又是一个解脱。

燕儿从此开始了新的生活。此后，我去看过她很多次。帮她联系安装网线、带她看病、给她送轮椅、陪残联领导去慰问、带她去省城参加残疾人读书达人大赛、给她送志愿者捐的衣物等。有的时候，只是去看看她。一同去的人有红十字志愿者，有宿州的文友，还有我的同学和同事。

燕儿始终有个愿望，就是她写的自传体小说《豌豆》能够出版。这本书凝聚了她大量的心血。而现在，她的愿望就要实现了。

《豌豆》一书，从主人公陈豌豆降生写起，一直写到父母离世。小说以陈豌豆的成长经历为线索，写了她的母亲、父亲、大哥、二哥、大弟、小弟；写了她的姥爷、姥姥、大舅、二舅、四舅、五姨、六姨、七姨；写了她的表哥、表弟、表姐、表妹们；写了她小时候的玩伴和小学、中学、卫校的同学们；写了张湖的乡亲们。

小说前后时间跨度近40年，从20世纪70年代写到21世纪的第二个10年。从改革开放的前夕写到改革开放30多年后的现在。

小说写的是陈豌豆的成长史，家庭的变化史，也是当代皖北农村几十年的变迁史。小说描绘的是当代皖北农村的风土人情图。皖北农村的婚丧嫁娶、教育、医疗、农事、风俗等都有所呈现。

而一切，都是以一个患了风湿兼类风湿关节炎的病女孩陈豌豆为视角来呈现的。

小说中，最让人震撼的是陈豌豆面对厄运来临的痛苦、挣扎、不屈和抗争。在出生后，作为家里唯一的女孩儿，她被父母视为掌上明珠。两个哥哥对她非常疼爱，走动都会带着她。后来，她又有了两个弟弟。她度过了一个公主般的童年。她聪明、可爱，等待她的原本是花团锦簇的一生，但是厄运出现了。在她 6 岁的时候，她得了风湿兼类风湿关节炎。这个病在医学上被称为"不死的癌症"，从此，痛苦便与她相伴，直到现在。医院、家庭、学校，她在这三个地方不停地轮转。她从没放弃过治疗，也从没放弃过对梦想的追求。在她 3 年卫校生活就要结束之际，她彻底地瘫痪了。在黑暗的西厢房里，她一躺就是 10 年。这 10 年所受的痛苦，如果没有这样的经历，是无法体会的。但她对命运的抗争和对未来的追求，一刻也没有停止过。就像生长在皖北大地上的豌豆花，在沟边，在地头，它依然会倔强地生长，美丽地绽放。

后来，她身体状况奇迹般地稳定了。家里给她配了电脑，她能通过电脑进行写作了。通过网络，她与外界联系的通道打开了。她眼前出现了光明。

而不久，她的母亲去世了，5 年后，她的父亲也去世了。

小说中，陈豌豆母亲的去世是令人唏嘘的。她是家庭的主心骨。在 4 个儿子成家之前，她为孩子的成长呕心沥血，她不停地攒钱为儿子盖屋，为女儿看病；在孩子成家之后，她不得不一边想尽办法应付儿子、儿媳的纠缠，一边又在不停地帮他们。她一辈子是要强的，而为了儿孙的幸福，她不得不在刁蛮的儿媳面前屈服。

在长期的生活重压下，她倒下了，她离开了。她也解脱了。

她的儿子们回来了，给她办了一场隆重而体面的葬礼。

陈豌豆父亲的去世，小说中只有一句话：母亲与世长辞，父亲失去支撑，日渐萎黄，不久也去世。

陈豌豆的父亲小时候父母双亡，靠讨饭度日，尝尽人间冷暖。他在世上最后的时光也是孤独的，犹如小时候在外流浪，他患病后在一家需要付费的私人养老院中离开了人世。陈豌豆父亲的去世也是令人唏嘘的。

他的儿子们回来了，也给他办了一场葬礼，是不是隆重而体面，小说中没有写。

燕儿已经在大店镇昌圩敬老院生活了 5 年。

燕儿是不幸的，燕儿又是幸运的。燕儿就是这样在不幸和幸运中继续着她的写作。写作，是她的生命；她在用生命进行着写作。

春天来了，豌豆花开了，像一只展翅欲飞的蝶儿。那淡紫色的花儿带着几分忧郁，又带着几分希冀，绽放在皖北的乡野。

踩河蚌

○ 刘国林（黑龙江七台河）

端午节过后，大姐约我到西湖里踩河蚌，我欣然应允。没想到大姐来得这么早。大姐熟练地驾着小船，从南岸来到北岸。

我第一次踩河蚌，心里难免有些胆怯。大姐见我犹豫不决的样子，便鼓励我："勇敢些，有第一次，就会有第二次。等你踩上瘾了，我不让你来，你都想来。"说着，她给我做示范。只见她一个猛子扎进水里五分钟过去了，仍然没见她露头。就在我焦急万分的时刻，只见水面翻起浪花，大姐露出头来，边抹掉脸上的水边举河蚌让我看。接着，把碗口大的河蚌抛进船里。呀，踩河蚌这么容易，这么轻松，这么好玩儿，太有意思了。大姐见我对踩河蚌感兴趣了，让我也下水踩河蚌。

我是跟大姐学会游泳的。不会游泳的人，是不敢踩河蚌的。你想，河蚌都藏在一丈多深的水底下，要不会游泳，别说是踩不到河蚌，肯定会是肉包子打狗——有去无回的，等着喂王八吧。

大姐教我学游泳挺有招儿，她拿来脸盆，添了一盆水，让我把头扎进水里练憋气。她在一旁数数。开始，大姐数不到30个数，我就憋不住气了，只好把头从水里拔出来。渐渐地，她数 300 个数了，我的头还没从水里拔出来。大姐很满意，说能在水里憋 5 分钟，就能下水踩河蚌了。

接着，她教我学游泳，也是由浅入深地练习。先练习狗刨，渐渐地敢把身子立起来踩水了，也就算出徒了。第一次踩河蚌，我想在大姐面前露一手。我没像大姐那样扎猛子钻水，而是踩水游向河蚌藏身的地方。我先憋足了气，想往下沉，却沉不下去。我终于明白了，肚子有气，头扎进水里，屁股却露出水面。我试着一点儿一点儿地吐气，身子也一点儿一点儿地往水下沉。当沉到水底时，肚子里只留一口气，就足以憋到 5 分钟的。

我站在水底先用脚蹚，碰到一个小盆大的河蚌立在泥里。我弯下腰，想用手把它挖出来。可是河蚌太滑，费了好大的劲儿，却没把它拔出来。时间一秒一秒地溜走，我再不把它拔出来，就只能放弃了。我一急，把手指伸进河蚌里，蚌壳立即合上了。夹住我的手指，怎么甩也甩不掉，只好忍痛把河蚌带出水面。大姐见了连声夸奖我勇敢。

我游到船边，大姐用力掰河蚌，但蚌壳夹得特紧。大姐喊着："1——，2——，3——，快拔！"她用力掰着蚌壳，我猛地一拽，终于把手指拽出来了。这回有经验了，踩到河蚌是不敢抠它的蚌壳了，而是抱着河蚌浮出水面。那次，我踩了 100 多个河蚌，越踩越上瘾，小船都装满了。大姐见我没玩够，就让我到深水区去踩河蚌，说那里的河蚌更大。

我游到深水区，突然蹚到一个扁扁的东西，有小盆大小，滑溜溜的。当我用手去摸时，却不见了。我浮出水面，把这个怪东西的形状告诉大姐。她说："那不是河蚌，是大甲鱼！快下去摸，别让它跑了！"说着，她也跳进水里。我刚沉入水底，就听大姐喊："我也蹚到它了，往你那儿跑了！我慌忙用脚蹚，没等捉到它，它倒先下手为强，一口咬住我的大脚趾不松口。我忍着剧痛浮出水面，大姐也浮出水面。见我痛得龇牙咧嘴，大姐说：忍着点儿，快上船。"我爬上船，也把大甲鱼带上船，它仍叼着我的大脚趾不松口。大姐把大甲鱼抱在怀里，使劲儿地掐住它的脖子，它无可奈何地松口了。我低头看被咬的脚趾，有一圈儿红红的印痕。大姐说："快看，它的贝壳上还刻着字呢。我俩仔细辨认，上面清晰地刻着一行小字'1950 年 8 月放生'"署名是"张大愣"。大姐若有所思，"它是我爷爷放生的。我爷爷外号叫'张大愣'，也有人叫他'张大胆儿'的。他年轻时曾把一只活狼背回家，你说能耐不？没曾想他还放生过甲鱼呢！如今，爷爷已经过世20年了，他放生的甲鱼却让咱逮到了！"说到这里，大姐若有所思地抱起甲鱼说："看在爷爷的分儿上，咱还是把它放生吧！"我点头同意。甲鱼似乎听懂了大姐的话，还一伸脖一缩脖地致谢呢。甲鱼被放生后，它没有立刻游走，而是绕着小船儿游了三圈儿，才恋恋不舍地游去。大姐的眼睛湿润了，冲着大甲鱼摆手："大甲鱼，我们会天天来看你的！再见！"听完这话，大甲鱼才一头扎进水里。

打那以后，大姐领我经常来水库踩河蚌。因为我们有个约定：踩河蚌就能见到大姐和爷爷放生的大甲鱼。大甲鱼也认识了大姐和我，每次我们来踩河蚌，大甲鱼都准时地在水面上恭候着呢。见到我俩，他总会把脖子伸得长长的，头抬得高高的，还抬起右前爪，一扬一扬地向我俩招'手'呢！我和大姐踩河蚌时，它都陪伴在左右。直到小船儿装满了，它还要爬到船旁，趴着船帮，伸着脖子朝船舱里看。它知道，我们要回家了，又开始重复它的招"手"动作，直到我们的小船儿划远了，它才回"家"。

第二年夏天，大姐又领我来水库踩河蚌，却再也没见到大甲鱼。有人说，它被捕鱼人捕到了，以10000元的高价给商贩子了。又让商贩子以20000元的高价卖给市里的一个"大官"了。那个"大官"又把它转让给省里的一个更大的"官"。据说，那个省里更大的"官"喜爱宠物，一直把它养着呢。不知这些话是真是假，但愿这只大甲鱼还活着！我只能这样默默地祈祷。

自此，我再也没到这里踩河蚌。八年了，大姐也再没去这里踩河蚌。不为别的，只怕触痛我们心中的伤疤。

第三辑　读家记忆

——云间的栖居

我眼中的贾平凹先生

○ 黄瑞蓉（四川成都）

出名的文人，往往都性格怪异、孤傲，不愿与人交往。因此，当得知我们《西南作家》一行去拜见贾平凹先生，西安的朋友说，大作家不好见哟，听说有朋友拿着礼物去看他都被拒了。成都的文友也传说，贾老师难接近，想给他10万元润笔请他写两字，他说"忙，没空"。在他们的眼里，贾老师仿佛是不食人间烟火的世外仙人。这更勾起了我想一睹贾平凹先生风采的愿望。

应贾平凹先生之邀，2017年2月3日，我们西南作家杂志社一行四人一路向北，翻越秦岭、跋涉10个小时，前往西安拜见贾先生。黄社长给这次行动美其名曰"文学朝圣之旅"。到达西安，我们下榻在贾先生说的秋涛阁附近的酒店。我们顾不得吃晚饭，饿着肚子找到秋涛阁，向门卫说明我们是从成都来，明天要看望贾平凹老师，怕迟到，先找准地方。门卫大爷热情地给我们指了指贾老的单元楼。确认地方后，我们几个人才放心地去吃晚饭。饭后回宾馆，社长还组织大家开会，布置明天向贾平凹老师汇报的一系列工作。

第二天早晨，我们都梳洗打扮一番，以示对先生的尊重、敬仰。贾老师《说打扮》里曾经说过："不打扮不是人，人还是要打扮着好，尤其是女人，打扮得越有个性，越有风格才是会打扮。"作为女人，我今天几乎穿了中国最重要的几种颜色——红、黑、白、绿都有，白衬衣、绿毛衣、红格子背心裙、黑皮鞋，几十岁了还扎着马尾辫，顿时让我穿越时空，仿佛回到20世纪80年代初那个文学的火红年代了。我是从来不化妆的，追求自然美，想要印证"漂亮是美的表，端庄是美的质"。就像2016年网络最流行的一句话："主要看气质。"

相约见面的时间是上午10点整。我们提前24分钟到达秋涛阁。知道贾先生平生最怕敲门声，因此我们在门口踌躇，不敢贸然敲门。几个并不年轻的文学追梦人，就在贾老师门口悄悄地照相，尤其是社长斜挎着背包、胸挺得老高，背伸得笔直，活脱脱一个陈焕生进城。我们想笑，又怕吵着门里的先生，压抑着。

10点整，由曾主编准时敲门。门开了。

"贾老师好！"

"好！"

"我们已在门口等了20多分钟。"

"怎么不敲门？"

"时间不到，怕打扰你休息。"

"我早就过来烧水、煮茶等你们了。"

"哇！"

"这是我的工作室，我住另一边……来，坐这里。"

进门就是接待室，贾老师亲自给我们倒上茶，介绍说："这是上好的铁皮石斛，我还加了一点点盐。"我第一次喝这样的黑茶，以前听说过，还以为是一种中药。口感特好，有点像普洱茶。

先生询问社长和主编办刊情况，然后他们聊起了文学。从贾先生早期在《收获》杂志发表的文章，聊到获得茅盾文学奖的《秦腔》，再到受批判的《废都》；相知甚深，相见恨晚，相谈甚欢。于是贾老师签名赠书，合影留念。

看我们意犹未尽，先生慨然道："这个工作室太小，我带你们去看看另一个工作室——那边大一些。"于是我们在贾老师的带领下，去到第二工作室。我们大开眼界，也学到了不少的东西。

我们可做到了不耻"上"问的哟，贾老师更是春风化雨、润物无声。他既像博物馆的解说员，又像导游，带着我们参观每一个房间，逐一文物，娓娓道来。

"贾老师，那个鸟叫什么？"

"这是佛音鸟，是专给佛祖唱歌的鸟，也是为人间带来幸福的鸟，女人变的，你看头是女人像。"

……

"贾老师，我想在文门那里和你照个相。"

"好！"

贾平凹先生一点也没有常人所说的架子，很乐意地和我们合影、留念，可谓不厌其烦。参观了贾老师的藏品，我们学到了许多的知识，都很高兴，贾老师也很高兴，他踩个节奏，哼起了小调："嘟里个嘟、嘟里个嘟。"我一听，这不是四川民歌"小呀嘛小二郎，背起那书包上学堂"吗？可见，贾老师是发自内心喜欢我们这一拨四川来客，也真心喜欢我们这些文学追梦人的纯真和对文学的执着。

讲解之间，贾老师抽烟小憩。

"贾老师，曾主编还有好多事想给你汇报，又有点忐忑。"

"有啥就直接说嘛！"

于是曾主编就汇报开了。贾老师欣然应允，同意担任《西南作家》杂志首席顾问，同意做《西南作家》杂志的封面人物，同意《西南作家》杂志刊发他的文章。对此，我们都喜出望外，社长和主编更是抑制不住内心的激动，一脸的灿烂。

"贾老师，你看曾主编像不像罗汉？"我的意思是主编有佛（福）像。

"哈哈，反正一看他就不是坏人。"走在花园里，贾老师还不忘调侃曾主编呢。

"难怪你对他那么好。"

"是啊，佛教协会的会长来了，我能不亲自接待吗？"

听了贾老师的话，大家高兴地笑了。其实曾主编还真就是老家佛教协会的副会长，但贾老师这样一说，不知情者还以为是中国佛教协会的会长呢。

中午，贾老师带我们去吃陕西名小吃肉夹馍和豆豉汤。贾老师说："我去抽支烟，你占着位置。"

"嗯。"我口中答应着，脑海中突然浮现小时候与父亲上街赶场的情景。父亲总是说："在这里守着东西，别乱跑。"那时，我一样老老实实地守着。贾老师就是这样的温温长者……

肉夹馍和豆豉汤来了，我和先生坐在桌子边的条凳上吃着。我想，身为大作家，走遍天下，贾老师什么没吃过呢。记得刚才贾老师详细地询问了《西南作家》的经费来源、运营模式、稿件情况。是不是我们这些文学追梦人的执着与节俭，让贾老师想起了他20世纪70年代末、80年代初初涉文坛的艰辛？是不是今天其乐融融的情境，勾起了贾老师对他自己年轻时代钟情于文学的深深的怀念？贾老师带我们到这家小店来吃，真是印证了古龙的名言："在所有做的菜中最好的作料是情趣，因为这种作料是越多越好……在有情趣的时候和有情趣的人在一起吃，不管吃什么都是好吃的。"

就这样，我们每人一个肉夹馍，一碗岐山臊子面，贾老师另叫了一个豆豉汤。馍酥肉松，面软臊香，汤汁鲜美。用一句成都话说，真是"巴适得板"。

因先生有午休的习惯，饭后，我们一行将先生送到秋涛阁。先生说不用送上楼了，于是我们就此握别。先生踏着悠闲的脚步，穿过街道，慢慢地走了。我们目送先生的背影渐行渐远，真想尾随其后，去听一听先生是否又在哼着惬意的小调……

在我的眼中，贾老师没有常人所说的架子，只有待人的真诚，言谈的和蔼，举止的轻松。倘若他散入熙来攘往的人群，那么一眨眼的工夫，你就再也寻不到他。他就是这么一个普普通通邻家大叔。但正是这样寻寻常常的大叔，用自己非同寻常的创作，在中国乃至世界文坛，树立了一座令人仰望的、神圣的丰碑……

我和傅天琳加了好友

○ 温 涛（四川资中）

中学时代我就知道有个诗人，叫傅天琳。那时被称为果园诗人，因为她在缙云山农场干过。后来，陆续读了她的很多作品，如《母亲》《柠檬黄了》《约书亚树》《我为什么不哭》《鱼要回家》等，对诗人及其作品的柔韧、质朴、明净喜欢得不行；得知她曾获得鲁迅文学奖、冰心儿童图书奖，系中国诗歌学会副会长，重庆新诗学会会长，心里面佩服得不行。作为四川、重庆乃至全国诗歌界的一面旗帜，她可是我们资中人的骄傲啊！尽管如此，我也没有想到有朝一日，会和她成为微信好友。

和傅老师加了好友，是 4 月 19 号的事情。多亏了涓涓的介绍。傅老师在重庆新诗学会会员联谊群主动打招呼："温涛，你好！"我竟然有些忐忑。一位在八十年代就与舒婷、北岛齐名的诗人如此平和，我真的很意外，同时还很感动。

我小心翼翼地问："我该喊你傅阿姨还是傅老师呢？""喊傅老师吧。"傅老师回复。"傅老师，你是我一直以来的偶像哦！"我不失时机地发了一张图片（傅老师散文集《往事不落叶》的封面）。傅老师很惊讶，"你有这本？小书，我喜欢。"我是如此地聪明和狡猾。那是我 1992 年读初中时买的，珍藏到现在。傅老师称之为小书，好谦逊的人！

　　见傅老师很开心，我鼓起勇气，把在《西南作家》杂志上刊登的《追星记》发给了傅老师。"请老师看看，我是业余爱好，业余水平。"因为在文章中称傅老师为最喜欢的女人，同时又戏称傅老师是资深美女，害怕她不高兴，我在微信里又加了一句："《追星记》里面的内容，若有不敬，请老师谅解。"隔了二十来分钟，时间比平时慢了许多，杂糅不知结果的等待，我觉得是一种煎熬。微信响了，傅老师表扬："写得好！很亲切很感动！必须赞一个！"后面还有三朵玫瑰花儿。

　　我顿时觉得泥巴湾的天空好蓝，泥巴湾的芭茅草好绿，泥巴湾的油菜花好香！"感谢老师鼓励！"我知道自己几斤几两，顶多算一个文学爱好者。在巨大的幸福的眩晕面前，我依然保持了平稳。傅老师又发来消息，"新出的诗集（指《傅天琳诗集》）估计你会喜欢，寄给你。"哇，我觉得幸福像四月的春风，让人心里涌动无限的暖意。

　　4月，来至重庆的快件，经巴山蜀水，停靠在郁春路5号门口。春天般的颜色，春天般的诗集，春天般飘逸的字迹，我收到了盼望已久的《傅天琳诗集》。涓涓写了一首《记忆里所有的绿——读〈傅天琳诗集〉》来表达感受，"绿色的温暖可以让黑色不冷漠／绿色的宽容可以让蓝色不忧郁／一本绿色的诗集／让人生／从此四季葱绿。"我有同感，读好诗如饮甘泉，让人有灵气。傅老师还请我"惠正"，我想她一定是在勉励后辈多读书，多写多出好的作品吧。

　　傅老师的散文《鱼要回家》在一个作家群里（将近300人）点击量达到了2980，引起了大家的激烈讨论。《我为什么不哭》诗里所散发出来的悲切、沉郁和锥心的痛，以及切入生命的独特与尖锐，在那么多的地震诗中，文字最实，质量最高，感情最真。"我还是不能哭／我得加紧刨啊／偶尔打个小盹／我也在用梦的爪子来刨／用大把大把的眼泪来刨。"5月12日，我特意在朋友圈转发该诗。相反，看看自己的作品，无骨无肉无思想，轻飘飘的。看来，只有带着真挚和纯粹的感情，才能写出优秀的文章。

　　"沱水蜿蜒流淌，重龙晓霭芬芳。少小负笈奔异地，林果园中日月长。缙云作故乡。绿色音符跳荡，柠檬叶子先黄。自古文人偏烂漫，更喜天琳多慨慷。爱心诗万行。"啥都不说了，傅老师，你若回资中，我一定请你吃碗家乡的兔儿面，可好？

苦寒落尽始见春

○ 涂　途（北京海淀）

　　若无冰霜凛冽，何来点点蜡梅迎寒独开？若无烈火淬炼，何来斑斑锈铁百炼成材？若无蛹茧自缚，何来翩翩蝴蝶展翅悠然？苦难是人生华章的序曲，凛冬既至，春必不远；苦寒落尽，姹紫嫣红又一春。

　　司马迁有言："文王幽而演周易，仲尼厄而作春秋；屈原放逐，乃赋离骚；左丘失明，厥有国语……"古今成就大事业者，大抵皆时运不济，饱尝辛酸，困而后作，幽而后发。苦难之所以能成才，正在于其如惊雷，似长鞭，惊人于浑浑噩噩之中，驱人以不坠青云之志，苦心志，劳筋骨，饿体肤，所以曾益其所不能。世间唯有长眠之人能永享安逸；生为人杰，欲成伟业，必先于切磋琢磨之中砥砺品格，才孕育出美玉温润。

　　增删批阅，精思傅会，十年乃成。一曲《红楼梦》，耗尽曹雪芹半生心血。尽管身居陋室，衣食难安，"举家食粥酒常赊"，梦阮先生的志向不改。"都云作者痴，谁解其中味"，生于繁华锦绣之乡，纨绔出身的他在政治斗争的风雨中飘零凋敝，深悟世态炎凉，勘破世间繁华。于是疯言疯语里，尽是警世至理；一颦一笑中，不尽哀婉凄凉。如若没有曹家变故，或许曹雪芹也不过在纸醉金迷里浪荡一生，更何谈大有作为？苦难似浊酒一杯，苦辣之余亦能暖身。身世沉浮，命途多舛，丝毫浇不灭他炽热执着的心。

夫差败越，越国存亡之际，勾践身为九尺男儿、一国之君，纵使内心不尽屈辱愤恨，依然忍作马前卒。国难当头，面对注定为奴的结局，勾践没有选择刚者易折、快意恩仇，也不愿身为下贱、受役终身；他选择忍辱负重，深藏雄心壮志。自此，每一口苦涩的胆汁，浇淋着他内心复仇的怒火；每一根盘曲的柴木，印下"三千越甲可吞吴"的豪情壮志。于是十年生聚、富国强兵，一切苦恨、屈辱与隐忍，在生擒夫差的那一刻，烟消云散。苦难似胆汁一口，苦寒之余亦能励志。卧薪尝胆，谨记前耻，激励他矢志不渝。

一封谢表，引来朝廷一片倒苏之声。黄州路漫漫，就算再豁达乐观之人，怎不徒生"人生如逆旅""世事一场大梦"的抑郁。然而他并没有在悲伤中沉沦太久，赤壁一游，他明白与其哀吾生之须臾，倒不如冯虚御风，享江上之清风，品山间之明月。大彻大悟的苏子瞻由此再也无忧无惧，两耳不闻穿林打叶声，一心只向吟啸且徐行。烟雨何妨？竹杖芒鞋、蓑衣一件，足矣！功名得失再也牵制不了他的脚步，他在何处为官，就造福何方，这才有烟柳笼纱，波光树影，鸟鸣莺啼的"苏堤春晓"，才有儋州破无人及第的传奇。他自己也在这沉浮中收获淡然心境，不论世俗如何杂扰，仍高唱"大江东去"。苦难似风雨一场，萧瑟之余亦能净心。柳暗花明之后，再回首，也无风雨也无晴。

人生如度年，四季更替，自然有春风得意之刻，也有天寒地冻之时。当你不胜严寒侵袭，不妨静赏枝头数点蜡梅迎寒怒放，细品皑皑白雪下涌动的活力与生机。只待苦寒落尽，自得春光无限好。

身边的风景

○ 傅友福（福建泉州）

终于有了回家的机会！

既得空闲，杂念抛开，虽无逸致，然思静、思新之心不已，刚好归家，不由得拾步往杀虎山上走去。也许，那里会有我需要的喜怒哀乐和人生哲理。

时至秋日，秋高气爽，这里没有秋风萧瑟、落叶荒芜的悲凉。远远望去，只有一幅绿的锦图展现在我面前。家乡这山名为杀虎山，可能先祖真正在此山中杀过老虎，为民济难。这无从考究，也无须较真儿。沿小路，傍小溪，坎坎坷坷，攀上山来，于树下歇息。擦一把油汗，吸一口树木草地的芳香气息，舔一口山中清泉，人立即陶醉在其中，物我两忘。10多年来没人上过此山，也没有闲人猎过飞鸟。这山，便是鸟们的世界。或三，或五，或成群结队，用鸟们特有语言，交头接耳，缠绵私语。见我这外人闯入它们的领地，它们遂以怀疑和不安的眼光审视我：如今世人皆为利往，独你不惜劳苦来这寂静荒凉之处？不会是吃腻了城市大鱼大肉的饭菜，要来取我们解解馋吧？鸟们不理解，很多人不理解。

山上草木茂密，高过人头，唯有一条小路通向山顶，因偶尔有人经过，还不至于被树木淹没。这山虽是有点突兀，却不泛温柔。她没有鬼斧神工般的壮丽，没有悬崖峭壁的惊险，也没有飞流直下三千尺的壮观，只是平淡无奇的虚怀。但她的性格是刚强的，不惧怕任何风霜雨雪，在朴素中显得和蔼慈祥，文质彬彬，不失柔情。沿山间小路而上，迎面扑来浓厚的泥土芳香，沁人肺腑。

终于到了山顶，突然有"一览众山小"的豪放感觉。人在山顶，你会觉得山再巍峨，最终还是被你征服，而此时的山正默默无闻地向你展示，不远处它的伙伴比它更壮观。人在山谷，常会感叹山高不可攀，而此时的山却悄然无声向你披露，很多人正从它的峰头悠然而下。

山的伟大，人的渺小，在此可得到淋漓尽致的诠释。山虽无言，然非无声。那潺潺而流的小溪，就是她优美的琴声和倾诉；那汩汩而涌的泉水，就是她永不干枯的乳汁；那怒吼连绵的松涛，就是她对狂风暴雨的抗议；岩石边那清脆的滴答声，更是她对流逝岁月的真实记录。

"横看成岭侧成峰，远近高低各不同"，就是对山的绝好写照。但杀虎山也没这福分，不险也不恶，却也依然挺拔于天地间，哺育万物。她默默无闻，不计得失，给人们以温暖、以滋润、以向往、以膜拜。纵然天生地灭，纵然岁月更迭，不老的，仍然是她的信念。

读山，如同读一位老友。面对面，心连心，可以倾诉，可以暴怒，她总是有容乃大，不会计较你的不是。山更是一部辞典，年轻时读她，不识庐山真面目，及至年长，你才会正直读懂她的厚爱和豁达。她依然是那样虚怀若谷，温存睿智。此时若有酒的话，提出慢饮，及至酣处，或纵歌一曲，或与山低语，或引吭喊山，则不止其乐无穷，且修心养性，益寿延年也。人生至此境界，不亦美哉！

杀虎山上没多少石头，只有最朴素的品质——泥土，她代表着山的魂魄。红红的泥土构成了山的伟岸，她始终与泥土相依相伴，永不抛弃。因为有了泥土，就有了孕育坚贞不渝的苍松的怀抱，而苍松则以其苍翠葱茏描绘着大山永远不老的情怀。

有山就有绿色，特别是10多年来无人问津的杀虎山。生活条件提高了，人们也收敛了疯砍无度的秉性，让绿色还原于山，实是幸事，否则，哪有我今天借山感怀之乐？放眼望去，绿波起伏，一阵轻风吹过，波涛般荡漾不绝。毋庸置疑，绿是最令人心动的颜色。墨绿给人以淡泊宁静；浅绿给人以恬静轻快；嫩绿则给人以生命的畅想。而这杀虎山上却包括以上三绿，她们正在奏响生命的乐章，给我的或许就是对生存、生活、生命的更多思索。

或游或思，走走停停，错过午餐时间，也罢，取出来时随身带来的饼干，就着山泉水，不失为四星五星级之美味佳肴。山泉水自石缝中出来，挥挥洒洒，弹着琴弦，一路欢歌。给深静的杀虎山增添了一幅动态的美图。看来，山中的内容丰富多彩，一时半会是无法领略她的深刻内涵的。只好以走马观花之态，粗识她的旷达和意韵，待来日，则需与其细细交谈，让这位智者再告诉我一些关于人生和万物的话题。

忽然想起一首诗来："松下问童子，言师采药去。只在此山中，云深不知处。"倘若有仙，定是一位福仙，方能配得上此山。如有仙家到此，定先与其切磋一下棋艺，再来几盘山果，抑或一杯山茶，战到黄昏方回，不亦人生之一幸事？

与水邂逅

○ 何一东（四川成都）

少年时曾从父亲的书柜里"偷"读《红楼梦》，可说是囫囵吞枣，不求甚解，且许多字不认识，只求个"意会"而已。但雪芹先生借贾宝玉之口说："女儿是水做的骨肉，男人是泥做的骨肉。我见了女儿，我便清爽，见了男子，便觉浊臭逼人。"这话当时给我印象极深，但也颇纳闷，这都是人，为啥女人是水，男人是泥？哈哈，若干年后，才略知此言皮毛。水，从此深印脑海！

20 世纪 90 年代，我曾去过一次厦门，这是我第一次到临海的城市。除了新鲜感之外，更多的是沉甸甸的思考与感怀！

当我站在鼓浪屿最高处日光岩（日光岩是明末民族英雄郑成功举义屯兵的地方，山上至今仍保存有寨门等遗址。相传郑成功当年在此石刻所在的巨石上筑水操台指挥水师操练），眺望辽阔的海面时，但见天苍苍，海茫茫，厦门岛外的大担、二担等诸岛尽收眼帘，那远去的令人刻骨铭心的战争画面一幕幕仿佛又浮现眼前：枪林弹雨、炮火连天、短兵相接、生死肉搏、硝烟弥漫……

这时，我脑海中浮现出位于日光岩龙头山寨寨门遗址东北侧的岩石上，近代著名的教育家和民主革命家蔡元培 1930

年行书直题的一首七言绝句。诗曰："叱咤天风镇海涛，指挥若定降云高。虫沙猿鹤有时尽，正气觥觥不可淘。"这首诗歌颂了郑成功叱咤风云的军事才能和觥觥不可磨灭的民族气节，令人心潮澎湃、热血沸腾！遥望大海，我深信海峡两岸必将统一，台湾一定会回到祖国的怀抱！这是大势所趋，人心所向，谁也无法阻挡！

2010年暮春，我前往湖南长沙进行新闻业务培训。培训结束之时，到著名的橘子洲头一游。在青年毛泽东雕塑像前，我仿佛看见毛泽东青年时代，就读于湖南第一师范时，常和学友到洲头搏浪击水，谈论国事。1925年，他挥就脍炙人口的诗篇《沁园春·长沙》，抒发了济世救民的豪情壮志。

此时，我凝望着毛泽东英俊的脸庞、深邃的眼睛，这首志存高远、激情飞扬的"天问"再次让我热血沸腾："独立寒秋，湘江北去，橘子洲头。看万山红遍，层林尽染；漫江碧透，百舸争流。鹰击长空，鱼翔浅底，万类霜天竞自由。怅寥廓，问苍茫大地，谁主沉浮？……"

沿橘子洲头漫步，凭栏凝望辽阔的湘江，不禁感慨万千：是啊，正因为有了毛泽东，才有了新中国，这是人间一个伟大的奇迹！

外出旅行，好山好水，自然是大开眼界，获益匪浅。而作为一名地道的四川人，对四川的山水更有一种亲近感和自豪感！如岷江，它是长江上游水量最大的一级支流，全流域均在四川省境内，孕育了古蜀文明。据记载，它发源于岷山南麓松潘县郎架岭，流经松潘、茂县、汶川等县到都江堰市出峡，经乐山接纳大渡河和青衣江，到宜宾汇入长江，全长1279千米。

这些地方，这些江河，我也去过、见过不少，并为之深深折服与陶醉；而有的地方，虽久闻其名，却因各种原因，从未去过，待有一天目睹了，不禁相见恨晚！

今年三伏酷暑，应友人邵兄相邀，我和几位好友前往青神一游。青神是第一代蜀王蚕丛故里，被誉为"南方丝绸之路""岷江古航道小峨眉""苏轼第二故乡""中国椪柑之乡""中国竹编艺术之乡"，可谓大名鼎鼎！

久居都市，到达青神，但见岷江奔流不息，一碧万顷，感觉风光与众不同，令人心旷神怡。登中岩寺，下寺紧依岷江，岩壑清幽。入山不久，便至唤鱼池潭。唤鱼池潭，相传为慈姥龙之窟宅，鱼群听掌声而出。岩上"唤鱼池"3个大字是宋代大文豪苏东坡同王弗联姻时所题。我们一行边看边拍照，特别是我，首次前来，不觉兴致盎然。

据邵兄介绍，中岩风景名胜区依山傍水，环境幽雅。历代名人雅士留下石刻诗篇，摩岩造像遍布风景名胜区岩壁。可惜因时间关系，我们这次未能游览全部景区，但窥一斑而知全豹，中岩之美之奇，似已了然于胸。留待下次再慢慢品味吧！

当我们来到汉阳古镇时，仿佛行走在遥远的古代，青砖、木墙、石板街道、小青瓦房，相互毗邻的四合院和高高的烽火墙，独具特色的吊脚楼，雕刻着神鸟、奇兽的古檐，"井"字形的街道构筑了汉阳古镇的古井貌样，等等，都让我倍感叹服！想想现在一些地方的所谓古镇，人造痕迹太重，千篇一律，吃喝玩乐都极其相似，令人味同嚼蜡。

古镇上，我们见到了一家手工杆秤制作小店。师傅姓陈，独自埋头制作古秤，技术娴熟。他告诉我们，古秤专供收粮收猪，从明清开始，已三代相传了。可惜，他面临着后继无人的问题。我们拍照留念，或许，也算定格一页历史吧！还有那火花飞溅的铁匠铺，身板结实的中年汉子，"叮当、叮当"的敲击声，各色手工制成的农具，都再一次让我感到乡村的古朴与纯净，暂忘滚滚红尘中的竞争与压力……

说了这么多与水的邂逅与故事，感觉好像只是表达了对生命不可或缺的水的喜欢，但似乎并不真正了解水之最闪光最内涵的一面。思来想去，还是深感先哲们说得精辟，无人可超越，在此借用，以表达一下心声吧："上善若水，厚德载物！""水能载舟，亦能覆舟！"若世人皆以此为人生、治国准则，那么，这个世界，无疑应该很美好！

高原散章

○ 封期任（贵州兴义）

高原散章

我把心扉打开，接纳阳光、雨水和草木，还有鸟鸣。

我的目光，借苍鹰的羽翼，把天空撕开一道口子，随花、草、树一起呼吸，一起探寻生命的本真及其要义。

侧耳聆听蜂蝶的私语，把乡愁酿成一碗苞谷烧，在烈性的酒分子里写一些分行，或不分行的文字。

寓意生活的多彩，任一片唢呐声渲染豪放不羁的心情。

寓意高原风的炫幻，把飘落的枫叶和远眺的眸子吹成一张符咒，从河谷贴到山顶。

寓意高原人的韧性，把冰雨抽打的疼痛，打磨成一把自由和幸福的胡琴。

我的灵魂，在一声羊鞭的脆响里看到了高原大姐的甜美与温婉，看到了高原大哥的率真和爽性。

我还看到了阿爸阿妈挥舞的一把银镰，收割一地的麦语和一茬茬的记忆，储存阳光折叠的帷幕。

高原魂魄

一个从神话中走出的女子，安息于瘠薄的大地，裸露出一对圆润的乳房，滋养了天，滋养了地，滋润了一群瘦弱的灵魂。

天地，有了灵气；世间，有了骨力。一切，源于一种无私，源于一种博大。

面朝太阳而舞，朝圣的肢体语言，演绎一种坚定；面对双乳峰而拜，顶礼膜拜的手臂举过了头颅，触摸天空的蓝。在舞蹈与膜拜中，一个慈祥的女人总会跃入我的眼帘——

她用涓涓乳汁，喂壮我瘦弱的灵魂。我的羽翼，丰满了；我的身躯，挺拔了；我的头颅，聪颖了。她，却化身为泥，蜷缩成冢。山风，一天一天地剐割她的身躯；蝼蚁，一天一天地吞噬她的骨头。

她——双乳峰——我的母亲，依然地裸露着硕大的双乳，滋养精气，哺育日月。

高原之韵

一滴清露，托起一缕光，辉耀万峰林金黄的身世。让这山的王国流淌的梦想，抵达世界的每个角落和那些返璞归真的灵魂深处。

一片绿叶托举的叶脉，走过醒来的田野，任一茬茬春天，铭记峰林下闪动的肥沃。

阳光，折叠成旅人眼中的暖意，悬挂在风筝之上，飘出的芳香，飘进古朴而端庄的农家庭院里，葳蕤着餐桌上的美味佳肴。

一垄垄，一坵坵，一块块，处处流金溢彩。那醉人的金黄哦，魅惑镁光灯不停地闪烁，把金色的弧线，嵌入八音坐唱的音调里和布依纺车旋转的轮盘中。

是油菜花装饰了峰林的苍翠，还是峰林点缀了油菜的金黄？

《山呢阿一边》响起了，浓浓的兴义土话把一坛农家米酒，唱成一首红遍大江南北的网络歌谣。

这地道的家乡口味，在必经的路口守候一片木叶随风飘曳，吹出一曲炫音，把徐霞客《黔西游记》的神韵，深入纵横阡陌的田园、峰林。

沿着歌声的轨迹，我看见我的父兄，自由着，快乐着。我多想蘸着一池春水，为峰林写下几行嫩绿的诗句，同鸟儿一起飞，一起衔着我的灵魂，与一首原生态的老歌一起飞翔。

高原老歌

向低，向低，再向低……

在生命的缝隙处，把一腔骨血舀起，旋转到一个高度，然后放到一条僵硬的血管里，挺拔佝偻的腰身，站在村口。弹起一首老歌，响在山间。水车，吱嘎吱嘎地响，承载着典籍的厚重和村庄的沧桑。

我清楚地看到，它舀起的是泉水，而洒下的是父辈的汗滴。耀泽了皇天后土，辉耀了沉寂的村庄。

很多年，我没有看到水车旋转了，就像没有看到母亲点种瓜豆的身影。没有听到水车欢唱了，就像没有听到父亲均匀、酣畅的鼾声。

阳光，静静地挥洒在河边；水车，静静地守候在家乡。

我多想，借那一番旋转，再次舀起一抹甘甜，沁润久枯的心田；我多想，借那一首老歌，让清凉的音符，润泽心扉，洗去旅愁；我多想，沉浸在水车毫无倦意的旋转里，找回儿时的记忆——

听鸡崽唱歌，看牛羊奔跑。同粮食和蔬菜在水车下，享受快乐的时光。

时光老了，老不去的，却是那首老歌，那是我可亲可爱的父老乡亲。

云间的栖居

○ 杨 华（四川绵阳）

你栖居的地方，有一个诗意的名字：云间。多么浪漫的巧合！如此的偶然，冥冥中似有定数？

在一排排尖顶斗拱的异域风情建筑中，老远便被你独特的气质吸引。一整面墙的白色异邦文字，拥你在中央，醒目的方块字，漂亮清凉。

来到你的门前。看见，这排英伦建筑的背后，有一个十字架，高耸入云。似乎听见，云间传来的天籁之音。

透过午后火辣阳光照耀的，镶嵌在褚红墙上或突出或平覆的一面面玻璃，得窥里面的世界，静谧，却漫溢。靠窗的台条，坐满了人，男女老少皆持同一姿势：手捧书，眉轻蹙，一如雕塑。

迫不及待掀开，你防暑隔热的厚重门帘，闯入视线的，是《钟书境界》的封面与推介，亦是你的，心路历程，与精神内核。踯躅于这门檐，已然迷失于你的浩瀚无边。

时空滞止，声色空寂。独自在此，不知耽沉了多久，有些微醺地走进一屏之隔的内里。如果说，书里的广角图片，让我心灵震撼，而眼前这实景，却让我失了言语，失了心魂。我呆立在沉寂的入口，忘了世界，忘了人间，只是傻傻地驻足，任由自己沉沦在这书的汪洋大海，不挣扎，不浮游！

偶尔有人从楼上，从对面，从侧旁的转角走出来，听不见脚步，亦不闻人语，似乎人人都穿了隐形衣。世界处于一片洪荒，无声无息。

我在如此的寂然中，大脑一片混沌，被你的盖地铺天所淹没！

盖地，铺天，完全写实，一点不浮虚。

当我迈上通向内厅的狭长走道，不经意俯首，便不敢再动脚！脚下，全是书！大大小小，精装简册，密密麻麻铺陈在透明的玻璃隔板下！抬头，闯入眼帘的，还是书！左边墙上，一格一格的书柜，镶满墙，摆满了各色书籍；右边，楼梯的下方，因地制宜最大限度定制的隔断，书摆得整齐无罅隙！

淹没于这浩繁的海洋，我只觉呼吸不畅，眼耳鼻舌身意全不够用。恨不能，生出三头六臂，将这些精灵，揽入怀，注入脑，镌入心！

我手忙脚乱，慌不择书，就近浏览，一小格一小格，满满的，全是不曾见识，不曾听说，不曾想象的虚无！正是这些虚无，方能填补灵魂的空白，平衡空洞的失重！在这看不见摸不着、似是而非的虚无维度，尤其让人自心底升腾无力感，被个体的卑微、渺小、轻飘狠狠笼罩！

跟跟跄跄，一路轻抚着你的精致外装、精美思想，我已无余力再翻开，任何一页纸张。只是渴慕地，一一沾染你的墨香。走过这条不算长的通道，似乎历经一个世纪般漫长，我终于来到柜台前。抬头，便惊见铺天的书，置于屋顶，并从三面墙壁倾泻而下，排列有序，行云流畅。

我愣怔在你独一无二的苍穹之下，虔敬仰望，见漫天星光，在深邃无垠的天幕闪耀。我魂魄出窍，迎着灿烂的天际翩然起舞。我振翅冲霄，轻盈如蝶，晶亮似萤！我渴望飞向你，飞向你的光明，你的邈远，你的"高处入云端"！

我梦游般，踏着一层一层书籍，顺着透明的玻璃台阶，一步一步走向楼上。其庄敬渴慕，不啻走向未知的天堂。抑或，以为是走向你安置在高处的灵魂。

这里，景象自是不同。四壁和屋顶布满镜面，层层叠叠的书籍与她们的倒影比肩相连，亦真亦幻，似梦似仙。高立的木栅栏，分割出若干独立，却不隐秘的阅读空间，外围的走廊，不乏清丽雅致的书法美术作品。上楼，不闻丝毫声息，以为人去楼空。曲折回廊，周章转悠，却见座无虚席！一派"不敢高声语，恐惊天上人"的肃穆。

害怕惊扰你煞费苦心经营的高处，幽魂般的我不敢过久飘荡，万般不舍从云端回到地面。不想却误入楼底后面的洞天——儿童乐园，再一次为你的奇妙创意而顶礼膜拜！

这是一处高阔的天地，两层楼的层高，屋顶镶上镜面，让四壁各种昆虫动物造型萌的书架，无限扩张，延伸至天际。房间异常空旷，墙角地面铺上一层软垫，孩子们可以自由自在地在地上阅读、玩耍。与那些厚重的大部头相比，与那些密布的书卷气想较，这里，尤显温馨、轻柔、和乐。

探源你的足迹，方知，如此的精神气质，是二十余年的厚积与沉淀。你的主人，原本是一名教育工作者，以苏霍姆林斯基和陶行知为榜样，立志于农村小学教育改革的热血青年。因为嗜书如命，因为"如果离开了这沸腾的航海事业，帆即使活着，还不只是一块闲置的破布？为大海献身，这是帆的夙愿，也是帆的光荣"的人生理想，你的主人将自己的激情舞台，构织在民营书店。起起伏伏，风风雨雨二十余载，不忘初心，魂寄高处，方有眼前的气象与光景。

犹如帕斯卡所言，"我们的全部尊严就在于思想。正是由于它而不是我们所无法填充的时间和空间，我们才必须使自己变得崇高。"你的主人，便在追求如此的崇高与尊严中，一次次地让你破茧化蝶，自我超越，"声驰海外，名播云间"。

我知道，不管我是否来过，你都在云间：钟书阁。

一只雏鸟

○ 郑志斌（广东佛山）

初春，里水第五届万顷洋百合花文化节开幕，和朋友约好了，在一中路口等她开车来接我。

在等她的时候，我忽然看到一只小鸟孤独地落在地上，它是那么娇小，那么瘦弱。汽车在它身边呼啸而过，但它无力再飞，只是在鸣叫着，叫声是那么纤弱，淹没在车流的轰鸣中。我意识到这是一只刚出窝的小雏鸟，这是它生命中的第一次试飞，它勇敢地飞出来，也许是因为饿了，也许在窝中太久，渴望自由。

我小心地把它握在我的手掌心，能感觉到它的惊恐，因为我看到它惊恐的眼神和恐惧的鸣叫，要是它落入别人手里，肯定会变成别人的玩物，我知道，它是有生命的，是我们人类的朋友，谁也不能伤害它。

我用手心的温暖安抚它惊慌失措的心灵，小心地用手指梳理它身上的羽毛，它在我的安抚中也慢慢安静下来，歪着小脑袋用乌溜溜的小黑眼珠看着我。我轻轻地告诉它："小宝贝，别害怕，我不会伤害你的，好好休息一下，等你休息够了你再飞，我会给你想要的自由。"

于是，我掏出手机，给它拍了几张照片，然后就把它放飞，看得出，小雏鸟的翅膀还不够硬，飞了一段距离就掉在地上，然后又慌慌张张地起飞，直到飞到半空中，我松了一口气，心里有一种温柔的喜悦在闪动。

如果我能预知接下来以后会发生什么，那么我绝不会把它放开，至少也会将它带到野外放飞。也许它的力量还是不够强大，它的翅膀还是不够坚硬，这次它落在了滚滚车流之中，小雏鸟还没有反应过来，就葬身于车轮之下，连挣扎一下的机会都没有。一瞬间，小雏鸟就粉身碎骨，荡然无存，就像它从没有来到过这个世界一样，而我给它拍的这几张照片，也成了它曾经来到过这个世界的唯一证据，那一刻，我的心被猛然刺痛，心情久久不能平静。

我突然想起，自己曾经也经历过类似的生命感悟。那是前些年的一次意外发现，在院子里面玩耍时，突然发现一块大石头下面长出了一片嫩黄的芽儿，带着一股子的生机与朝气，我不禁好奇起来，伸手就想要把它拔起来，栽种到我家的花盆里再细细观赏。芽儿虽嫩，但是，却很有韧性，我费了很大的力气却没有连根拔起，嫩芽断了，我有点可惜这株植物，就这样毁在我的手里了。一段时间过后，我又惊喜地在院子里发现了它，这次我没有那么鲁莽了，我小心翼翼地先搬开压在这株植物身上的大石，却发现了至今令我难以忘怀的画面。石头搬开后，映入眼帘的是一条弯弯曲曲、歪歪扭扭的米白色根茎，足足有二三十厘米长，在根茎的最底部，我发现了一枚桃核，半裂开的状态，在开口处的根茎更加粗壮，已经将桃核撑碎了。我不禁感叹这株桃树苗生命力的强大，在巨大的压力下，昏天黑地的环境里，孤独的这株桃树苗想要挣扎，想要逃出来，想要重获新生，它只有选择在黑暗里默默努力，坚持不懈地向前探索，想要找到一线重见阳光的生机。经历了无数个日夜，经历了无数的痛苦挣扎，桃树苗终于逃出生天，重获阳光，生命已经打开全新的一页，一切都充满着希望。可是就在它已经成功的时候，我的出现掐断了这个坚强而又脆弱的小生命，似乎希望又破灭了。可就在我也这样认为后，它却奇迹般地"复活"了，上次被掐断的部位还残留着暗褐色的伤痕，但重新长出的新芽依然嫩绿。

生命可以渺小，但不可以不坚强，万物的衍生是难以自行选择的，但是命运依然在自己手中。桃核可以选择毫无作为，在黑暗的大石下永久掩埋，从此销声匿迹，也可以选择顽强地生长，突破巨大的打压，活出一片新天地。一株小小的桃核都能如此，何况是作为万物灵长的人类？

我们很多时候都会感叹生命脆弱，却选择碌碌无为，白白走了这一遭。殊不知，上帝不会关闭你所有的通达，有毅力、有决心的人总会活出自己的精彩。

对待生命是一种态度，也是一次选择，无论是雏鸟还是幼苗，他们的生命故事无不启示着我们要珍爱生命，正式自我，在自己的坚持和努力下，精彩地活一次。

枕月听虫鸣

○ 宫凤华（江苏泰州）

涨潮《幽梦影》曰："春听鸟声，夏听蝉声，秋听虫声，冬听雪声，方不虚此生也。"在蟋蟀的浅唱低吟中，故园清秋如一位曼妙女子，涉水而来，步步生莲，眉目含情。

清凉夜晚，墙角下、草丛中、瓦砾里，许多杂糅的声音，远远近近地钻入耳中。有蟋蟀的、金铃子的、蝈蝈的，还有纺织娘的。时而急促，如流畅的江南丝竹；时而婉转，如幽怨的二胡曲。

蟋蟀古称寒虫，俗称"蛐蛐儿"。通体黑褐色，两翅摩擦发出鸣声，声音较金铃子单调些。金蛉子，翅翼黄亮，毫须特长，叫声细亮。蝈蝈略显臃肿，欠矫健，靠翅膀发音。

月光清澄，蟋蟀们浅唱低吟，凉意沁人又委婉动听，让人心里霍地落满乡愁，止不住就念起"西窗独暗坐，满耳新蛩声"的诗句。

那时候，晨光熹微，家人还在酣睡。我们悄然起身，猫身蹑脚，仔细谛听，锁定目标，果断出手，嗬，一只振翅欲跳的蟋蟀已被我捏住。

夕光濡染，炊烟袅娜，秋收后的泥土极其酥松。蟋蟀唧的一声，从这边小洞迅捷蹿出，一个有力的弹跳，又钻进那边的小洞藏匿起来。我们捂住洞口，最后，那只张须振翅、桀骜不驯的蟋蟀就被捉住了。欢乐的笑声在旷野上萦纡不散。

把各自的蟋蟀放进木盆里，毫须四触，昂首蹬腿，气势逼人。有时从侧面或贴着盆底发起攻击，直至一方耗尽体能，无法再战，才见分晓。胜者振翅鼓须，鸣叫示威；败者悄无声息，沿盆慢爬，郁郁寡欢。这情形正如顾禄《清嘉录》记载："白露前后，驯养蟋蟀，以为赌斗之乐，谓之秋兴，俗名斗赚绩。提笼相望，结队成群。呼其虫为将军，以头大足长为贵，青黄红黑白正色为优。"

蟋蟀如娇羞村姑，总是躲在幕后，万籁俱寂，才轻轻唱歌，灵动的音符潜入长夜，细长如天边的一弯新月。也如怀乡的人，流露着丝丝怅惘和淡淡忧伤。蟋蟀的歌声是一首宋词小令，不似蛙鼓恣意张扬，颇有谦谦君子的儒雅风范。

"促织感秋而生，而音商，其性胜，秋尽则尽。"商音属悲声。蟋蟀们"曜、曜、曜——"地吟唱着，其声呜咽，如凄凉哀怨的埙曲，枕月聆听，骚动的心静如一潭明澈的秋水。秋虫呢喃，季节有了层次和质感，生命丰盈而温婉。檐下雨声空洞久远，瓦上生轻烟。蟋蟀声声，牵扯的是萦绕心间的缕缕乡情，牵扯的是黄昏时分天边的生动和柔软、月光浸润下的清凉与纯净。"知有儿童捉促织，夜深篱落一灯明"，诗性的田园生活日渐式微，成为一种奢侈。

想起白石老人的《蟋蟀图》。豆荚、豆叶风中轻颤，小蟋蟀错落有致的精心点缀，伸头、摇尾、舞触，或细语低吟、欣然自足；或呼朋引伴，相逐嬉戏；或鼓角奋足、瞋目龇牙。画面生机勃勃，妙趣横生。

张恨水写虫鸣，读之乡愁汩汩流淌：时或窗外风吹竹动，蟋蟀一二头，唧唧然，铃铃然，在阶下石隙中偶弹其翅，若琵琶短弦，洞箫不调，倍觉增人愁思。

蟋蟀们扑闪着翅膀，哗啦啦地带着金属的质感，让人恍惚这些小精灵是从线装《聊斋》的墨香中遁出，是从遥远的《诗经》中趔趄而下。秋夜有了蟋蟀的陪伴，不会感到孤寂。正如作家鲍尔吉·原野所说"月色下，蟋蟀飘荡的声音成了夜的花边"。

秋夜露浓，我总是抵近墙角，聆听秋虫的吟唱。幽幽清音，有诗一般的韵味，仿佛回到篱笆环绕、青苔瓦松的老屋。一口古井，一棵歪柳，一庭风月。老屋里盛放着生活的歌哭、蓬勃的乡愁和温暖的记忆。

　　静听雨中山果落，闲赏灯下草虫鸣，那种幽微与苍茫，闲适与禅意，清欢与感奋，妙处难与君说。清秋月夜，蟋蟀们把一茎草一片叶当作岁月的琴弦，轻拢慢捻，引吭高歌，让谦恭和悲悯这样的词汇，直抵我们心灵深处最柔软的角落。

仙人球的伟大

○ 黄连升（四川资中）

　　每在我看书觉得累了，眼睛感到有些干涩疲劳时，就会下意识地抬眼朝窗外望去，而每每扑入眼帘的都是那一片片毫无生命体征，由砖块和水泥垒砌而成的灰色森林。

　　一天，我忽发奇想，何不在自家的窗台外构建一片小小的绿色天地？那样，我家现居住着在 20 世纪 90 年代初建造起来的那像火柴盒一般光秃秃的外墙上，不就多了一道亮丽的风景或说生命的象征？

　　我翻遍了手头仅有的几本有关书籍，又在网上查阅了不少的相关资料，这才猛然发现，一个没有多少时间和精力去照顾它们的门外汉，若想要它们成活或说长势良好的话，那是根本不可能的。可我一切的准备工作都已完成就绪，总不能说半途而废丢下它就任其闲置荒芜而不管不顾了吧？

　　后来我才从朋友那儿得知，最最适合像我这样的懒人栽种的植物应该是那浑身都长满了利刺的仙人球。据朋友介绍说，如果你有时间或心情，就去给它除除草，浇浇水。如果忙时，你就是十天半月对它不理不睬，它也不会辜负你曾经给予了它生命与土壤的大恩。当你们某天再见面时，你会惊喜地发现，它们不但没有枯萎死掉，反而是那么无怨无悔地顽强活着。

于是，我按照朋友的指点，去花市买回了这种植物。在我回家后仔细一看，才突然感到惊讶和怀疑，发现它应该埋入土中的部分，却是新鲜嫩白的创口，怎么连象征生命的须根都没有一条，还谈何成活生长、繁衍壮大？

但惊讶归惊讶，怀疑归怀疑，我还是按照卖家的嘱咐，用火钳夹住挖了个浅坑，把它给埋进了土里，浇上一些水后就忙别的事情去了，一别就是几个星期近一个来月的日子。当我出差归来，再去看望我的心血与付出时，只见那与乒乓球大小差不多的一个个小小的仙人球，竟像一枚枚排列整齐正静静打坐做着功课的小和尚，它的外表还像我当初买它回来时一样闪着深绿色的光泽，一点都没有枯萎死亡的迹象。于是，我连忙找来一根小小的竹片，小心翼翼地在它的旁侧刨开一点点的泥土来查看，哇塞，在它们一个个原来应该是创伤或截口的部位，竟然奇迹般地长出了一条条细细嫩白的须根。它们活了！它们竟勇敢地生存了下来！

这是我对他们那弱小的生命发出的第二次惊讶与怀疑的询问：你们怎么可能在这样没有人类的眷顾、没有施肥浇水的贫瘠恶劣的土壤条件下顽强地存活了下来？你们真真是太了不起，太伟大了！

因为后来忙于工作，我有时是十天半月也没能顾上去看它们一眼。只是在夜里很晚很晚了回到家中偶然想起时，才亮着手电，提着花喷去给它们浇浇水，拔拔草，松松土。

时间过得真快，转眼间，春阳就悄悄地从人们的身边溜了过去。炎热的夏天又一头栽进了深秋那寒冷的雨雾之中缩成一团。冬季也在不声不响地卸掉了昨日那厚厚的，紧紧裹着身子的冬装，轻松地舒展开来手脚，微笑着出现在了人们的视野之中。在乍暖还寒，阳光明媚的春日里，姑娘们那"美丽冻人"的短超裙像朵朵鲜花一般，含含蓄蓄、羞羞答答地在大街上隐隐地出现了。最初仅仅只是那么的一朵两朵，然后是五朵十朵，突然之间，满城的大街小巷里都争相怒放了开来。她们仿佛在告知人们，又一个怀揣希望的春天已经到来！

终于又有了几天轻松闲暇的时间。这天清晨，当太阳爬上高高的山顶光临我的窗台时，我才惺惺懂懂地醒来，趿上拖鞋移近窗前，轻轻撩开窗帘的一角，瞬息之间，一幕让人毫无思想准备，突然感到惊艳的画图出现在了我的眼前——

哇！原来仅仅只有乒乓球般大小的仙人球们，一个个的体积竟然膨胀大了十倍都还不止。在它们的浑身上下，竟然还冒出来一个个像它们自己小时候一般大小的仙人球来。空余处，也就是在那一簇簇的利刺根部间，还骄傲地举起了一朵朵洁白无瑕漂亮极了的花朵。我连忙将窗帘洞开，找出数码相机，在清晨如洗的明媚阳光下，将它们的勇敢无畏和顽强的生命力给永久记录了下来。

嗬，仙人球。你看你的外表是那么地凶恶粗蛮，连讨人喜欢能招摇过市的一张叶片也没有，更不见牡丹那样的娇贵显赫，兰草一般的典雅内涵，然而，你却像极了一位在生活中苦挣苦熬的单亲妈妈。尽管身前身后吊满了一个个张大着嘴望你嗷嗷待哺的儿女，且勇敢地高高举起浑身的利刺去保护它们不致受到外界的欺辱伤害，也不论自己的生活有多么地艰辛凄苦，你却仍然没忘记要偷闲在自己的头上插上朵朵美丽洁白的花儿来装点自己不易的人生。尽管那些花朵根本就与自己身边的儿女们的成长无关。我想，你是否是在告知世人：尽管你在你的人生道路上遭遇了诸多的坎坷、挫折或不如意，甚或你对你自己和你身边的儿女们的未来还感到渺茫，恐慌与绝望，但不管明天如何，今天的你仍然在以勇敢顽强、不离不弃的乐观态度去面对生活，面对人生。仙人球们，继续迈开你那勇敢无畏的双腿，朝着既定的方向或目标走下去吧！也许，在你人生的下一个交叉路口，命运之神已将一挂整装待发、完全属于你的带篷马车停在了那里，马在嘶鸣，车门洞开，正翘首期盼着你的驾到，你的光临。

桂花香满秋

○ 巫昌虎（贵州赫章）

捡一朵桂花香味，放在秋天的顶端，遮住周围肮脏的味道。再把人世间的善良收集，撒向被欲望笼罩的天空。

曾经，这个让人心旷神怡的味道，是在一个充满文化气息的地方闻到的。而不像这里，八月的桂花绽放在无人问津"荒地"，可惜了一世的芬芳。但高雅的桂花，还是默默地把生命献给秋风，把诱人的馨香散发在空气中，等待懂自己的人出现，和自己相拥。

傍晚，煮一碗茶香，独守一份安静，在桂花树下，我听到桂花的私语，花香未落心已碎，悲伤中却充满温暖。于是，随手捡起一缕岁月的淡然，拈着一杯淡淡的花香。回想和你遇见的那一刻，风轻云淡，正属花期。那样的美，是一种心与心的交融，灵魂与灵魂的契合，我便小心翼翼地呵护着，属于我们的这份温柔。也许，这是我的一厢情愿，但我依然恪守缘分，等你深情地走进我的生命。我会爱着你，宠着你，守着你，这也是一种执着。没有经历过的人，是不知道幸福的。然而，人生的每一种经历都是一次深刻的领悟。

最近，也许是环境有所改变，心又开始找不到归属感。像秋天的枫叶，变成了路人取悦的玩物。一个人的寂寞，怎么能改变整个秋天的灰暗，只有在恰当的时候，背着秋天的名誉，用美好的回忆，去迎接下一个阳光明媚的春天。

这个地方，埋葬了许多人的梦想。而我，是不喜欢这里的，为了当上一个不离不弃的护花使者，呵护那一朵娇柔美丽的小花，我别无选择。虽然只有我能够懂她，但这已经足够了。

静静地坐在窗前，看云卷云舒，看窗外那些快要腐烂的嫩叶，回忆以前的青翠怡人。这时候，我种一缕花香于心间，任馨香朦胧，这染了墨香的时光，文字变得凄美，日子却多了一些明净，多了一份安然。渐渐地，我也懂得了一些人情世故。

于是，直起腰杆，以一袭洒脱笑傲人生，以一怀淡泊静静守望秋天。或许，幸福生活，就是对那一份平淡的执着；人生，就是在淡然中的回眸一笑。从此，多一份豁达与从容，在失意的时候，起码会看开很多。在绝望的时候，不会选择毁灭，而是希望。就算风尘仆仆，心也时刻温暖，站在人生的岔路口，淡看风云。

这几天，秋雨时不时地给心灵添凉，打湿了我的记忆。光阴就这样缓缓地走过。那些值得回味的片段，也如淡水清烟，模糊不清。其实，对于我来说，最美的莫过于四季流转，一路春花绚丽，秋月朦胧，梅花飘香。这也让我学了顺应和欣赏，学会了淡然看待人生中所有的无奈。任凭风吹雨打，我还是一路春光。

"碧云天，黄叶地。秋色连波，波上寒烟翠。山映斜阳天接水，芳草无情，更在斜阳外。"站在秋天的顶端，带着儿子漫游在无人问津的桂花树下，让儿子也闻闻秋天的味道，感受秋天童话般的世界。幸好，儿子还不会悲秋，这是我最欣慰的。

蓦然，一切都是过眼云烟，只有将自己安放于幽静处，摘一捧秋色，温润每一天的幸福，让一切归于淡泊名利，归于云淡风轻，那一纸山清水秀，不是在秋天的路上，而是在我的心灵深处。

站在秋天的天空下，顺手捡起一线夕阳，拾起沁人心脾的桂花香味。把自己沉浸在秋天的童话里，静静地，端坐在陌生又熟悉的人群中，笑看人生，等待细水长流。

偶遇野蓝枝子

○ 李梦初（江西铜鼓）

遇见一丛花，在极具科幻的高速路旁。

周围是层峦叠嶂的群山，高耸裸露的丹霞，多姿多彩的层林，随风飘摇的荆莽，以及遍野不知名的野草。高速路从风景如画的山顶上穿越。我的甲壳虫在高速路上飘过，风一般疾速。忽然内急，我就将车停在疾风劲吹的路沿边上。那些花儿，那些不甚起眼的花儿，摇摇曳曳地，就豁然进入我的眼帘。那是什么花？我不知道它的名字。于是想，这是无名花吧？我看见一种无名花了，多么美丽！

然而，它真的是无名花吗？肯定不是。我们总是习惯于这样，凡是自己不认识的东西，就说它是无名的，凡是自己不认识的花，就都叫它无名花。

这些无名花呀！它长在莽莽苍苍，曾经人迹罕至，茅草丛生的地方，现在它靠近高速路。

但是我知道，它应该是有名字的，一定是有名字的，只是，它到底叫什么，我此刻还不知道，所以就叫它无名花了。

一丛丛、一串串的"无名花"，羞羞答答地斜开在片片绿叶之间，开得有些冷艳，又兀自热闹，却又刻意低调。羽状复叶下，小小的萼，斜斜地打着朵儿，像小小的蝴蝶一样，玲珑，美丽。这是我喜欢的模样，喜欢到立刻打动我，让我心花灿烂。让我顿生爱怜。

是的，在这漫漫的山野，它兀自绽放，并非孤芳自赏；它纯洁羞涩，似乎也不张扬，更不绚烂夺目，走近它，它却在绿绿的枝枝叶叶间，放着紫光。

它没想过它会遇到有思想有情感的人类吧？它没想到有人看见它就充满爱意吧？

应该是的。自从它在这里落地生根，不知有多少年了，也许一万年，也许亿万年。它在这里自开自合了无数个春秋，风雨不倒，干旱不枯，寒来不惧，霜来不萎，如果不是一条高速公路霸道地闯入，在这草莽葳蕤的所在，在这不见村庄的地方，它只是自开自落，就像它千百年来的模样。

"驿外断桥边，寂寞开无主。"它身边没有驿，更不曾有断桥，花开人不来，花谢独自知。它散布在万木遮天，百草竞绿的山野，只与蜂蝶为伴，只与鸟兽相邻，只与风雪共舞。如果它有意识，它应该不曾想有没有人会看见它吧，同样也不曾关心有没有人来欣赏它，它更不曾料想，有人会称它是无名花吧？

或者，它应该是有意识的，但它可能并不曾关心自己开花的种种意义，也不曾留意枯萎的哀伤。温暖了盛放，寒冷了退场。开了，谢了，在这无人的荒野，该开自开，该谢自谢，而已。

又或许，它曾经记得，这世间有生命来拜访过它，比如那些追逐芳草的牛，那些迷途的山羊，那些飞禽走兽，还有一些人，比如樵夫，比如猎手，比如伐木工人，比如采药的人。采药人挖走它们的父母兄弟，还有身边的伙伴，用它入药，去清热解毒，祛瘀止血，治乙型脑炎、目赤、疮肿、吐血；又或许，这里离人间烟火太远，太偏僻，根本就没有人来过。

但是，在很多地方，在山坡，在水岸，在村庄不远之处，它们一直都在，一直都任人采伐，任人挖掘。那时它们有没有想，只要挖去富有意义，只要挖去能够解人急难，它都无哭无泪，默默忍受。

……

我拿出手机，按下快门，把它们拍成图片，请教朋友，这是什么花？朋友说，属豆科类。你在手机上安装一个软件试试，它会告诉你的。

回到家中，我安装了一个形色识花的软件，拿着照片查找，终于知道它叫木蓝，又叫小青、又叫蓝靛、又叫槐蓝，又叫野蓝枝子。

也许它不知道自己属豆科类什么的吧，也许它知道自己叫木蓝，也有人叫它野蓝枝子。

"蓝靛染成千块玉，碧纱笼罩万堆霞。"

是的，也许它知道自己别名野蓝枝子，就像茫茫人海中的芸芸众生，就像平平常常的匆匆过客，就像村庄里面朝黄土背朝天的农夫，就像拾荒者、掏粪者、清洁工……

他们也知道自己的名字叫什么，但他们会不会像山野里的那些野蓝枝子花？

诗　巷

○ 吕汶璟（山东烟台）

　　巷，是钢筋水泥中悄悄的一首小诗，飘逸恬静，自成韵律。于默默吟诵之中袅袅婷婷地飘入闷热的市井上空，送来一缕清风，于是风中便自然带着些诗的淡雅气息，顺着一条窄窄的青石巷，一路吹进了我的小院。打开门，似是凭一双精巧的布鞋量数这青苔石板的深纹，我慢慢踱着步子飘入一片宁静世界。

　　初入小巷，石壁间仅留二尺来宽的青石小廊，犹如深闺中长养的江南女子，幽娴灵巧，却因初识生人而羞涩地绞紧了纤手。一人走在其中，既不显得阔辽无依，又不嫌狭窄气闷，两手微举，竟然是刚刚碰到了因春雨而略有些湿润的壁，恰合了尺寸。倏地就觉得这小巷不再是生人，仿佛是自己的老相识，完完全全地了解自己的身量体裁，于是莫名添上几分欣喜，连脚下有些湿腻的苔草也显得合乎心意起来。耐心走下去，曲折迂回的巷更加幽静，颇有些"曲径通幽处"的意味。除去湿漉漉的踏踏足音，唯能听见初春清晨的露水浸湿泥土的喏喏声，停步歪头屏住气息，细细听去，却只有梦一般的寂。万籁俱寂之中，只有斑斑驳驳的光影晃动才能证明，巷正生长着、微笑着。

　　太阳又起来了些，巷上细细的一块天空清澈明朗，可爱得有如意中人的双眸，映着纷而不乱的白云。巷的两旁也渐渐有了人烟：那家的壁上青藤闪着透明光泽，阳光快活的身影在叶尖跳跃；这家的初醒雏鸟哼声怯怯嘤嘤，声线盈盈地漫出于巷内呼应。墙里颤巍巍地伸出了几枝桃杏花，试探着春风的暖意，晃着柔嫩的枝丫，恶作剧般钩挂住行人还有些厚的毛衫，但却又侧过花枝儿，朝人们娇羞地一笑，像个小姑娘犯了个小错误，却明白这一笑就讨到饶了。走过几坛人家酿造的老酒，无意间扬起了几分醉意。淡淡酒香溢满了小巷，便又向着高处欣欣然飘去。醉人的老巷里很少有人经过，不同于阴森肃杀的气氛，黛色的矮墙静静地立在两旁，守护着一片和平静穆。

　　转入其中一条巷子，再往里走上几步，光景大不一样。窄溜溜的一条寂静小巷忽然就宽敞明朗了起来。再近些，交谈声、叫卖声、招呼声便愈发清晰起来。原来这所有的热闹都挤在这方方的一块石板街上。卖杏花糕的婆婆拉长着声调，直将白布上的碎屑铺抖捻下；酿酒的伙计大大方方地脱了上衣，头上只扎一条汗毛巾，将酒具齐齐摆在槽上；也有害羞的女子不肯放了嗓子喊上一喊，于是坐在一方檐下，别一朵杏花在耳后，低垂着眉目摆弄摊布上的编制饰物，倒也总有过路的年轻人谈问。人们来来往往，少不了几句问候招呼，一个个不同的家族就是一个个不同的故事，兴衰哀乐也在这一方土地悄然演绎。于是方言里的亲切自然就萦绕在小小一片石板之上，人心之间。巷堂里只是一片热闹从容的气氛，笼罩一切，净化一切，使人忘忧。

　　走出小巷，我看到的是一片车水马龙的繁华景象，轿车扬起灰尘，人们匆匆而过。不由回头望去，我看到巷里平铺着一片恬静，南方的小巷，是一种能使人联想起俏丽明朗和深沉思想的点缀。这是一种精神上的豪性、情趣上的闲逸，是城市里的最后一抹晚霞，最后一首诗歌。

　　"一朵微小的花对于我可以唤起不能用眼泪表达出来的那样深的思想。"巷之意义，于我亦然。单是这幽幽的石砖已经在我心中引起一种幻觉，令我以为这巷是一个逃免了时间之摧残的遗民。它能够留存在这段历史之中与我相见，就值得我思索、感叹，更不需提起它的诗意和真善美了。只许我，体魄与性灵，与巷堂同在一个脉搏里跳动，同在一个宇宙中自得。不如趁着眼睛还清朗，鬓发尚未成霜，多读读小巷这首诗吧。

书之缘

○ 彭明凯（四川大竹）

十多年前，由于身居偏远乡下，没有图书馆和阅览室，供我读的书很有限。为了满足自己的读书欲，我只好自己掏钱买书。每进一回城，啥事都可以不管不顾，但进书店是雷打不动的。一摞摞的书被我像驮骡一样搬进了狭小的学校宿舍。我的斗室内除了一床一桌一椅外全是书，粗略估算，少说也有好几千册。这样的个人藏书在城里也少见，在乡下就更是凤毛麟角了。于是，慕名来借书的人多了。开始我还乐意，可后来我发现，借出去的书竟有好些成了肉包子打狗——有去无回。可我偏是一个爱书如命的人。后来，我只好硬着头皮在竹制书架上写着：借书者勿来！人是得罪了不少，但总算保住了我的命根——书。

书读多了，手也开始痒起来了。于是，教书、读书之余我也东施效颦地涂鸦起来。嘿，还真没想到，几年过去了，还有了点小收获：不仅有几百篇"豆腐块"在全国各大报刊露脸，自己写的三本书也堂而皇之被我摆上了书架。

因书教得不赖，写书也有了点小名气，几年前，我便因此而混进了城，在县文化馆做一名文学创作干部，干起了以写书为业的行当。

城里条件好多了，单位旁边就有藏书几十万册的图书馆。

尤其这些年，网上阅读多了，各类电子图书也应有尽有，但我仍喜欢那带有浓浓墨香的纸质书。只要一上街，我还会忍不住要往新华文轩里钻，尽管书价越来越高，但进去一趟总也不甘心空手出来……

从春花读到秋月，从夜雪初霁读到朝晖甫上，在春秋默然交替里，在岁月寂然运行中，心灵因书时而大恸，时而微喜，时而寒霜彻骨，时而微风拂面，一波三折，百转千回，在起起伏伏中，或悟人生至理，或叹世事苍凉，都不失快意之事。一个人在自我精神世界里，能够始终恬淡愉悦，一定是一本本的书，为他的心灵，开了一扇扇窗，启了一扇扇门，指了一条条路，所以才活得豁然开朗、意境层生。常读书之人，锦心绣口，一言一行、一颦一笑，都受书的熏陶浸染。所谓"是真名士自风流"，其实就是指书的灵透、书的雅致、书的睿智，穿透岁月的尘烟，浸润到读书人的心底里，由内及外，付诸举手投足之中，从而形成一种翩然风度，一种迷离气质，超凡脱俗，卓尔不群。

被命运大书影响过的人，不会轻易被生活打败。在这个世界上，有经历过大起大落大荣大辱，九死一生而百折不挠的人；有遭遇过多舛命运的、遭受过灭顶打击而顽强拼争的人。读这些人物的传记，常常让人热血奔涌，灵魂震撼。这样的书，连缀在字里行间，都是精神之钙。读它，可以使人变得刚强勇毅，不畏强暴、不畏艰险，淡定地面对生活呈现给自己的一切。即便真的遭遇了人生的不幸，也会泰然自若，从容应对。

那是 1993 年的暑期，一是家庭突遭变故，昔日的温馨化为不尽的伤痛；二是因一篇纪实作品给单位抹了黑，领导们也处处给我小鞋穿；三是出版社本已谈好要出我的小说集，也因经济效益问题而最后搁浅。那真是一段黯然无光的日子。正在这时，我收到女友杂志社寄赠的路遥著《早晨从中午开始》一书。

开始得到这本薄薄小书时，并未想它会带给我什么。只因见作者是路遥，便带着未曾淡忘的对《人生》和《平凡的世界》的感动，带着对早逝路遥（此时路遥已去世半年多了）的崇敬和怀念，我翻开了它。

"路遥的早逝，我们只能得出这样的启示：平凡的世界里有着严峻的人生观。"这是书中序言里的一句话。就是这句话，让我好一阵震颤。

从这本书中我终于了解到，路遥的人生也遭遇过种种不幸和磨难。表面看，我的经历与路遥有那么点相似，但在对生活的热爱、对事业的执着，尤其是在面对逆境时的抗争和奋斗上，我哪能及路遥之万一？路遥个人生活遭受挫折后，仍身居煤矿那种极其艰苦的环境中创作《平凡的世界》。尤其可贵的是，在此之前，路遥已经是全国知名且令众多读者仰慕的文学大家了。照常人心态，他何苦来着？名和利，他又缺哪样呢？

在这本书里，路遥用他自己的话给出了最好回答："我深切地感到，尽管创作的过程无比艰辛而成功的结果无比荣耀，尽管一切的艰辛都是为了成功，但是，人生最大的幸福也许在于创造的过程，而不在于那个结果。"

是啊，何为幸福？拥有至高无上的名利、地位？或者享受不尽的财富？抑或一帆风顺轻松自如地度过一生？在书中，路遥的朋友，女友杂志社的记者说："路遥总是在自己为自己设置的苦楚中劳作着。"

置之死地而后生，这就是路遥。在为自己汗颜之余，我开始了重新审视自己，重新对人生加以思索。这时，我真正认识到，人生一世遭逢不幸乃常有之事。功成名就者路遥尚且如此，何况默默无闻如我之平凡者。

精神的枷锁卸下了，心头也轻松愉快了。这时，我猛然发觉生活的阳光依旧那么灿烂。的确，没有压力就没有动力。当我重新全身心投入教学工作和文学创作后，我的劲头儿又回到了从前，甚至更甚于从前。我的工作比以前更出色，我的创作也频频开花结果。新的领导肯定了我的成绩，另一家出版社主动与我签约出版了我被搁置的作品集。

青春的错误

○ 肖笃勇（四川成都）

市级语文公开课上，一位女生辩论时出现"三国项羽"的历史常识错误，老师们在课后的研讨会上争论开了，焦点是上课教师该不该在点评环节着意去指出女生的错误，让她当堂脸红掉泪。一年后，恰恰就是这位女生考上了北大历史系，成为了学校当年的"唯一"。

无独有偶，一位朋友出于父亲的责任，积人生感悟，给他上大学的女儿写了封长达万言的电子书信，中心意思是让她少走弯路，不犯错误。女儿用短信回复：爸，尽力！

这两件事深深地触动了我——我们到底该怎样去审视年青的生命和对待青春中的错误呢？

作为成年的"过来人"，我们可能忘掉了曾经走过的青春，"站着说话不腰疼"了；我们可能急于呵护成长的青春，向它表达我们的责任，忘掉了"揠苗助长"的危害；我们可能仍然在"理想王国"里执迷，去苛求现实的青春十全十美。

孔子的学生曾子"吾日三省吾身"。诸葛亮足智多谋，能掐会算，上演了"失街亭"的悲剧。那么多妖魔鬼怪下到凡间行恶，难道都是玉皇大帝故意漏下的吗？

细想起来，"智者千虑，必有一失"，圣人与至能神（虚构的）都会犯傻，人这一生哪有不犯错误的。

这样说，不是要去美化青春中的错误。只是，"娃娃是跌大的"，错误是青春必须交的学费，错误的体验与成功的享受，对于年轻的生命而言，具有同等的价值，因为事物发展过程的本身就设定了"错误"的环节要素，如同冠军离不开亚军，红花需要绿叶一样，没有错误，就没有失败，也就没有成功，没有"吃一堑，长一智"的千古良训！成人化的苛求与理想，四平八稳、瞻前顾后、机练早熟，甚至老气横秋，必然让青春的个体失去鲜活、灵动、自由和个性。所以说，熟练的驾校教练常常吼学员"笨死你"，学校老师每每骂学生"错死你"，就没有冷静下来思考一下，为什么越吼越笨，越骂越错？

我们也不是要去遮掩错误，怀"一俊遮百丑"的心理。错误终究是错误，其性质不变。可荷花"出污泥而不染"，那污泥能看成污垢吗？"梅花香自苦寒来"，那苦寒能仅仅视为痛苦吗？没有阵痛和血污，哪能听到"婴儿啼叫"这世间最美妙的音乐！"读万卷书"，为什么还要"行万里路"？说明了间接经验的局限性。而"行万里路"，就会历险受苦，就难免犯错误。

有哲学家说过，"人不可能两次踏入同一条河流"，但人可能犯同样性质的两次错误。这也没有什么可怕的，这可能保证他在第三次取得成功。

依照事物的运行看，成败相对，祸福相依，阴阳相生，错误与正确如同一枚硬币的两面，粗鲁有勇敢的成分，急躁是稳重的前奏，单纯有时胜过复杂，幼稚比成熟更无畏，这就是青春积极和可贵的一面！

由此看来，面对青春的错误，与其惊怕与回避，不如理性地去宽容和引导。

小时候，华盛顿用小斧头砍倒了父亲钟爱的樱桃树，本身是个错误，却用诚实得到了父亲的谅解与称赞。断臂的维纳斯为什么成为美的化身？因为她至美的部分，人们包容了她残缺的遗憾。对于一次尽了努力的考试，99分与满百分不一样美吗？

当然，我们也主张年少的青春少犯错误，争取不犯赌气、骄惰、麻痹等因素造成的消极错误，在自我认知能力内杜绝犯"一招致命"的错误。但我们不能因为惧怕"错误"的出现而故步自封，让它遮挡了明亮远眺的眼睛，桎梏了活泼探求的心性，相反要大胆提倡年少的青春为了尝试而犯错误，为了积累而犯错误，为了"天下先"而犯错误，这些都是人类积极的错误。我们不是在呼唤大师和创新精神吗？试想，发明家爱迪生在无数次实验中所犯下的，不正是有益于推动人类文明进步、积极而闪光的错误吗？毛泽东同志在战争年代，不正是以"不以一眚掩大德"的识才用才的胸襟与艺术，锤炼造就了一批优秀的甚至是"峰高谷深"两头冒尖（优缺点都突出）的人才吗？

现在回过头来看，犯了"历史常识错误"考上北大历史系的女生，用"尽力"二字回复父亲"不犯错误"的万言书信的女儿，她们都在用青春的辉煌与质朴演证一个命题——青春的错误不等于错误的青春！

青春美丽，火红而激荡，但青春也是青涩、摇摆的，错误便成了它的"美人痣"与试金石，孕育点缀了它的成长和进步。

慢时光，轻岁月

○ 倪慧娟（北京朝阳）

假如不看秒针快速地运转，只看时针慢悠悠地前行，恍惚觉得时光很慢很慢；假如不是相隔几个月甚至一年才见一面，只是一天天地陪着孩子成长，仿佛觉得光阴走得极度悠闲。在这渐渐溜走的时光里，我们拥有时光缓慢的脚步，我们抓住和孩子在一起的每一个成长片段，我们不放过每一个过程的小细节，如此悠然岁月，正是你我所喜欢的悠闲时光。

可剪一段慢时光，在纯真的笑容里，与孩童一起度过日常的点滴，陪他度过每一个成长的阶段，让一颗心感知他的欢笑、他的喜欢、他的满足。那些陪伴的时光，跟随着过程中的记录，第一颗牙的惊喜，第一次迈开脚步的欣喜，第一次叫妈妈的欢喜……那些不可复制的时光随着孩子的慢慢长大而显得愈发珍贵，每一个第一次都成了生命中无法购买的珍宝。陪伴，成全了我们的慢时光，纯真而美好。

是，都市的节奏常常太快，我们一转身便已错过很多身边的风景。路边一朵鲜花的绽放，只有缓慢步行的人才能看得见；天上一朵云彩的舞蹈，只有停下脚步抬头欣赏的时候才能看得到。一本书的光阴，需要静坐慢阅，一段美好的文字，需要一颗安静的心融入其中。

剪一段慢时光，在字句都生出花香的文字国度里轻舞岁月，让一颗心跟随着墨香的芳菲轻歌曼舞，让光阴在书文的世界里缓慢流淌。都说，爱书的女子最有气质，那一份闲庭信步里满含文字的迷香。"枕上诗书闲处好，门前风景雨来佳"，寒冷的冬夜最适宜在温暖的被窝里躬身而坐，随手拿起枕边的书，吟一段婉约的宋词，诵一首豪放的唐诗，读一个走心的故事，看一段世间佳话，一颗心仿佛也随着文字的氤氲美好起来。

年少时，也曾喜欢酒吧里的嘈杂，在快节奏的音乐里仿佛身心都在跳跃，整个人都轻松起来。那种刺激和欢快，正是年轻时的活力所喜欢的。而如今，还是那样的音乐，听在耳里却总觉得刺耳难忍。此时，一曲高山流水的古典音乐或浪漫优雅的钢琴曲，更适宜在流水的光阴里轻缓而至。一段轻音乐的时光，需要一颗安静的心灵，随音乐轻舞飞扬。

剪一段慢时光，在轻歌曼舞的一段轻音乐里轻舞岁月，让听觉在美妙音乐的节奏里缓慢呼吸，让心灵在优美动听的音乐国度里安然放松。听丝竹管弦，铮淙入耳，涤荡着心灵里的每一丝浊气；听凤箫鸾管，靡靡之音，润滑过心胸的每一个角落。慢下来的时光，可坐于沙发一角，闭上眼睛静静地欣赏，把自己从繁忙的事物中释放出来。也可让一段钢琴曲的旋律响彻在整个屋子里，让这悠远脱俗的意境充满整个身心。

浮躁和喧闹，常常会吞噬心灵的宁静，酒杯中的时光，曾错以为最是浓情，于是总把自己置身于觥筹交错的光阴里，嬉笑怒骂十分恣意。酒精的刺激，释放的是年轻时的潇洒。而如今，那杯深情的酒却不愿再多喝几口，浅淡了的心事更喜欢一杯茶的心静，于年华的拐角之处，用一盏茶的时光，相约一份浅淡的心情。

剪一段慢时光，在茶韵飘香的一杯清茗里轻舞岁月，让一颗心跟随着水汽的芳踪袅袅婷婷，让光阴在一盏茶的时光里静静流逝。都说，爱茶的女子最是淡泊，那一份成熟稳重里满含着清淡的茶香。"半壁山房待明月，一盏清茗酬知音"，孤独的人是寂寞的。独自饮茶，时间久了，便会生出一颗忧伤的心。淡泊的女子，不惧岁月寂寞的洗礼，却也更喜与三两知己共一盏茶的光阴。所谓知己，惺惺相惜，总能在谈话中获得一份饱满与温暖的感觉。一盏清茶的时光，需要心灵的宁静，和着四溢的茶香把喧嚣和纷繁轻放。

一份静的心情，成全了一段慢的时光，也馈赠了一段轻盈的岁月。人到中年，已经不适合剧烈的奔跑，放慢速度，舒缓身心，剪一段慢时光，走过春夏秋冬的芳华。走累了，停一下脚步，抬头看看天空飞舞的云朵，低头欣赏迎风摇曳的鲜花，把多姿多彩的世界请进行走的生命。随着年龄的增长，拼酒论道的喧嚣已经被岁月长河淹没，不如趁这一盏茶的慢时光，淡淡品尝茶带来的味道，慢慢品味生活给予的滋味。

脚步太过匆忙，总会错失美丽的风景，生活也会寡淡无味。为生活奔波的时候，记得剪一段慢时光，轻舞一段美好岁月。拿出足够的耐心陪伴孩子成长，陪他一起玩乐，和他一起孩子气地放声大笑，每一次陪伴都将是生命长河中最鲜艳的花朵，开在孩子心上，像一缕冬日的暖阳，照在他的人生道路上。孩子的真实，孩子的纯洁，孩子的良善，都会在饱经沧桑的心灵里种下希望的嫩芽，让心灵为这依然美好的点滴而感动，让生命为这依然温暖的陪伴而动容。

剪一段慢时光，把美好的希望根植于心灵之中；舞一段轻岁月，在负重前行的路上放飞心灵的包袱。慢下来的时光，轻盈的岁月，使我们懂得：生活的美好，依然在我们内心熠熠生辉。

广东的粥

○ 余清平（广东广州）

食在广东。

广东美食，是为粤菜，来源是广东省简称粤的缘故。粤系佳肴，味美且款式多，但在这里我要说的是广东的两款粥，不但味美，究其来历，却是不容小觑——堪称岭南的粥中极品。

食粥，在我国已有几千年的历史。自古有春食荠菜、夏绿豆、秋季莲藕、冬腊八，这些说的就是粥。但是，在岭南，永远只有两款粥，就如广东粥类的两贵族，状元及第粥和潮州砂锅粥。

毋庸置疑，状元及第粥是广东的一贵族，也可以说是旧贵族；而潮州砂锅粥自然便是另一贵族，可以称为新贵族。潮州砂锅粥本来寓居潮州，后来走出家门，在广东各处安营扎寨，似乎有后来居上之势，大有不争当广东第一名粥就不是好粥的气魄。一时之间，砂锅粥美食店充斥了广州的大街小巷，占据了半壁江山。

状元及第粥不论是老广东还是新广东都爱吃，无论是茶楼酒肆、大排档，还是星级酒店都有这款粥，是广东人早餐夜茶必吃之美食。不过，在茶楼酒肆和大排档里是论碗的，一碗一般在六至十元左右，而星级酒店里是论大沙盘的，一盘可以供三五人享受，价格自然就贵了很多，一入龙门价倍增。

其实，状元及第粥的食材于现今说出来也不是什么山珍海味，即大米、猪肉和猪内杂等。但是，考究起来状元及第粥的历史与来历却具有相当的文化价值，值得人推崇备至，令人津津乐道。

史书记载，古时科举制度，分三等级，即乡试、会试、殿试，三试都考第一名的考生叫作"三元及第"。还有一种说法是将殿试中的状元、榜眼、探花等头三名殿试的举子称为"三及第"。有广东商人，灵机一动，为了招徕顾客，由此便将瘦肉、猪粉肠、猪肝或者猪腰、猪心等食材中的三样生滚白粥，然后美其名曰：三元及第粥。借此好兆头招揽、吸引顾客，

但传说中还有另几个版本。一说是明代广东状元伦文叙，由于少时家贫，家人以卖菜为生，每天早上吃一碗粥也得不到保证。而其隔壁却是个开粥档的，卖粥老板见幼小的伦文叙很聪明，读书成绩很不错，心念一动，便每天赠送一碗杂粥。伦文叙寒窗苦读，终于皇天不负苦心人，有付出便有回报，终至后来于殿试时高中状元。伦文叙很感激隔壁粥档老板，又无以回报，便挥笔撰书"及第粥"三字，并裱糊成牌匾回赠，因此，来隔壁家吃粥的食客络绎不绝，这及第粥就此一举成名，成了广东名粥。

另一种流传的说法是清代广东状元林召棠中了状元后回家探亲。一天，正当他在吃由猪肝、猪肚、猪腰煮成的粥时，有个退休的御史前来拜访他，看到他吃粥吃得津津有味，便问他吃的是什么？林召棠看到对方的发问，有些不耐烦，便随口答曰：是状元及第粥。老御史一听便欣喜若狂，回家后天天逼他儿子吃这及第粥，果然就吃出来一个新状元。由此，这及第粥便声名大振，广为流传。因此，时至今日，状元及第粥便成了岭南一带的一种粥文化。

其实，煮这款粥看似很简单，但十分讲究火候（文火煲）和调料。主料是猪肉、猪心、猪肝、粉肠、猪腰、猪肚（取其中三样）和大米。辅料是姜片、葱丝、葱花、香菜和食盐，若再加入肉丸、腐竹或者鱼片，味道将更加鲜美、香甜。

再论砂锅粥，出处是广东的潮州。砂锅粥的细节处颇为讲究，是现代广东人爱吃的一种粥。砂锅粥档口近几年在广东似雨后春笋，势头强劲，来

势凶猛。走在广州街头，砂锅粥美食店的招牌比比皆是，也形成了一种特色的饮食文化。为何说砂锅粥也形成一种特色的饮食文化呢？这是因为，砂锅粥早上、中午是没得吃的，档主早上不开门做生意，只于夜晚时分才开门迎客。究其原因，可能与食材有关，所以，形成了"朝无晚盛"的景况。

砂锅粥食材与及第粥不同，做法自然也不同。砂锅粥的食材是米加海鲜，即海蟹（一般是花蟹）、海虾等海鲜与大米，配料是老姜、香葱、胡椒粉、香菜和食盐，其味道鲜味十足，细滑可口，极易入喉，也容易消化，被身体吸收，若再加些瑶柱，那就更味美到极致。

及第粥与砂锅粥的粥底都是大米，但也有区别的。及第粥的大米必须熬烂，越烂越好；而砂锅粥则不同，其粥底的大米不可以熬烂（像稀饭一样），必须是一颗颗的，犹如冷饭煲就的。熬粥时，首先选用上等大米加入适量的清水，放进砂锅里，密封锅盖，等水开了以后揭开锅盖，不像及第粥那样熬煮时需要搅拌，只要火力适中，米就会自然熟透。这样熬的粥稠、黏、香，吃起来才有口感，所以，广州人又称之为"冷饭粥"。

据传砂锅粥也是偶尔得来的。潮州人非常勤劳，绝对不将时间乱花在吃饭上，常常用隔夜饭做成粥当第二天的早饭，就着几口咸菜算一餐。到后来，吃法讲究了，就在粥里放入海鲜，虽然粥本身没什么变化，但是味道就鲜美了不知多少倍。其做法就是将熬好的粥底放入砂锅里，大火煲滚，然后放入备好的洗干净的海蟹或者海虾（二者兼有最好），适当的火（火势不大不小），并不断地搅拌，以免米粘锅底，煮熟即可，若加入扇贝或者鳐柱，添加少许肉骨汤、花生米与姜丝，最后撒入香菜末和面食（黄豆制成），这样，一煲又黏又香、美味可口、诱人食欲大振的砂锅粥便大功告成。

喝粥可以调节胃口，增进食欲，还可清热解毒、滋补身体。在北方，粥有多种多样，但在岭南，只有及第粥和沙锅粥。及第粥以猪内脏风味见长；而砂锅粥就是以独特的海鲜风味见长。这两味粥，向食客展示着岭南的饮食文化，注释着岭南的饮食历史，让宾客花很少的钱，有很大的享受。

因此，朋友来广州，都会品尝这两款粥中极品。

它的名字叫岱山

○ 赵悠燕（浙江岱山）

位于浙江省沿海北部的岱山海域面积4916平方千米，陆地面积326.5平方千米。沧海茫茫，海水汤汤，海似乎是岛的大路，波澜壮阔，一望无际。岱山海域辽阔，各个岛屿海岸港湾蜿蜒曲折，岛海相依，水天相连，以其海瀚、滩美、礁奇、山秀而形成山海奇观的特色。

元代《大德昌国州图志》记载："岱山在海之北，传所谓岱舆、蓬莱，或者名始于此"，认为岛名来历与传说中的仙山岱舆、蓬莱有关。从空中鸟瞰，岱山岛就像一只引颈飞翔的大鸟，而散落四周的诸多岛屿，就像飞鸟衔来的种子，一颗又一颗，撒在烟波浩渺的水域间。早上太阳出来的时候，天边飘拂着薄纱般的云丝，玫瑰色的朝霞闪烁着明亮炫目的光芒，海面卷起层层白色的浪花，形成了岛、海、云、霞的壮丽景色，仿佛一幅幅绮丽的立体画卷展现在眼前。那些岛屿稀疏处，海面开阔，深远浩渺。有雾的时候，岛上景物若隐若现，缥缥缈缈，一派白茫茫，烟溟溟，整个岱山岛好似处在虚幻缥缈间，神秘柔和，宛如仙境。

岱山的每一个岛屿每一处沙滩，每一个海礁每一个港口，都有一个让人产生无限联想的名字：鼠浪湖岛、双子山岛、鹿栏晴沙、大虾爬礁、研墨礁、蛇移门港……379个岛屿和256个海礁，要给它们都冠上寓意形象的名字，你不得不佩服岱山人的想象力。而这些岛屿、沙滩甚至礁石，经了几千年的历史，充盈丰富，你不经意走过的小岛，蹚过的沙滩，爬过的礁石，或许都有着一个神奇故事和美丽传说。

那些海洋里的鱼，就像四季的花朵，盛开在不同的季节里，聪明勤劳的渔民们赋予了各种各样的谚语。"正月捕鱼闹花灯，二月捕鱼步步紧，三月捕鱼迎旺风"，农历三月三鱼发最旺，渔民们就赶紧趁着春汛出海捕鱼去了。"大麦黄，鱼风旺"，说的是捕大黄鱼的季节是在夏天。还有"三月三，泥螺爬上滩；五月十三鳓鱼会，日里勿会夜里会；立夏连日东南风，乌贼匆匆如山中；七月八月，青蟹换壳……"。这些渔谚是千百年来渔民们在实际生产中总结出的经验，他们凭着对风浪和潮汐的把握，对鱼发时节的熟悉，一次次扬帆起航，在海洋上作业生产，历经大海的锤炼和拷打，与风浪为伍，与潮涌相伴，收获寂寞、艰辛、信念和拼搏的果实。

走在岛上，看海浪轻柔地拍击着沙滩，连绵的海水，如绸缎般的光滑，一晕一晕荡漾开去，聆听感悟着海的禅音，飘忽的心，不知不觉放松下来，思绪随风渐渐走远。这儿，就像是一个远离尘世的仙岛，荡涤疲惫，洗净忧伤，让灵魂安宁下来。而大海，多么像辽阔无垠的草原，那些在海面上行驶的船儿犹如驰骋的马，它们追逐着浪花，追逐着满载而归后的那种喜悦和成就感。

岱山共有7个乡镇，小镇或古朴，青石板铺就街巷，石桥横卧水面之上；或清新，白墙黑瓦，炊烟袅袅，鸡啼犬吠；或灵动，小镇村舍，烟雨迷蒙，绿意婆娑；或粗犷，"无数渔船一港收，渔灯点点漾中流"，波光粼粼的海面，漾满了丰收而来的渔船，明月升起，渔民们边劳作边唱着渔歌，一派渔舟唱晚的祥和景象。

鱼游于海，水融于田，海水滋润了岱山，顺着波纹积淀出了海岛文化。岱山虽处海岛，远离都市，偏隅一方，然而一贯重视文化教育。他们的骨子里依然有着古时"晴耕雨读"的精神，对于文化教育的投入尤其重视，所以，岱山有了全国著名的海洋博物馆系列，有了祭海谢洋的文化传承，有了海洋文学岱山散文创作基地和小小说创作基地，有了非遗文化的保护传承。

独特的区位优势和自然景观吸引了全国各地来岱山举办比赛：全国龙狮精英赛、舟山群岛新区女子国际公路自行车多日赛、全国风筝锦标赛暨国际运动风筝邀请赛等。

居住在岱山岛上的人，无论从事何种职业，无论富裕贫穷，皆热情质朴，低调平和，各过各的日子，朝阳同迎，月华共沐。因为岛屿面积不大，对面遇到的人算起来或许就是亲戚的亲戚，朋友的朋友，安守着低头不见抬头见的朴素处世之道，所以，大多是遇事谦让，相安无事，于是，岛上充满了祥和之气。行走在岛上，你会发现，有别于大都市人快节奏的那份匆忙和焦虑，岱山人的神情是恬淡知足的，脚步是悠闲缓慢的，慢一拍的生活节奏使他们更多了一分从容。

岱山人有着圆和通融的悟性，他们追求的是海洋般大气、无畏和勇于向前的海岛精神。就像一个渔民说的，"靠海吃饭不能总盼着风平浪静，得遭遇一些风浪的历练，只有如此，你才能拥有过硬的生存本领，日子才能更长远。"他们就是这样抱着细水长流的宗旨和远见理念，把海的博大、粗犷、豪迈蕴含于海岛文化当中。他们热爱海，敬畏海，感恩海，因为海洋是他们赖以生存的资源，他们选择和大海和谐共存，因为岱山人知道，和谐人性才会幸福。

一位曾经来过岱山的朋友说，我总是忘不了岱山海的壮阔无涯，岱山岛的独特韵味，岱山人的淳朴热情。作为岱山人，我觉得真是有幸。

老爸的城市生活

○ 李伶伶（辽宁葫芦岛）

老爸是个农民，来到城市后，最大的不适应，是满身的种地本事得不到施展。老爸在农村时是个种地的好把式，花生、玉米、大豆、高粱，不管种啥，都能有个好收成。尤其擅长侍弄葡萄。我家有个葡萄园，里面栽了400多棵葡萄树。老爸有时间就去葡萄园忙活，把葡萄园弄得特别干净，谁见谁夸。秋天，老爸葡萄园里的葡萄总是最先成熟，葡萄颗粒饱满，色泽诱人，客商爱买，村人羡慕。老爸很有成就感。可城市，哪有种地种葡萄的地方啊？楼后倒是有一块空地，种的都是景观树。我们不认识，听说叫银杏树。树下不让种东西，菜都不让种。老爸是个守法公民，不让干的事绝对不干。

老爸在屋里待不住，整天出去溜达。最爱去的是菜市场，因为菜市场人多，还能跟卖菜的说说话——讨价还价式的说话也是说话嘛。老爸太寂寞了，朋友都在农村老家，在城市，连个说话的人都没有。住在同一幢楼里，乘坐同一部电梯的邻居，在那么小的空间，那么近的距离，都不会跟你说句话。这点，让老爸很不适应。不适应归不适应，他依然会按照自己的方式处事，每逢和人一起进楼门，不管认识不认识，都会帮人开下楼门。跟楼上的赵叔就是这么认识的。

那天赵叔抱着东西进门，老爸见他腾不出手，忙帮他开楼门，开电梯门。赵叔很感谢。一聊，住在我家楼上，比老爸小两岁，退休多年。一天晚饭后，老爸又出去溜达，在小区门口碰见赵叔。他也出去溜达，跟老爸不同的是，他不是没有目的地行走，而是去一个健身场所健身。老爸还不知道有这样的场所，赵叔就带他去了。是另一个小区的室外健身场，有一些简单的健身器材，供居民健身。以后，老爸就经常跟赵叔去那里健身。

过年那天，我爸出去买菜。一出楼门，看见赵叔被抬进救护车。老爸忙上前询问怎么回事。赵叔说，登凳子打扫卫生来着，摔了一跤，腿摔折了。

赵叔在医院住了一个月，做了股骨头置换手术。出院后，老爸去看他。赵叔心情很低落，想到自己以后走路一跛一跛的，就觉得丢人。所以不想练习走路，更不愿意出屋。老爸说，你这么想不行，你得练习走，现在不练习，以后就不会走了。别人爱说啥说啥呗，管他呢！以后老爸经常去开导赵叔，鼓励他出去练习走路。赵叔腿好后，特意来我家感谢老爸。这是他第一次去楼里的邻居家串门，也是我家来的第一个楼里的邻居。

春天来了，楼下的银杏树长出了叶子，扇形的，像一把把小扇子挂在树上。因为干旱，持续的干旱，刚刚舒展开腰身的银杏叶，渐渐变黄。一天晚饭时，老爸说，楼下的银杏树快旱死了。我说，那应该浇浇啊！晚饭后，老爸去楼下浇银杏树。没有水泵水管之类的东西，只能拎着水桶，一桶一桶地浇。楼下乘凉的人见状，说，受这累干啥？这都是物业的事，物业都不管，你管啥？还说，浇也浇不活，你看那棵树，叶子都掉没了！是啊，一共十棵银杏树，有一棵的叶子几乎全掉了，剩下的九棵，叶子也掉得差不多了。老爸说，我就不信浇不活！又说，我到底把它们浇活了！于是，每棵树两桶水，两天浇一次。那棵叶子掉光的树，老爸也没放弃，每次浇水时，给它也浇两桶。半个月后，有个看热闹的人说，那棵死树活了！老爸抬起头，看到那棵被认为旱死的银杏树的树枝上，冒出了两个新芽。真让人惊喜！一个多月后，银杏树又恢复了原貌，像没遭遇干旱一样，变得郁郁葱葱。

一天，老爸在银杏树下锄草，有个老奶奶从旁边路过。她看看银杏树，又看看老爸说，这些树活了多亏你啊，树神都会感谢你的！老爸听了很开心，觉得所有的劳累都是值得的。

　　因为浇活了银杏树，老爸成了小区的名人。第二年春天，物业在小区里栽了些桃树和葡萄树，号召居民认领。老爸认领了七棵葡萄树，再多不让。其他认领的人都来问老爸，桃树葡萄树该怎么管理，老爸总是耐心解答。老爸的城市生活变得忙碌起来。

巍巍娄山关

○ 吴　玲（重庆渝北）

　　初识娄山关，源于多年前品读毛泽东《忆秦娥·娄山关》："西风烈，长空雁叫霜晨月。霜晨月，马蹄声碎，喇叭声咽。　雄关漫道真如铁，而今迈步从头越。从头越，苍山如海，残阳如血。"每每诵读这首词，其慷慨悲烈、雄沉壮阔的意境引人入胜，升腾起一种重整旗鼓、一往无前的磅礴力量。

　　为了深入领略《忆秦娥·娄山关》的意境之美，我们踏上了大娄山这一片神奇的红色土地。"天险娄山关"位于遵义以北的大娄山脉中段，是渝黔交通险要关隘，是黔北咽喉，历来为兵家必争之地。晚清著名外交家黎庶昌在《丁亥入都纪程》里对大娄山写道："自黑神庙上至关门，甚是陡峻，惟立关门下瞰，则深堑中，线路如蛇，阴森可畏。"遵义历史文化名人在《续遵义府志》对大娄山这样叙述"山势绵亘，横蹲遵（义）、正（安）、桐（梓）、绥（阳）数百里之间……犹北之太行，南之庾岭也。"1935年，红军长征在娄山关取得了两次大捷，遵义会议顺利召开。

　　我们乘坐观光巴士蜿蜒蛇行在崇山峻岭与沟壑万丈之间。公路形如若干个首尾相连的欧姆符号缠绕在山腰。半个小时后，我们直抵娄山关主峰笋子山的制高点——西风台。西风台海拔 1788 米，台名源于毛泽东《忆秦娥·娄山关》词句"西风烈"。其名取得真可谓恰如其分。矗立的巨石上镌刻着"西风台"三个红色的潇洒的大字，"西风台"跟前是几尊人物和一匹战马雕像。其中，毛泽东鹤立鸡群，巍然屹立，镇定地抬起右臂，坚定地眺望着远方，仿佛在指明胜利的方向，似乎在分析娄山关地形，阐析敌我军情，调整战役计划，其指挥若定之气魄，栩栩如生，呼之欲出。站在西风台上极目远眺，天高地远，浩气长舒。

西风台背后是望海楼和悬空玻璃栈道。一看"望海楼"就心生疑窦，这里群山环抱，重峦叠嶂，何以见海？楼名不免牵强吧！正当困惑不解之际，身旁，一个柔美的声音骤然响起："望海楼"源于毛泽东《忆秦娥·娄山关》词句"苍山如海"。于此眺望群山，可以好好感受"苍山如海"的豪壮。一位妙龄女子话音刚落，我便急切地站在观景台上眺望远山。初看，只看见群山和白云；再看，看见了起伏不尽、层层叠叠的苍山，云蒸霞蔚；久久注视，我看见的不再是苍山和白云，我分明看见了碧波万顷的大海！在水天相接的海平面，大海茫无涯际，苍山如海涛般起伏翻滚，烟波浩渺，意蕴无穷。好一幅绝美的海景图！

西风台的西侧是夕照亭，亭名源于毛泽东《忆秦娥·娄山关》词句"残阳如血"。茫茫青山如大海，夕阳光华赤如血，当年红军英勇鏖战的壮烈情景历历在目。坐在夕照亭，感受西风台上善变的天气。晌午时分，一小时内，忽阴忽晴、忽风忽雨，忽冷忽热。一会儿热得欲吃冰激凌，大汗淋漓；一会儿冷得欲穿棉衣，瑟瑟发抖。我想，恐怕唯有西风台的天气变化如此富有个性，正如人的心情瞬息万变，更像战斗局势神鬼莫测、变化多端。

从西风台下山经过小尖山战斗遗址来到长空桥。桥名源于毛泽东《忆秦娥·娄山关》词句"长空雁叫霜晨月"。此吊桥悬空于小尖山与大尖山之间，险要壮观，走在桥上晃晃悠悠，惊险无比，还可以远眺深壑之间的板桥方向，两山之间重崖叠峰、峭壁绝立、景色秀丽。

过了长空桥就来到闻名天下的大尖山战斗遗址，一架机枪经历了血雨腥风的洗礼，经历了岁月的沧桑，早已锈迹斑斑，依然架在山顶丛林战壕遗址中间。据介绍，娄山关第二次战斗中，红军在关口大尖山、小尖山、点金山一带与敌鏖战，相继占领黑神庙、板桥等地，并连夜兼程疾进，在此攻占遵义城，拉开了著名的遵义战役序幕。

雁鸣塔恰好耸立在大尖山山巅，灰白色相间。塔身为五层阁楼，高二十多米，巍峨挺拔，直刺苍穹。于此塔可瞰娄山关风光，远眺桐梓方向（与板桥相反方向）。一座娄山关，将板桥与桐梓完全隔绝开来。天险娄山关，"一夫当关，万夫莫开"。

从雁鸣塔下山即欣赏到"娄山关"摩崖石刻，顺道而行，一幅行草手书体《忆秦娥·娄山关》镌刻于高14米，宽25米大理石碑上，此为毛泽东笔迹，苍劲飘逸，气势恢宏，增添雄关声色。

最后参观的娄山关"红军战斗遗址陈列馆"是一座独具匠心、造型别致的建筑，它几乎镶嵌在地底下。从弧形步道缓缓下到陈列馆一楼参观，然后经过曲曲折折的楼梯下到负一楼继续参观。出口楼道别出心裁的设计让我们大开眼界，从负一楼继续下到负二楼，然后升至地面，楼梯设计在建筑物外面的透明玻璃廊道内，曲曲折折，弯来拐去，像走迷宫一样，这似乎寓意着革命道路坎坷不平，经历过不少转折。我联想到了曾国藩，他的人生经历完美地诠释了人生不是赢在起点，也不是赢在终点，而是赢在转折点。

"雄关漫道真如铁，而今迈步从头越。"我仿佛看见了恰似黑铁的漫漫长路，仿佛听见了步履铿锵的声音，从"从头越"三个字悟出了奋发突破的豪情。谁也不知人生会经历多少个转折点，只要有正确的人生方向，哪怕经历平平淡淡，乃至挫折、失败都无所畏惧。人生的转折点是走向成功的历程中一次次华丽转身，一次次正确抉择，一次次破茧成蝶。

第四辑 亲情友情

——母亲的舞台

远去的灯光

○ 倪瑞星（山西文水）

冬天夜长。吃过晚饭后，祖母用小铲将柴灰盛到一只火盆里。这种火盆是用泥巴做的。我们村后的坡山上，有一种红土，和了泥，如胶一般黏，火盆就是用这种红胶泥做成的，结实，耐用。火盆下面衬一方布垫，摆在炕上。我们文峪河上游的人家，冬天都喜欢用这种红泥火盆取暖。祖母盘腿坐在火盆旁，我倚在祖母身边，小油灯放在窗台上。油灯那小小的火苗实在照不了多远，就是在不远处的墙根下，便有些昏暗了。油灯点燃后，可以看见小小的火苗上方，有一条细细的烟柱，扶摇直上，继而四散开来。屋子里浮动着淡淡的油烟味。长年累月的熏染，山里人家的屋顶，像涂了一层淡墨。

昏黄的油灯下，我祖母开始讲故事。祖母的故事永远讲不完，她似乎有一个装故事的魔盒，随便探手便可以拿出一个故事来。祖母的故事差不多总是用"很早以前"开头的：

很早以前啊，咱们文峪河边有那么一个村子，村后的山上有一座山神庙，庙里住着一只白狐狸……

很早以前啊，村子里有一个小孩儿，跟他爹上山挖药材，总有个穿红兜肚的女女走来和她玩呢。知道吧，那女女是住在山里的人参娃……

那是些多么神奇美妙的故事啊!

"很早以前",别说对一个不谙世事的孩子,就是对成年人,那是一个多么遥远而神秘的所在啊!如今,回过头来想,我倒是觉得,但就很早以前的故事而言,从前的山里孩子,较之现在的城里少年幸运得多。固然,后者锦衣玉食,宠爱有加,而且享有卡通动画电子游戏之类现代时髦的玩意儿。而大山深处,天荒地老,山阻水隔,闭塞,贫穷。但山里孩子有"很早以前的故事",他们生活在山水之间,他们的周围铺展着草树和庄稼,他们头上的天蓝茵茵的,云像棉花一样白,晚上的月亮又大又圆。他们的生活充满着想象和幻想,富有灵气,具有某些诗意的成分,因而也是美丽的。孩子们拥有这等美丽的生活,能不是幸运的吗?

一个故事讲完。又一个故事讲完……祖母揭起窗帘,透过一方小小的玻璃望向窗外,说:"你看天不早了,睡吧,明儿再讲。"其时,月亮快要升上天顶。院中枣树的枝丫,横的斜的,映在窗纸上,乍看来像画上去似的。我说:"再说个猜猜。"就是谜语,我们文峪河上游的孩子把谜语叫"猜猜"。祖母就说谜语:"半天里有个罐罐,越打越叫唤。"我想不明白,这罐罐怎么会在半天里,而且还会叫唤?祖母就告诉我:"这是个钟嘛。"我便想起我们村西老爷庙(就是关帝庙)里,钟楼下是挂着一口大钟的。用木槌敲了,那浑厚的嗡嗡的声音,便在人家的屋脊上,村前的田野里,以及四山间悠悠地回响。捶打停止了,远处依然传响着嗡嗡的钟声,像有百十口大钟还在连续不断地敲响。祖母又说:"青丢丢,红丢丢,糜子谷儿全割了,剩下它丢丢又丢丢。"我儿时脑子笨,什么都想知道,却又什么都不知道。祖母就启发我:"是可以吃的小果果,长在坡畔地垲上。"这一回我猜着了,我说是酸枣吧?祖母脸上现出慈祥的笑容,那笑容又被灯光涂上一层淡淡的金黄。这时候我就想起秋天采摘酸枣的情景,满坡满垲上红丢丢的酸枣儿,有一种马牙酸枣,都有小枣那么大。那酸酸甜甜的酸枣儿啊,想一回都叫人满口生香呢。

在我们文峪河上游,许多老人都会唱歌,唱那种悲凉忧伤的老民歌。如果你沿了文峪河边走,听见歌声远远传来:"交城的大山里没有好茶饭,只有莜面栲栳栳和那个山药蛋……"转过山嘴,总能看见山梁上站着一个放羊老汉，穿一件光板羊皮袄，胳肢窝下夹着一根放羊铲子，那歌就是他唱的。我祖母也唱《交城山》，还会唱别的民歌和许多秧歌小调。祖母盘腿坐在小油灯下，围着暖暖的红泥火盆，唱："正月里正月正，正月十五挂上了红灯……"我说，再唱一个。祖母慢声细语，念起"百家姓"。说是念，其实还是唱。我祖母用唱歌样的调儿念百家姓，颤颤悠悠，略带点儿忧伤。我不知道"百家姓"是什么。祖母说："我姓任，你姓倪，还有许多别人的姓，这就是'百家姓'。"祖母的表述既通俗又明白，但我对这些不感兴趣，我只是觉得祖母唱得很好听，就央着她一次次地唱。我祖母能将"百家姓"一字不差地唱下来："赵钱孙李，周吴郑王。冯陈褚卫，蒋沈韩杨……"

漫漫长夜，一豆孤灯，寒风在光秃秃的枣树间潇潇地掠过。祖母用一支短棍，轻轻拨动着火盆里的柴灰。一粒微红的火炭现出，闪烁着，又慢慢暗下去了。如果在下雪的冬夜，可以听见雪花落在屋瓦、墙头和院子里轻轻的簌簌的声响。

那是怎样温馨和充满诗意的冬夜啊！

那样的冬夜，今生今世不可能再度拥有了！

我的父亲

○ 张晓玲（山东安丘）

　　从来没有仔细看过父亲的手，父亲躺在病床上，打点滴的时候，我才把父亲的手捧在手心细细地看。妈妈说过我的手像极了父亲的手，柔软细腻修长，父亲的手是拿听诊器、手术刀和开药方的。我的手远远不及父亲的灵巧。

　　这双手把我接到这个世界上。

　　妈妈和另一个产妇躺在产床上，我是父母的第三个孩子，我拼了全力来到这个世界上，是爸爸的手接住了我。用手轻拍后背，我发出了第一声啼哭。父亲笑着："这个孩子哭声和男孩儿一样，声音洪亮，将来必定有出息。"为我洗净身上的血迹。妈妈看到又是个女孩儿，轻轻地叹了口气，虽然很轻，还是被爸爸听到了："叹什么气啊，男孩儿女孩儿都是自己的骨血，我们好好养大这几个孩子，你若喜欢男孩儿，再要一个就是。"那会子还没计划生育，想要就可以生。收拾好了我，嘹亮的起床号就响了。临床的产妇也生产了，那是她的第四个孩子，前面几个都是男孩儿，她和丈夫特别想要个女孩儿，天不遂人愿，又是个男孩儿，她的丈夫是团里的参谋长，一听又是男孩儿，无奈地笑了笑："我说队长，我们换了吧？"

　　这双手把我送出去又把我抱回来。

两个产妇住在同一间病房，商量着把我们两个孩子换过来，这样就都满足了。爸爸当时不同意，就把妈妈急急地搬回了自己的家。参谋长有事去师里开会，老婆就在卫生队多住了几天，等他回来又来找爸爸，要把孩子换了。经不住参谋长的软磨硬泡，爸爸把我亲手递到了参谋长怀里，乐得参谋长屁颠屁颠地抱着我回了家。

参谋长家和我家中间隔了一排房子，每天爸爸上下班都会经过。听到我歇斯底里上气不接下气的哭声，开始爸爸想，可能孩子不适应，小孩子哭哭没关系，增加肺活量。可是，每次走到那里都听到我哭，就感觉不对劲了。爸爸忍不住去看我，参谋长把我抱在怀里走来走去……爸爸把我接到手里，说也奇怪，慢慢地不哭了静静地睡着了。如此几天，爸爸说每次听到我的哭声他就会心动，不管参谋长如何许诺，还是又把我抱到母亲身边。

这双手解除了多少病痛我不知道，爸爸也不知道。

记得很小的时候，爸爸带我们回老家探亲过年，周围十里八乡听说爸爸回来了，很多病人来找他。那会子谁家都不富裕，看病的人有的用瓢端着几个鸡蛋，有的拿着几张白面饼，爸爸总是笑呵呵地随手递给需要营养的人带回家。有的揣一把花生，还有的拿一把自己种的青菜……小小一根银针，爸爸使唤得得心应手，许多久治不愈的婴儿瘫，都在他的手下站起来，会走，会跑……孩子可是父母的命根子，治好了孩子等于救活了一个家。我可敬的老爸用自己的双手造福着自己的乡亲。

要归队了，爸爸为爷爷劈柴，不小心右手大拇指让木头划开一个大口子，虽然纱布包了厚厚一层，血还是渗出来，唬得妈妈再也不敢让爸爸干粗活，很久才好。至今大拇指上有一道深痕清晰可见。

爸爸生病的时候，正好赶上我生日，递给我几百块钱，让我自己买点喜欢的东西。自从结婚离开父母，生日都是和老公一起过的，这次在父母身边别有一番滋味在心头，钱随手花了就没了，用这些钱买了个自己心仪的手包，拿在手里，看在眼里，让自己随时感觉父母的爱。握住爸爸的手，感受爸爸的温暖。爸爸唤我的乳名，还像小时候那样叮嘱："玲儿，吃人家的嘴短，拿人家的手软，好好做人做事，不让父母操心就是最大的孝顺。"

"琴场老手"何师兄

○ 雍　峰（四川成都）

　　何师兄面白肤净、脸方鼻挺、身高体健、仪表堂堂，其帅气可以和国际接轨。据说这位老兄经常擅自闯入女生的梦里，也有说是让个别女生经常睁着眼睛睡觉，总之是害人不浅。

　　何师兄是"灌篮高手"。他体格健壮高大，球技炉火纯青，是校篮球队的头号主力。他能在对方重重包围之中左冲右突、闪转腾跃甚至是横冲直撞，砍瓜切菜般地"杀开一条血路直取对方城池"，其英姿颇似在长坂坡纵横驰骋、连挑曹军五十余员大将的赵子龙将军。

　　何师兄更是"琴场老手"，有多年的弹琴史，很多乐器都能摆弄一番，尤其是被他称为"爱情冲锋枪"的吉他演奏水平很高。他高兴时挥舞着吉他，扭动着健美的身躯，亮开专业水平的金嗓子，那形象怎一个"帅"字了得！不过他留在我们记忆深处的却是手抚吉他沉静如水的造型：夜晚熄灯之后，月光穿过窗棂驻足寝室一角，他坐在床沿，身披一身月光，怀抱心爱的吉他，微闭双眼，如醉如痴地弹起《彩云追月》《爱的罗曼斯》《莫斯科郊外的晚上》《阿尔汗布拉宫的回忆》等经典名曲，手指起落间，美妙的琴音像粒粒珍珠清脆地撒落在地板，继而像山间清泉一样潺潺而下。听着听着，你似乎可以看见春天的原野上蜂飞蝶舞、草原上万紫千红的花朵竞相开放。那时候，你会真切地感到琴声沁人心脾、月光柔情依依——甚至可以听到自己荒芜心灵中传来驼铃声声、青草星星点点滋长！这一幕是我记忆中的"珍藏本"之一，它让我不由自主地回想起青春、友情和一切至真至善、至美至纯的东西。

一个冬日的星期天下午，我在一个空无一人的教室里独自看书学习。他路过时看到我后，特地走进来给我打招呼，热情地拍着我的肩膀握住我的手，说他通过观察，认为我是一个有理想有抱负的兄弟，对我勤奋好学的精神大加赞扬，预言我大学期间一定会学有所成、投身社会后一定能出人头地，并友好地表示要和我结成"哥们儿"。后来，他还手把手地将他的看家本领——吉他演奏技艺毫无保留地传授于我，让我也成了一位技艺娴熟的校园吉他手。想起自己至今一无所成，并且将他毫无保留传授的吉他演奏技艺毫无保留地忘掉了，顿觉愧从中来。

何师兄毕业时从好找工作、好处关系、轻松稳定、旱涝保收等角度选择了一个大山深处效益不错的国有企业。数年后给我来信，其中一句是"为什么我们几兄弟告别时没有抱头痛哭一场"。这个有情有义的男儿似乎对室友们喝几大杯烧酒就作鸟兽散了心有不甘，又似乎对大家毕业后天各一方十分伤感，更像是对自己怀才不遇的处境不满意（后来听说企业破了产）。

看完此信，我不禁老泪纵横。

福星锁店的往事

○ 周　佳（云南昆明）

昨晚在半夜的睡梦中突然哭了，媳妇问我咋啦？我说想妈妈了！其实也是想起了过去的一些往事。

那个年代，爸妈在涟邵水泥厂工作，所在单位属于涟邵矿务局的下属企业，坐落在一个美丽的乡镇西阳乡，工厂四周都是农村，有田野和山岭。那里有一条蜿蜒的河流滋润着整个乡村大地。我从小就是和农村的娃娃们一起在泥土里摸爬滚打中长大的，在这块土地上留下了许多童年和少年时代的美好回忆。所以我一直和朋友们说是在乡下长大的，也是理所当然的。

20世纪90年代末期，正值国企改制的浪潮滚滚而来，水泥厂也是首当其冲，职工下岗分流，到年龄的退休，没到年龄的一次性买断工龄，大家纷纷自谋出路，那平静祥和的日子从此被打破了。

得到这个消息的时候，我早已南下广东，在中山一家锁厂工作。妈妈那时候还没有到退休年纪，只能早早地办理了内退手续，没有了工资。福星锁店也就在这个大背景下应运而生了，当时父亲还略有反对，总觉得开店有点不务正业，还是企业干部的老观念。在妈妈的坚持之下，我在娄底的景屏街租了一间带阁楼的小铺面，那是在一条老建材巷子里。

铺子里楼道狭窄，冬寒夏热的，可以说当时条件是比较艰苦的。

妈妈是一位和蔼可亲的人，也是一位很坚强的女性。年轻的时候下乡当知青，吃过很多苦，后来招工进入了水泥厂，还受过工伤。这一干就是几十年，把青春和岁月都奉献给了工厂。记得爸爸说过，妈妈怀我的时候，还挺着大肚子在车间打预制板。妈妈是一位勤劳善良的人，在厂里和邻里邻居们都很和睦相处，谁家有困难都会去帮忙。当年我们住在六十年代盖的老平房里，前面有菜园子，屋后有砖砌的鸡窝，养着十几只鸡。我和弟弟放学回家第一件事情就是看看鸡窝里有没有鸡蛋，然后小心翼翼地捡出来放在家里，然后就去挑水浇浇地里的菜。那时候每家每户都不关门的，我们这些小孩子都经常去别人家串门，大人们都很欢迎地拿出好吃的给我们。

等福星锁店正式开业已到了酷暑时节，天气热得要命。当时我布置好铺面，发回来了货物，简单教会了妈妈一些基本的锁具知识和价格，于是我们就不声不响地开门营业了。开业没有多久，我回广东了，就把这个摊子一咕噜全交给了妈妈一个人打理，当时爸爸还坚持在单位上班。

其实我们家祖宗三代都没有人做过什么生意，不是单位改制，谁也不想离开那个安逸的企业，离开那座已有着几十年感情的老厂。爸妈都是工薪阶层，送我和弟弟出来读书已实属不易了，爸爸是纪检干部，廉洁清正，家里也没有什么积蓄，做生意全得靠我们自己了。

我们的店铺按时下说法是码头稍微有点偏，妈妈是个老实人加上没有什么卖货的经验，开始的时候生意不是这么好，但凡是有顾客来店里买锁，妈妈都会客气耐心地给他们介绍，价格也卖得实在。由于货真价实，加上妈妈的和蔼客气，店里的生意日渐好转，慢慢地新老顾客越来越多了。

记得那是一个冬天的早晨，外面飞着小雨点，湖南的冬天是比较寒冷的，由于空气湿润，寒风刮起来是有些刺骨的。妈妈平时就住在小店的阁楼里，冒着严寒。当时我家住在西阳乡的厂里，后来房改了，我们在城里还没有钱买房子。妈妈一大早就起来了，像往常一样开门搞搞卫生，准备营业。寂静的巷子里偶尔会传来几声丁零丁零的单车声音。妈妈弯着腰细心地擦拭着玻璃柜台上的灰尘，将一把把大小挂锁、链子锁、单车锁、防盗锁、球形锁、把手锁等摆放整齐完毕。

当妈妈正准备吃早点时，一个骑自行车的身影扭扭曲曲地从巷子另一头拐了过来。突然间在我们铺子门口倒了下来，只见一位老人从单车上重重摔了下来，一头撞在了铺子门口的玻璃柜上。玻璃柜瞬间被撞碎了一大片，老人的头部也撞出了血。妈妈一下子被惊着了，不过马上就缓过神来，立马上前查看老者的伤情。老人捂着头，血也淌在脸上了，倒在地上一时起不来。妈妈赶忙扶老人坐起来，用纸帮他擦拭血迹，用家里备用的药棉帮老人按住伤口止血，询问伤情。待老人好一会儿缓过神来，可以站起来了，妈妈就将老人扶到附近的四一八地质队的医院急诊室就诊，还好伤得不是很重，只是皮外伤。等医生将老人包扎完毕，没有什么大碍了，还没有等老人说一声道谢，妈妈就悄然离开了。回到店里，妈妈默默地清扫着被撞坏的柜台，收拾好洒落一地的玻璃碎片和锁具，然后慢慢地将小煤炉的火升起来。后来听说老人的家属知道这件事之后专门来店里感谢妈妈，妈妈也没有叫他们赔偿，只说老人家身体恢复了就好！

福星锁店的生意渐渐地红火起来，每天都有顾客盈门，家里的财政也没有之前那么紧张了。

由于店里的生意好，价格卖得也不高，加上妈妈的人缘也不错，小店的口碑在当地也不错。这时又发生了一件意想不到的事情。

在一个炎热的下午时刻，小店还没有打烊。突然两个彪形大汉闯入店里，口里叼着烟，光着膀子，露着文身，戴着一条狗链子，趾高气扬地朝妈妈骂骂咧咧的。妈妈顿时被吓着了，问他们干什么的，两个人毫不客气地威胁妈妈说："你家店的生意好，价格卖得低，马上滚出这条街去"。妈妈一时气急，和他们理论起来。旁边的店铺老板们也纷纷过来帮妈妈说话，因为妈妈平时为人也很好。这时爸爸刚好在城里办事，知悉此事之后，赶忙和区公安局的昔日老战友们驱车过来店里，将那两个家伙当场制伏并扭送到派出所。原来是市场里的一个开锁城的外省老板看我们店里生意好专门雇人来威胁的。接着民警们连那个老板也一并带去调查。

当晚那个店老板的老婆得知我表叔就是公安局的领导，于是赶紧托了熟人一起来店里给妈妈赔礼道歉，说什么下不为例的话。妈妈是一个善良的人，马上给爸爸联系了，说事情过去了，得饶人处就且饶人吧。爸爸以后也放下了干部的架子，只要有空就来店里帮忙，帮客户修锁，装锁。

这样我们家的小店也平平静静地度过几年的春秋，福星锁店也是做得小有名气了。后来父母在城里买了一套房子，慢慢地家里的日子也就好转了起来，只是妈妈守着店也熬坏了身体。每当我回家看到妈妈日渐苍老的背影就忍不住有点难过。我们全家就这样一起走过了那段难忘的岁月！

母亲的手擀面

○ 黄朝忠（湖北襄阳）

小时候，我最喜欢吃母亲做的手擀面。因为母亲的手擀面特别有味好吃。

在我的记忆中，母亲的手擀面切得粗细均匀，很有筋色，下锅煮不糊汤，用筷子把面条捞在碗里，再浇上适量的鸡蛋或肉丝（丁）臊子，那叫一个鲜，吃起来香喷可口，味道无穷。

特别是在夏季麦收后，我家就以面食为主。总是断顿不断天地要吃上一顿母亲做的手擀面条。母亲每顿做面条时，免不了要烧一钵鸡蛋米掺韭菜臊子汤。我一见鸡蛋臊子面条，就选个大碗盛，浇上臊子后就狼吞虎咽地吸吃起来，撑得肚子胀鼓鼓的直打饱嗝而还想吃。母亲见我吃饭牢欠无足厌，她总是训道："忠娃，俗话说'一饱为足，十饱伤心。'小娃子吃饭要知饱足，吃饱了就放碗，哑撑白塞，撑伤了胃怎么办？"

母亲每顿做手擀面时，她是根据吃饭人员多少确定舀面粉数量。这样，既能满足人们吃饱吃好，又不掉剩饭浪费粮食。母亲在和面时挺有意思，她卷起两只袖口，左手端着一瓢清水慢慢朝面盆里沥水，右手不停地在面盆里拌动，直到把面粉拌粘一起能和成实面团为止。然后把双手插在面盆里反复揉动。如果面须硬了和不拢面团，就再适量加点清水。如果面团软湿了，又适量添点面粉。面团和好后放在案板上，撒上面铺（面粉），让面团"醒"个三五分钟，只见面团变得晶润亮光，似如一大枚浸过水的白玉石时，母亲就取来擀面杖把面团擀成面饼似的卷在擀面杖上，用双手轻轻来回滚动。擀压个五七圈后又摊开撒上面铺卷在擀面杖上继续用双手滚动擀压，直到擀压得面片薄如牛皮纸般，看上去透明如玉，母亲就小心翼翼地折叠成两寸宽一层一层阶梯形状，用锋利薄刀（菜刀）切成细面条。在切面条之前，母亲还征求大家意见，是吃宽面条还是吃窄面条，或者是吃像龙须一样更细的面条，以此而来决定切出。

母亲在切面条时也还有科学技术，那就是左手轻轻按在折叠好的面片上，中间三指朝前带点拱形（挡限薄刀切面的宽窄度），右手的薄刀贴近左手拱起并拢的指头关节向后均匀移动，一刀一刀切下去。面条切好后随即用手抓起抖动抖动晾在案板上，等水烧开沸腾时即下锅。还有句"面条下锅动刀枪"之说，那就是面条下锅后得立马用筷子在开水锅里搅动，以免生面条沾粘在一起，导致煮夹生、糊汤、难吃。母亲为让手擀面有筋色、煮不糊汤，她在和面时还放上少许食盐或打几个鸡蛋在面粉里面。这样擀出的面条既有筋色，又有营养。为除掉"面腥"味，面条下锅快熟时，适量丢点嫩青菜叶。

母亲每次和面、擀面、切面和下锅煮面条时，总是让我站在她身边学习。我不明白地问母亲："我是男娃，又不是女娃，学手擀面有何用？"母亲笑着说："有用呢！如果你从小学会了擀面条和炒菜做饭，长大结了婚就能替老婆下厨做饭。为老婆减轻了负担，她肯定夸你是个好丈夫呢！"母亲的话，我想想也是。便说："好吧，妈教我，我就学，反正有益无害呗。"从此，母亲只要下厨房做饭，我就跟在她身边一看二学。特别在擀面条这方面，母亲教得最认真。母亲说："'教出的媳妇和好的面，开水下米做好饭。'擀面条的面团一定要用力和到家，和得面团晶润有光，像一块洁白玉石。这样，切出的面条才有筋色不易断，丢在开水锅里也煮不糊汤。"在母亲的身教言传下，我很快学会了和面、擀面、切面，掌握水量煮面等一些工序和技巧。

也不知是我的命运终要学做饭，还是老天爷有意安排，当我学会手擀面和下厨房做饭这女人的"手艺"没两年，母亲因病而离开了我们这个温暖幸福的家庭。那时弟弟才上十岁，父亲对做饭更是个门外汉。这下厨房烧饭的活儿无疑全落在了我的身上。那时正处于少年的我，不仅要上学读书，放学后还要进厨房上灶台做饭。此外，还担起了喂猪、养鸡、种菜等家务。真是穷人孩子早当家，使我成了家庭忙碌、辛苦的"小妇男"。

光阴似箭，一转眼我长大成人结了婚。婚后不久的一天，媳妇和几个姐妹在门前树荫下绣花做针线活儿。快晌午了，我自告奋勇说："你专心做针线，我下厨房烧饭去。中午露一手，手擀面给你吃。"媳妇笑道："吹牛皮，你会做个屁手擀面，怕是中午要吃面片疙瘩糊涂呢！"我没理睬媳妇，成竹在胸的我，钻进厨房就麻利干了起来。不一会儿工夫，我把一碗又长又细、热腾腾的手擀面端到她面前，上面还浇有鸡蛋臊子。媳妇一见不由吃惊地问道："你，你真的会做这手擀面哪，谁教的？"

我"嘿嘿"一笑，说："是母亲活着时教我的。"

母亲的舞台

○ 马建忠（河北秦皇岛）

　　不知从什么时候起母亲有了晚饭后散步的习惯，有几次我担心年逾古稀的母亲便悄悄跟在她身后。母亲的脚步非常舒缓，每迈出一步都似踏着一种节奏。

　　穿过一条街，母亲加快脚步，原本佝偻的背影挺拔起来，一首轻快的旋律从不远处传入我的耳朵里，转过弯去，母亲突然停下来，在中心广场上许多人随着节拍的律动跳着广场舞。母亲安静地站在原地用脚轻轻地打着节拍。一阵冷风吹来，母亲花白的头发凌乱地遮住了脸，她没有理睬，依旧聚精会神地盯着舞蹈者的每一个环节，丝毫没有察觉我的存在。那一刻，近在咫尺的我感觉到母亲厚厚的羽绒服内有一颗蠢蠢欲动登上舞台的心。

　　五十多年前母亲曾经是舞台的主角，作为一名优秀的歌剧女演员，母亲数不清多少次在舞台上诠释一个个鲜活的角色，《刘三姐》《白毛女》《江姐》……母亲用声情并茂的演唱赢得了众多的掌声。母亲是天生的歌者，没有受过专业训练的她拥有得天独厚圆润亮丽的嗓音，小城组建歌舞团那天起她就是舞台的女主角，她秀美的扮相一次次获得观众的首肯。我曾从母亲的身上读出这样一条讯息，一个人的天赋决定她适合走哪条人生之路，而在这条路上能够走多远则取决于她是否能够不懈地坚持。

母亲的训练非常刻苦，她每天一大早到离家不远的小树林练习发声。那个年代没有粉丝索要签名，可常有欣赏者在晨练之余停下脚步来听一听，看一看。外婆说："那一时期你的母亲就像中了魔咒，一门心思练习唱腔，她总觉得以后属于她的人生就是舞台。"外婆缓慢的言语中流露出丝丝遗憾。我曾经问过姨们是不是羡慕母亲，她们说："我们羡慕你母亲除了唱歌什么家务也不做，当然更多的是为有她这样一位能歌善舞的姐姐感到骄傲。"后来的事情我听外婆说过，因为身患先天性心脏病哥哥的夭折彻底改变了母亲的命运，由于过度悲伤，长时间以泪洗面的痛哭，母亲的声带嘶哑损伤。那段时间她很难发出声音，悲伤的情绪混杂着失声的痛苦常常使得母亲疲惫不堪，生活就像一张悲观的网紧紧地裹住了她的周身，她越是挣扎收缩得越紧。半年后，母亲的情绪逐渐地平稳下来，可惜的是她的声带永久性损伤无法再登上喜欢的舞台。

生活有时候就像一座无法绕开的山峰，唯有勇敢地攀登和面对才能坐看云起时。母亲不能唱歌剧了，被分配到纤维厂当了一名纺织女工，可她依旧喜欢听戏剧。记得小时候，母亲常常在闲暇的时候听收音机里的戏曲节目，情不自禁地起舞翩翩，她的节奏感和情绪表达拿捏得恰到好处，唯一的遗憾就是这表演静默无声。母亲的同事们也说她纺纱的动作与所有人都不同，似乎能够在纺织的过程中呈现出生命的律动。

母亲似乎彻底领悟了，生活之中处处是舞台，她无法成为一名专业的演员，但她可以做主宰自己生活的主角。她在对命运的不甘中完成了角色转换，把一门心思都扑在工作和家庭上。从我记事起厨房就成了母亲的舞台，她每天清晨为我们买来早点，而后目送着我们上学、上班，中午和晚上总是将饭菜准备好等待一家人的享用。在母亲的呵护中我们慢慢成长成家，本该歇一歇踏寻夕阳足迹重新寻找舞台的母亲又不遗余力地看护起了我们的孩子。如今在岁月的流逝中，我们的孩子也已经升学住校，忙碌了大半辈子的母亲的生活一下子松弛下来，她仿佛无所适从，要在生活中重新寻找一种精神寄托。

这么多年来我都以为母亲彻底摆脱了无法登台遗憾的阴影，时至今日我才晓得是我们忽略了母亲内心的感受，忽略了母亲真实的世界，她依旧喜欢舞台，一块属于自己无声的舞台，一种内心清净豁达淡远的舞台。

我在一种不可名状的氛围中走向前去喊了一声"妈"。母亲有些惊诧地扭转头愣了愣神看着我。

"您为什么不上去跳哇？"我问。

母亲摇摇头说："我年岁大了，跳不动了。"

难道母亲在生活的磨砺中渐渐失去了登临舞台的自信，我想。

母亲似乎读懂了我的心思，她缓缓地说："舞台有很多种，其实人生最大的舞台在每个人的心里。"

我的眼眶有些潮湿，母亲确实跳不动了，这么多年来她把家当作舞台，为我们嘘寒问暖，遮风挡雨。或许母亲的体能不容许她像年轻时候一样，在舞台上淋漓尽致展现自己的才华，但厚重的生活阅历可以让她演绎出别样的精彩。有些时候用心灵支撑的舞台是最好的舞台，就像母亲现在一样，在一旁静静地欣赏，慢慢地舞动……

我帮妈妈做午饭

○ 王满堆（山西泽州）

阳春三月，万紫千红，大地一片生机盎然。

但我，不！我想是很多很多人的心中与这美丽的春天形成了极大的反差，因为再好的风光也奈何不了一个"饿"字。

那年我 10 岁。听老师和大人们讲：忍饥挨饿的不仅仅是哪一个村哪一个县，而是全国上下几亿人。原因是那两年遇上了自然灾害粮食减产，而且还要归还苏联的债务。

地里收不上粮食人们就得挨饿，这个我懂，可又与还苏联的债务有啥关系？于是有一次我就问父亲。他说，关系大着呢！欠债还钱，咱国家穷，没有钱，但人家非要不可，所以国家就只能把很大部分的粮食卖成了钱来还，或者把粮食直接送到苏联去抵债。噢，我听懂了，要不是还债的话，粮食就减一部分产也不至于把人们饿成这个样子。

虽然集体规定不准损毁树木，但很多杨树、榆树和柿树的树梢还是被人们偷偷地砍了不少，有的榆树还被剥了皮。这杨树叶煮沸后放在火边待一段时间可当酸菜食用；这柿叶和榆叶拌上糠面（谷糠加些玉米磨成的面）一焖，可当主食；那榆树皮除去外边的老皮可以煮着吃，也可晒干后磨成粉配上点玉米面擀成面条。还有，到了柿花开柿蒂落的季节，人们都要去树底检拾柿蒂，回来晒干后磨成粉蒸成窝头食用。

另外，到了秋季人们都要抽空到山上去捋荆籽，它的做法和柿蒂相同。尽管大自然馈赠的这些不是食物的东西也能够充饥，但是真的难以下咽啊，尤其是那荆籽和柿蒂做成的食物，现在一想起那味道就想吐。可又有什么办法呢？集体分给每人每年10斤小麦20斤谷子，其余的就是玉米。而且是按劳力每天9两，非劳力每天7两计算的。因此各家各户都要精打细算，生怕口粮接不上秋天。

那天中午老师因有事提前放学。一回到家里，我就从锅里找到半个柿叶糠面饼，边吃边想：妈妈至少还得一个多钟头才能收工回来，自己饿急了怎么能等到她回来再做饭？再说她回来又能做什么好吃的呢？还不照样是柿叶拌糠面的闷饭？一连几天这柿叶把我都吃腻了，倒不如自己去拔点苦苣菜，回来做一顿苦苣闷饭也能换换口味。再就是也能让妈妈高兴一回，说，看俺儿都能替我做饭了。想到这里我扔下那半个饼，提起篮子就出了门。

顺着田间小路边走边采。路两边和山坡上已经盛开了多种小花，有的正在含苞待放。看着这一片片美丽的景色，我一时还忘记了饿的烦恼，在采苦苣的同时还顺手摘了几朵"不了荠"和"兔米花"，到后来才知道它们的正式名字叫蒲公英和白头翁。

我认识苦苣，是因为妈妈前几天用这种野菜做过闷饭，她还给我说过，这种菜必须用开水煮一会儿才能去掉苦涩的味道。

照着妈妈的做法，先把菜洗净切好，然后上火去涩，等水沸后用漏勺（荆条编的）把菜捞出后加上冷水凉一会儿，然后用布包住挤干。第一次做饭，虽然是现学，但我起码敢当架。在锅里倒上了点蓖麻油（这可是破例，一家人全年分了几斤蓖麻，熬了不到三斤油。妈妈平时是舍不得用的），等油烧热后，就把菜放进锅里炒，调味料就是一样盐。接下来就是把面放到菜上边用慢火焖。

就在这时，妈妈回来了，果然夸奖我了不起，小小年纪就会做饭。但当妈妈看到我择过的苦苣菜的下脚时，又不由得皱起了眉头。问：你采的是能吃的这种苦苣吗？一看妈妈这个样子我就疑惑了，反而问：苦苣还有几种？妈妈也不回答我，而是掀开锅盖，拿一双筷子伸到面下夹起一点野菜，用嘴一吹稍凉后一尝，紧接着又"呸"的一口唾到了污水桶里，说：儿呀，不能做就等妈回来做，看，你今天白白地糟蹋了一瓢面。去，去尝尝。妈妈显得有些不高兴了。

当我夹起一块野菜送到嘴里时，差点把我呛吐了，很难形容那是一种什么味道……

这时妈妈才告诉我：这苦苣分两种，一种是能食用的，一种是不能食用的。就拿能食用的那种来说，但凡人们有吃的也不会吃它，就更别说这种不能吃的了。

怨我太粗心了，其实这两种苦苣也不难分辨。

人是铁，饭是钢，一顿不吃饿心慌（这是妈妈常说的）。我想，到什么时候我们才能够吃饱饭呢？

我跟爷爷看菜园

○ 赵　笋（山东昌乐）

　　昨夜，梦回当年，出现我跟爷爷看菜园的场景。那是 20 世纪 70 年代初期，人民公社时候，我还是个十来岁的孩子。爷爷当时六十多岁，他在生产队常年照料看护菜园。所谓跟爷爷看菜园，就是傍晚时分，我给爷爷送饭，顺便陪着爷爷，在菜园屋子睡觉，第二天清晨，我再回村上学。

　　园子不大，有一亩半地，种些时令蔬菜。

　　园子中间是看园的屋子，屋子呈半地穴状，屋檐离地面不足一米，室内空间一半在地下，一半在地上。覆盖着麦秸的屋顶爬满葫芦和喇叭花，好看又遮阳。南北两面是山墙。屋门朝南，东、北、西三面，开有小窗瞭望透风。屋子虽说有些异样，却省工省料，冬暖夏凉，便于看园。门前有棵桑树，小腿般粗。小满过后，桑葚子变紫，成群的鸟雀赶来啄食，"喳喳"乱叫，喜鹊居多，也有白头翁。有时，我也上树摘着吃，染得满嘴紫红。

　　屋子东旁有口老式水井，井台上安着架链筒式拉力水车。蒙着眼睛的黄牛，整日拉着水车"吱哟"作响。"咕咕"井水涌进水斗，顺着水渠，流进菜畦。渠边，时常看见成对的燕子嬉戏、饮水、啄泥。我曾经问过爷爷，为啥让黄牛蒙着眼睛干活。爷爷好像是这样说的，牛习惯走直道，推磨拉水车是原地画圆圈。只能搭上套子，蒙起眼来，打一鞭子，牛才能走起来。还说，蒙上眼睛打一鞭子，牛会认为，主人始终站在旁边拿着鞭子监工，它不敢歇蹄偷懒啊！

童年的我，朝牛的屁股一鞭子，大叫一声："牛啊，牛，你真是笨蛋！"牛一阵小跑。

记忆里，惊蛰刚过，爷爷就背着铺盖到菜园忙碌。清明前后，施以炕洞灰和羊粪的韭菜，一片墨绿，格外显眼，叶子宽厚，刀子一割，韭香幽远，老远就能闻着。爷爷曾说，韭菜历经冬日严寒，开春头茬最好，浓香，鲜嫩，营养足。他还说，韭菜本无红根白根之分，天冷了，韭根就变红。爷爷这种说法，我至今没有考证，难说真伪。夏季蔬菜最全，茄子、豆角、黄瓜、西红柿、芸豆、西葫芦、南瓜、土豆等，几乎应有尽有。天热，长势好，三天两头，生产队就分菜。秋后，昼夜温差大，白天光着膀子干活，晚上还要盖严被子睡觉，生产的蔬菜味浓，爽脆，品质好。特别是黄瓜萝卜之类，嚼在嘴里，大有秋日"天高气爽"的感觉。从霜降开始，萝卜、白菜、大葱、芫荽陆续收获。萝卜怕冻，要在霜降前拔，芫荽最晚，要到大雪前收。这些冬季蔬菜，各家各户都藏储于自家的地窖，漫长的冬日里，随吃随取，很方便。

队里分罢芫荽，一场大雪，满坡银白。爷爷卷起铺盖，锁好园门，再环顾一眼园子，就回家了。雪地里，留下一趟长长的脚印。

爷爷是文盲，不识几个字，说话不多，行事有些怪异，年少无知的我很是不解。这些原本久远的记忆，早已模糊不清，遗失殆尽。夜半梦醒，记忆复活。过往世事，穿越时空，又历历在目。个中滋味，如陈酿开坛，品悟心头，始觉醇香。反倒觉得爷爷，是个很有故事的人。

有年夏天，月色朦胧，天热蝉噪。我和爷爷刚上床躺下，就听到外面有动静。透过窗户，借着月光，我看见菜地里有人在走动。便小声告诉爷爷，有偷菜的，咱俩抓住他吧？爷爷说，我看见了，你别出声，快睡吧，我有办法。我屏住呼吸，想看看爷爷到底怎样抓贼。过了一会儿，爷爷只是咳嗽了两声，用手电筒朝窗户照了一下，稍候，才开门出去，也没抓贼。我问爷爷，为啥不抓住贼啊？爷爷说，小孩子，别多问，你念好书就行。第二天早上，爷爷还是告诉我了："黑灯瞎火，不是日子难过，谁来偷棵菜吃？……这事不要外传，嘴紧点。"

我点头，心里却疑惑得很。

菜园的西边，有一堆乱石。听说，里面有一窝黄鼠狼。秋末冬初，来了一个外地人，用土枪对准了乱石堆。爷爷极力阻止，说都是邻居，不能伤害它。来人说，冬季，正是黄鼠狼值钱的时候，家里穷，等着用它换钱过日子。爷爷就回村借了五块钱给他，才打发那人走了。第二年春末夏初，爷爷突然夜里肚子痛，上吐下泻，折腾了一夜。奇怪的是，天明，门口外的空地上，放着五个鸡蛋。我和爷爷都不明白，大黑夜，是谁送来的呢？末了，爷爷猛然自语道："莫非是它们？"我问是谁。爷爷往西一指："老黄啊！"

若干年后，我依然困惑不解。难道，"老黄"真通人性？

菜园里，令我最害怕的一次是，秋天的夜里，我被尿憋醒。月光探进头来，照在床上。朦胧中，我发现爷爷的床上没了人。就小声吆喝了一声，没动静。心想，难道果真来了贼，爷爷真要抓住不行？透过门缝往外瞅，秋虫的叫声，非常响亮。漫过菜地，外围全是黑压压的玉米，根本看不见爷爷的影子。突然，我隐约听到，远处有人哀哭的声音。这，到底发生了什么？我的心，一下子害怕起来，头皮阵阵发麻，不祥的预感忽地涌了上来。我不顾一切，敞开门子，使劲儿喊了一声："爷爷——"霎时，哭声戛然而止。过了一会儿，爷爷回来了。他说："想你奶奶了，去她坟头看了看。"

爷爷倒在床上，一声长长的叹息："唉……"

屋外，秋虫的鸣叫，愈发清脆响亮。良久，我没睡着，心里怦怦直跳。

我从没见过奶奶，听父亲说，奶奶43岁时，生我叔叔时难产，丢了性命。当时，爷爷在县里修水库，没在奶奶身旁。自觉责任未尽的爷爷，总是愧疚不已，时常暗自垂泪。我知道，奶奶的坟，是在菜园以东一里多远的埠岭上。每到清明、过年的日子，我和父亲都按时去坟上祭奠。

爷爷已过世40余年。梦醒追忆，顿然感觉，昔日怪异的爷爷，今日反倒异而不怪，可亲可敬。谨以此文，寄托哀思。

母亲的缝纫机是会唱歌的

○ 刘家宝（安徽霍邱）

从小到大，我一直固执地认定，缝纫机是会唱歌的，并且唱的是人世间最美妙的乐音。

生产队时期，我们兄妹相继降临人间。为了照顾五个嗷嗷待哺的孩子，母亲无法出工，受尽了别人的冷眼和刁难。母亲小心翼翼地应对着，后来竟无师自通地学会了剪缝衣服，于是生产队给母亲指派了新的任务——为全队队员缝缝补补。从此，缝纫机的歌声便飘荡在我们家，飘荡在每一个贫穷但却欢乐的日子里。

土地承包到户时，年事渐高的爷爷奶奶停止了长期漂泊，从淮北回到了家乡同我们一起生活。父亲在外地工作，我们家分到了八口人的田，却没有一个完整的劳动力，所以农活还主要得靠母亲。有一次割下的稻子经了雨，"死猫肉"般沉。母亲挑着稻捆子迈过一个缺口时，不慎一脚踏空，被压在了缺口中。我当时没啥力气，费了好大劲才把母亲拉起来，母亲用手扶着腰，硬撑着又将稻捆子上了肩。还有一次，稻子晒干之后要入仓，母亲用笆斗一趟趟扛回。我只能负责将稻子装进笆斗并协助母亲将笆斗送上肩，一不小心，笆斗一滑，母亲的肩膀被蹭下了一大块皮，鲜血立刻濡湿了衬衫……后来，母亲就想出和几家邻居"换工"的办法——常年为他们一家老小免费做衣服，换得农忙时他们的伸手相助。

后来，我们兄妹慢慢长大，陆续入学。那时市场也渐渐放开，农闲时，母亲在一个远房舅舅的帮助下，到一个叫牛集的街镇上摆了个"制衣点"，逢集的上午收回布料，中午赶回来，下午及晚上剪缝成衣，隔天逢集时再由人取走，从中间赚取每件几毛钱的加工费。牛集距我家有十几里路，遇到雨雪便泥泞不堪难以行走，因而母亲走路速度极快，并成了习惯，直到现在我们陪她散步，都难以赶得上她的脚步。母亲是个左撇子，习惯于用左肩背包，由于很多年背包的缘故，她的身子总是习惯性地偏向右边，我们说过她多次，她都无法改变过来。由于母亲待人诚恳，再加上手艺不错，很快便得到了人们的认可，每次逢集母亲都能收回一大包布料，每个晚上母亲都得在油灯下做衣服，而我们兄妹也就着油灯写作业。然后，我们就在母亲温软的话语中，在缝纫机"轧轧轧轧"的歌声中进入甜美的梦乡。

记忆中，我们家有一个盛煤油的大塑料壶，只要有摇着拨浪鼓的货郎挑子经过时，爷爷奶奶就会把油壶蓄得满满的，以备母亲熬夜做衣服用。每次赶集回来，往往已是午后，母亲顾不上喝水吃饭，总是先将收来的钱币整理好，将那些皱皱巴巴的元票、角票捋平，折叠，然后认真地收起来。母亲总是笑吟吟地对我们说："这些钱攒着，留你们上学用。"母亲笑起来，嘴角有一道弯弯的弧线，脸颊有两个浅浅的酒窝，暖暖的，甜甜的，很好看。说这些话时，母亲也是踌躇满志，显得自信满满。母亲是有机会成为赤脚医生的，可就是因为认不全药名而未能如愿。母亲曾多次坚定地对父亲说："五个孩子，必须个个读到初中毕业！"母亲没进过校门，吃尽了不识字的苦，所以她宁愿自己再多吃点苦，也不想让我们步她的后尘。尽管我们家田那么多，劳动力那么缺，母亲的许诺都从未松动过。

不承想，我们兄妹初中毕业时竟相继考取了中专或师范，成了吃"商品粮"的公家人。这让母亲喜出望外，在村里多了许多自豪的资本。那时，母亲为了照顾生活不便的爷爷奶奶，已不再"赶集"收衣服了，而我们家依然是客人不断，很多人赶很远路将布料送来，因而，我们家依然是缝纫机的声音，客人的说笑声响成一片。

缝纫机，缝补了我们家那一个个贫穷的苦日子；缝纫机的歌声，唱出了我们家幸福美满的新生活。前几年，在接母亲进城时，母亲执意要将缝纫机带上，虽然那时母亲已年迈，并且两眼昏花，早已不再做衣服了。我知道母亲对缝纫机的感情，什么也没说，就将缝纫机抬上了车。如今，每次看到母亲擦拭着早已不用的缝纫机，看到她老人家对着缝纫机痴痴地发呆，恍惚间，一阵阵歌声飘荡在我的耳畔。

那是缝纫机的歌声啊！

飘香黄桷兰

○ 杨 梅（四川隆昌）

她来了，脚步蹒跚，汗湿衣衫。

她的腿越来越不灵便了。上楼时，必须紧抓扶手，左脚用力跨出，顺势捎带上右腿，让左脚负重，右脚轻踮跟随。如此反复，一步一挪才上得台阶。年轻时过度的肩挑背磨，加之前些年一场脑血栓突袭，回收了她曾经的轻盈灵动。

夏天，几乎不曾见她衣服干过，汗水总湿了背，湿了胸，脸颊还淌着一颗颗、一串串，她总如此劳碌，怎能不一天换几次衣衫。

见到我，她晶莹的汗珠也含着笑。随她而来的，是扑鼻的黄桷兰香。她胸前的纽扣上挂了一串，这一直是她的钟爱。她摩挲着从小背包里掏出一团绿绿的东西，那是用层层黄桷叶仔细包裹的黄桷兰。她小心翼翼解开交叉打结的纤维索，绿叶间赫然露出黄桷兰白皙的脸。

她又给我送花了，不知道多少次，也数不清多少次了，脚步蹒跚，汗湿衣衫，将浸汗的新鲜送到我面前。双手接过，兴奋捧起，贴花深嗅，贪婪沉醉在那份稔熟的味道里。与其说捧起的是花，不如说是擎起一颗她宠溺我的心。"那么热，干吗又跑哇？"嗔怪她不该又如此劳烦，事无巨细的她已是那般操劳，再说上楼如此艰难。她又是那句，"反正我也要运动，不走走怎么行？"每次都是。悄悄掩饰一份心疼，收起潮湿眼眶的激动，喜上眉梢成一份"安然"，因为清楚，无论如何也不能阻挡她送花的脚步，欣然接受就是对她最好的回馈。

因为开步困难，她也不轻易坐下休息，站着扇扇纸扇就是最好的休整了。一边扇着，一边用粗大的手指轻轻摆弄花朵，将挨挨挤挤的黄桷兰分成几堆，喃喃道："一天串十来朵，又够戴几天的了。"满足之意从嘴角边漾开去，似乎将这些花美美戴在胸前的，是她。

从第一朵黄桷兰含苞，直到彻底谢树，我的胸前，一直翘盼着他们积攒的黄桷兰。一天，一月，一季，一年，岁岁年年，似乎已成经年的习惯。那花香，融进生命的四季，浓得化不开去。

黄桷兰的源头由他亲手侍弄采摘。每天，已过七旬的他提一只小桶，寻踪花影成了必修的功课。为了摘到花，他还自制了采摘"神器"，不管够不够得着的，都逃不过他的手心。他动手能力极强，那些精妙的家什工具，都是他动手发明制作。偶尔，为了保持花的完整，他还须上树，拉长手臂，如大鹏展翅，将花伴叶一并采下，采到姿态美的，乐得他脸上的皱纹都开了花。

每次，乐颠颠载花而归，他神秘兮兮要她猜。她笑吟吟迎合着他孩子般的得意，八朵，十朵，二十朵，每次都猜得八九不离十。多年来精打细算过日子，她用远近出了名的能干撑起一个家，拈斤估两这些小技，是小菜一碟，何况他们相濡以沫四十多年，猜他每天能摘到几朵黄桷兰，岂在话下。

收获的花朵，她是要筛选的。大的、花形好的、花带叶的收藏到冰箱，那是留给我的。一旦回家，第一件事就是催我穿花去，若是没及时回去，就想方设法送过来。次一些的花，她留给自己。戴上老花镜，摸索着一口气穿上好几串，裹携着存放冰箱，不然就没那闲工夫了。厨房里忙活时，她是不会戴花的，她说厨房热气大会熏坏花，可惜了。一生节俭的她，连几朵黄桷兰也不例外。

他每天寻花竟成痴。那天，忙别的忘了摘花"大事"，凌晨三点，辗转不寐，翻将起床，悄悄出了门，就着手电筒摸黑寻花。她半夜醒来，不见他，甚是担心，短暂慌乱后趋于淡定，凭着对他的了解，她已猜他干什么去了。

当姐姐状告他"凌晨寻花"一事，惊得我瞠目结舌，怀疑他是否开始犯糊涂了，一番质问、探询，"你怎么那么傻呀？半夜都去找花，万一摔着怎么办？你是不是……"心疼与担忧让我口无遮拦，他嘿嘿笑着，一个尴尬的鬼脸显得滑稽又无辜，"我的身体棒着呢，每天都习惯了，拿一天不摘就睡不着。"一句申辩让我的心狠狠地抽搐，幸福与自责让我无语。她怜惜地看着他接受我的"申讨"，因为只有她懂得，他每天痴心寻花的根源。

我又何尝不懂他们呢？

就因了我随口一句，"黄桷兰味道太香了！如果天天戴上，该何等美妙。"于是，他就将我的信口一言作为"事业"来经营。小区没有空地，他硬是驾着木梯，搬土搬砖，在车库顶上种上了黄桷兰，精心侍弄，犹如呵护当年幼小的我们。她也不再反对他的"肆意妄为"，不再埋怨他的"我行我素"，偶尔闲暇，还帮他扶木梯，递递水。

花开季节，他执着地将那些飘香的精灵献于爱花的她，附带一个爱花的我。

而他们，却总是把最好、最美、最生动的留给我，一生如此。

他们，就是我的父亲和母亲。

花是父母心。胸前佩戴的，是他们眼中最美的花。而我，一直一直都是被他们高高抬起的那朵。

织在衬衫里的盼望

○ 王照科（天津静海）

春节前的一个月，我收到母亲从老家寄来的一件衬衫。

这是一件粗糙的白色家织布衬衫，领口和袖口是后缝制上去的"假领"和"假袖口"，样子既古怪又难看，我实在不明白母亲为何会从千里之外寄一件这样"怪异"的衬衫给我。

哥哥用电话告知了我详情。原来，我上一年回老家看望母亲，在火车上挤出了一身的汗水，衬衫湿漉漉黏在身上，到达老家后就重感冒了一场。我当时报怨衬衣吸汗性能远比不上小时候穿的家织布，并说出了以后春节多寄钱给母亲，尽量减少春节回老家次数这样的话语。

在母亲身边过完春节后，我返回工作的单位上班。在我离开老家的第二天下午，母亲把放置了三十多年的纺车和织布机从仓房中找了出来，宣布开始纺线和织布，要亲手为我做一件家织布的衬衫。

我的哥哥和嫂子极力劝母亲放弃这个想法，说如今商场各种棉质的衬衫都有，可以替母亲买一件最好的棉质衬衫寄给我。母亲却坚定认为商店里的那些衣服都是机器织成的，比不上家织布穿在身上"养人"，并一再提到我和哥小时候很少生病，跟整天穿着家织布的衣服有很大关系。

哥嫂知道母亲性格中的执着，几次劝阻无效也就默认了

197　·

母亲的行动。母亲已经七十多岁的年纪，身体也不是太好，哥嫂就想多帮帮母亲，一鼓作气做完这件事情，完成母亲的心愿。但是哥嫂这一代人根本就没纺过棉和织过布，笨手笨脚的反而常常帮了倒忙，惹得母亲有时发了脾气，后来干脆就完全拒绝哥嫂的帮忙。

哥嫂怕母亲身体吃不消，几次想打电话准备求助我一起劝阻母亲的行动。但母亲放出狠话，在衣服没有做出前，坚决不许告诉实情，否则就停止每天都必须服用的治疗高血压疾病的药物。哥嫂就只好由着母亲的性子，一直没有向我透露纺棉和织布这件事。

哥在电话中告诉我，母亲毕竟年纪大了，手眼都不如以前利落。一件衬衫其实用不了太多布，但母亲弓着腰几近忙了一年时间：把一大包的棉花纺成一缕缕线团，把线团一梭梭织成洁白的布匹。由于眼花和手打战，其间不断出现操作失误。耐心的母亲就整天咳嗽着把布织了剪，剪了织，反反复复很多次，才最终织出自认为最满意的布。在一年中，母亲腰更弯了，头发更白了，手裂了口子，也病了两次，但没停下手中的活，母亲说无论如何要在今年年前让我穿上这件衬衫。

衬衫是母亲戴着老花镜一针针缝制成的。母亲认为我是坐办公室的人，穿衣打扮是要讲究的。家织布虽养人，但却不美观，穿不出门。母亲就让嫂子到城里服装店按照我的身材买了一件很时尚的衬衫，拿到衬衫后，一向节俭爱物的母亲拿起剪刀就把这件新买的衬衫的领子和袖口剪了下来，然后一针一线缝在了家织布的衬衫上面，这样把这件衬衫穿在身上，既吸汗保暖，避免让人感冒，套上外衣后露在外面的领子和袖口又让人误认为这是一件很时尚的衬衫，一点也不显得落伍。

作为母亲在外工作的儿子，我没料到回家乡时的一句无意抱怨的话，竟让白发苍苍的母亲拖着年迈的身躯劳碌了一年。穿着这件散发着母爱气息的衬衫，我感觉到了舒适和温暖，也读懂了被母亲织在衬衫里的盼望。母亲顶着满头白发，拖着老弱的身躯用几近一年的心血缝制了这件衬衫，其实是在为远在他乡的儿子铺平春节回家的道路。春节回家过年，这就是天下所有母亲对游子的共同盼望。

常回家看看。今后每年春节我都会准时回家，穿着这件家织布衬衫。

孩子，你是老师一生的牵挂

○ 刘爱华（四川峨眉山）

　　乡村的五月被层层绿色包围。是怎样的绿色呢？稻田的秧苗是嫩绿的，一大片一大片；结了籽的油菜从秆到顶部全身是灰绿色的，似大海涌起的波浪，一浪追逐一浪。我们的村小就被这生机勃勃的绿色包围着。虽然我已经离开了那里多年，但对那里的怀念却一点也没有随着时光的流逝而减退，有时反而会更强烈。因为在那里，留下了我的青春，我的热情，还有我那对孩子们的一幕幕，其中，有一个班会故事，至今难忘。

　　记得那是一堂关于"我爱爸爸、妈妈"的班会课，孩子们一个接着一个上台幸福地讲着爸爸妈妈对他们的爱，讲完后，同学们都用热烈的掌声欢迎。忽然演讲的声音没了，掌声也没了，全班一片寂静。我奇怪地问："该谁演讲啦？"

　　一个女生站起来说："该汪海波了。"

　　"汪海波，你上讲台去啊！"没有动静，"是不是没做准备？""要不就换下一个？"

　　又一个女生站起来说："老师，他做准备了。"

　　"做准备了，就上来啊，男同学，还不好意思啊？"我笑了。然而我很快就收敛了笑容，因为我看到班上一个瘦小的穿着白衬衫的孩子，左手放在课桌上，低着头，身体一动一动地似乎在抽泣。我好奇地从讲台上走了下去，一直走到他身旁，轻轻地扶起他肩膀，他抬起了头，我惊讶了。我分明看到孩子睫毛下的泪珠，同时看到了孩子的右手心里捏着一个写有字的纸团。我眉头紧蹙温柔地对他说："给老师看看！"孩子没有拒绝，松开了手。我接过它，慢慢地展开，默默地读着读着，心情异常沉重！

我重新走上讲台，眼睛湿润了："孩子们，就让老师来代替汪海波同学演讲《我的爸爸》吧！"

"那天早晨，我像往常一样洗脸刷牙，背起了小书包，爸爸冲好了一杯牛奶端到我面前，笑眯眯地说：'儿子，趁热喝了。今天考试，你不要马虎，爸爸今天要去看病，晚上回来听你的好消息。'爸爸脸色非常苍白，说话的声音微弱。但是他还是送我出了村口，笑着给我招手，目送我去学校。考试的时候，耳边响起了爸爸的叮嘱，做题非常细心，顺利地完成了数学考试。放学了，老师把卷子发了下来，我得了九十八分。我急匆匆跑回家，要把好消息告诉我的爸爸。可是当我晚上回去的时候，只看到爸爸躺在屋里的尸体，爸爸已经去世了。早晨他的话语还在我耳边，他给我喝的那杯牛奶还温暖着我的身体。上帝啊，你为什么这么残忍，让我在三岁时失去了妈妈，现在又让我失去了爸爸，你让我70多岁的奶奶怎么养我啊！我爱我的爸爸，假如能让我的生命换回我爸爸的生命，我愿意！实在不行，我求你，你就给我一个小时和他相聚吧！"

我读完，含着泪水说："孩子，你这么优秀，你爸爸在天之灵会为你这个儿子骄傲的。"我走下讲台，把讲演稿放在他书桌上，这时我才发现孩子的书包都破了个洞，书包里没有文具盒。一个念头闪了出来，我对他说："孩子，你知道老师的家的，星期天到老师家玩。"孩子听了，挂着泪水的脸朝着我笑了。

星期天到了，小客人背着他的小书包，沿着乡村小道来到我家，他非常有礼貌，叫我的爸爸、妈妈，喊他们"爷爷、奶奶"。

我陪他读书，完成了作业。我拿出新书包、新文具盒说："看，老师给你买的。"孩子乐开了花。

中午我们一块儿吃饭，家人都在为孩子夹菜。让孩子享受了家庭的温暖。傍晚，孩子背着老师给他买的新书包和新文具盒蹦蹦跳跳地消失在绿色的田野里。后来我就调离了那所乡村学校，到了镇小。可我的心里时常牵挂着这个孩子。

几年后，胜利镇政府举办党员教师演讲会："我为胜利献青春"。我作为学校党支部的年轻党员代表去参加演讲，我讲了关爱这个孩子的故事，并表示愿意将自己的青春献给人民的教育事业，用行动去关爱身边孩子的成长。扣人心弦的演讲赢得了观众阵阵掌声，并获得了政府颁发的一等奖。

这时，一个中学的老师走近我说："你说的这个孩子现在在我们学校读中学，是我班的学生，我就觉得他很特别，不合群，性格古怪，以为他脑袋有问题。"得奖的喜悦立即消失，我握着这个老师说："孩子很聪明。脑袋怎么会有问题？很正常啊。也许失去了爸爸妈妈，他孤单，自卑，不爱和同学交流。老师，请你细心呵护，好好鼓励他，我希望他健康成长。"那位老师点点头，在我面前承诺愿意好好地对待这个孩子。

二十年后，一天早晨，我去附近的菜市场卖菜，路过一条水果街，忽然听到有人在我背后喊："刘老师！"我扭转头一看，一个穿着白衬衫非常英俊的小伙子出现在我面前："刘老师，你还认识我吗？"

我疑惑地摇摇头："对不起！请问你是？"

小伙子笑着："老师，我是汪海波！"

"汪海波啊！你长成小伙子了，真好！"我的脑海里立刻浮现那个在班会上抽泣的小男孩儿，那个我为他流泪的小男孩儿。我笑着：你长大了，老师的心里一直牵挂着你。你这么健康，帅气，我放心了。

"老师，给你！"汪海波递给我一塑料口袋金黄的橘子。

"哎哟，不行不行，老师怎么会收你的礼物呢？你留着吧！"我一边说一边摆手。

从教三十五年，我把知识传给了学生，我把做人的道理讲给了学生，我把我的青春献给了人民的教育事业。用我微薄的力量温暖那些特殊的孩子。很多年了，我见不着他们，可我的心里常常牵挂着他们，祝愿他们健康成长，平安幸福地生活！

第五辑 走过四季
——花开少年路

故乡的冬

○ 冯伟（山东临朐）

来到南方工作后，很多年没有见过一场像样的大雪，愈发怀念起故乡的雪，怀念起故乡的冬。

在一场秋雨一场寒的过程中，冬天慢慢走近。到了立冬那天，树上的叶子早已经落尽，光秃秃的树干和漫山遍野的枯草向人们宣告：冬天来了。

初冬时节，家家户户忙着排号用石碾碾压玉米，黄豆、鲜辣椒什么的，以备过冬。村里有两盘石碾，村西有一盘，我们家屋后有一盘，这两盘石碾一年四季闲不着。到这段时间更是从早到晚不停歇，我们家因为挨得近，大伙在石碾上捡了东西往我们家送，丢了东西也来我们家找。谁家忘带碾棍、簸箕、扫帚什么的，也爱来借，有时候一天借还好几回。父亲索性做了两根碾棍放在门口旁边，谁用谁来拿，用完了又放回去。用石碾碾出来的豆面、炒面什么的特别香，现在也不容易吃到了。

到了南方Q城以后，才知道这儿冬天与故乡的冬天有很大不同，没有了寒风凛冽，少了大雪纷飞，多了细雨蒙蒙，潮湿阴冷。北方的寒冷干脆、直接，甚至找个缝隙钻进衣服里，将你和厚厚的棉衣隔离开来，而南方的寒冷则是不急不慢，慢慢地透过衣服，透过皮肤，透过血肉和骨骼，直至人的五脏六腑，冷透全身。北方人和南方人性格的差异与这冬天不无关系吧。

如果你没有感受过凌厉寒冷的北风，那你就还不算了解冬天。每个冬天，有几处必然会被冻伤的——耳朵、手和脚。在外面不觉得，等到了屋里身体暖和过来的时候，就开始感觉到了，这三个地方开始痒痒起来，脚上穿着厚厚的棉鞋，不好挠痒痒，只好跺跺脚，自己用一只脚踩另外一只脚，手和耳朵就不一样了，往往忍不住去挠几下，那种又痒又痛的感觉，令人无可奈何。

入冬后，气温降得很快，不觉之间，院子里的水缸就结了一层薄薄的冰。拿起水瓢轻轻一敲，薄冰顿时碎了，一手舀起一瓢水，一手伸到水瓢中捏起一块薄冰，仰起头，放到嘴里，清凉立即传遍身体，等用这掺着少许冰的水洗漱完，从被窝里带出来的蒙眬睡意早已消失得无影无踪，转眼间，神清气爽，已经做好了迎接一天的准备。

等河里的水结了厚厚的冰，水缸就要被包起来以免冻裂。人们也不像往常一样随便泼水了，到了那时，水泼在地上很快就成了冰，不少人吃过随意泼水的苦头，摔跟头摔得痛了，再也不将用完的水在院子里到处泼洒了。河里的水结冰后，孩子们有了乐趣，放学后不急着回家，却成群结队地在村边的南河上滑冰，直到大人来到小河岸边变着脸低吼一声，这才不情愿地回家。

在寒冷的季节里，除了寒冷，美好的事物也不少。围在火炉边，烤花生、烤红薯，总也吃不够，明明肚子已经饱了，却还是忍不住再吃点。北方的冬天特别冷，寒冷的北风吹到人身上，吹得你耳朵和鼻子生疼。等把你收拾得差不多了，来一场美丽的雪，抚慰一下你。

当雪花飘飘的时候，大人们高兴，因为冬小麦不仅可以盖上"棉被"过冬，还可以获得充足的水分，来年的收成十有八九是不错了；孩子们更是高兴得跳了起来："下雪啦""下雪啦"。等第二天早上醒来，白皑皑一片，到处都是孩子们的快乐，亮得刺眼，亮得看不清路，亮得找不到方向。

下雪后每家每户都要扫雪，把院子和门前的路清扫出来，贪玩的孩子们一般都不愿意做的，但有一个例外，就是帮助家里没有年轻人的老年人扫雪，孩子们便一个个高兴得了不得，争相去帮忙，往往等这些老年人起来的时候，他们家的门前已经被清扫出了一条走路的小道来。大人们则在打扫好自家门前的路后扛着一把扫帚查看一下孩子们的劳动，在他们眼里，孩子做事是靠不住的。

有时候是先雨后雪，有的时候直接是纷纷扬扬飘起鹅毛般的雪花。不管怎样，老天爷绝不吝啬的，每年总会给我们几场大雪，让辛苦的庄稼人睡几晚踏实觉，也让孩子们在寒冷的冬天多个乐趣。有一年冬天，雪下得特别大，从早上就开始下，到了第二天早上还在下，从屋里出来，感觉地面一下子高了许多，看到如此厚的雪，我兴奋得一下子跳了进去，噗的一声，雪竟然没到了大腿根处，那场雪过了半个多月还没化完。堆雪人，打雪仗就不用说了，每次下雪都要这么玩。我们有时候会堆雪房子，堆好后钻进去当作自己的"家"，堆雪屋因为工程量很大，失败的时候居多，即使堆好了，也往往因为争抢着往里钻而导致雪屋塌掉。看着洁白的雪，犹如蒸馒头、做大饼的白面，忍不住捧起一捧吃上几口。雪融化在地上形成冰也是我们的乐趣，大人们走起路来小心翼翼的，我们却有了乐子，走两步滑三步，虽然没少摔跟头，还是感觉有趣得很。气温上升雪水融化沿着屋檐下滴，气温下降雪水结成长长的冰凌挂在屋檐上，上学放学的路上，从房檐上打下几根来作剑打闹，在扔掉之前还不忘咬上几口。

冰和雪，是故乡冬天里最美的事物了，令我常常怀念看雪赏雪，溜冰玩闹的那些日子，但我对故乡冬天的怀念却不只是它们。

花开少年路

〇 罗兴美（四川会理）

　　格桑花最近几年声名大噪，无论旅游景点还是私家小院，到处是它引人注目的倩影，它盛放得铺天盖地、五彩缤纷，引得人们顾盼流连、争相摄影。

　　我是在上了高中，接触网络后才知道，原来自己从小就非常熟悉的路边野花叫格桑花，也叫波斯菊。那些年目睹过它美貌的人还比较少，它是珍稀的物种，仅在固定的两个小地方冬枯春生。那时人们向往城市生活，乡村里的野花只有爱花的少女去欣赏、去爱护。那时的格桑花是寂寞的。

　　上大学后，我到了人们追逐的大城市念书。一次，有位同学拿着一张书签尖叫了起来："好漂亮啊！不知道这是什么花"？我凑过去一看，原来书签上印着格桑花，我告诉她这叫格桑花，也叫波斯菊，我家乡有两大片，一片长在我上小学的路边，一片长在我上初中的路边。那同学知道我家乡有许多这种花后，对我充满了羡慕之情，多次打听格桑花的特征、习性，再三叮嘱我假期回家一定要给她带一些种子来。可见，那时格桑花还长在深山人不识。

　　在我的小学和初中时代，格桑花是我见过的最美丽、生命力最顽强的花，它往往长在路边的荒坡上，遇到少雨干旱的年份，地里的庄稼向烈日低下了头颅，路边的格桑花却还郁郁葱葱。"自古逢秋悲寂寥",秋天的萧瑟滋生出许多伤感,可是我一直认为秋天是最美丽的季节,胜过春天,其主要原因是格桑花一到秋天就开得热热闹闹、红红火火,整个天地里只有它的艳、它的美,它的光彩遮盖了草木的衰败,描绘出另一幅美妙绝伦的秋景。

那时候我自己给格桑花取了一个很土的名字。它就像乡间的野草,随风播种,遇土生根,在贫瘠的土地上傲然生长,在无人问津的荒野怡然自得地绽放。这多么像村子里的姑娘,她们名叫杏花、桂花、桃花,那么随心所欲的名字,那土气的称呼里影射了她们不受重视,只是随着日月的旋转而成长,就像桃李开花只是为完成给人类奉献果实的使命。可她们没有在人世的悲凉中放弃自己,她们长得亭亭玉立,学得落落大方,在艰辛的泥土里耕种出了生活的希望,把自己的一生经营得像花一样,只要气候适宜,她们就是整个世界的主角,把别人的日子也映照得光彩夺目。

随着我离开乡村到城市求学,大学毕业后又在城市四处漂泊,最后在城市安家,我离故土越来越远,离记忆里的格桑花越来越远,我多次想过在冬天回老家寻一些种子到城市种植,却一直错失机遇。直到去年在城市的花园看到一片格桑花,才免除了心底的遗憾,我无比欣喜终于可以像小时候一样每年金秋都与格桑花来一次约会。今年秋天,习惯衣着随意的我兴致勃勃地打扮了一番,预备到公园与格桑花来几张亲密合影,可是到了老地方却寻不见格桑花的影子,只有三两株可怜地从茂密的杂草丛中探出瘦弱的身躯,被欺压得开不出花来。

偏爱乡野的格桑花一定是在城市人到乡村度假的大潮中被发现,被电脑和文件压弯了腰的城市人目光呆滞地来到乡村寻找自由和空间,他们一下子就被格桑花的美貌击中。他们在朋友圈晒出这意外的惊喜和收获,他们在百度上了解格桑花的历史和未来,他们把格桑花从乡村带到了城市。这些城市人把格桑花当成了天生丽质的农村姑娘,他们要带她到城市,为她换上时髦的新装,按照自己的审美眼光来塑造这位素颜的美女。在这些城市人的内心,他们想带走的是大山里的朴实、忠诚、宁静和与世无争,让这些美好去抚慰他们疲惫不堪的心。他们错了,假如一样东西会被轻易改变,那么最初的那些美好也会荡然无存,而只有鲜明地活成自我的事物才会永葆魅力。

今年秋末，我回了趟老家，鲜艳的格桑花依旧开满了那条路，我心中涌起一种失而复得的激动，它们曾开在我青春的路边，而今又守候在我的归途。冬风已经逼近，可这顽强的格桑花开得如日中天，开得无所畏惧，它盛开了整整一个秋季，还要笑着迎接寒冬，给冰冷的天地一抹艳丽和温暖。我猛然明白这片乡野之地才是它的归属，它之所以在城市昙花一现，完全是因为那里无法给它归属感，所以它只在那个驿站作了短暂的停留。

一花一世界，在格桑花的世界里，永远流淌着眷念故土的血脉，即便走到天涯海角，如果没有嗅到故土的气息，它便无法安居乐业。

我深爱的格桑花，它深情款款地等候在我这位游子归家的路边，在微风中舞动着身姿，把厚重的爱都装在肺腑里。我的回归只能是短暂的相守，诉尽相思后我又将坐上长途汽车，与它挥手道别。我终究不能与它厮守，不能陪它一辈子守住故土这块阵地，我只能带着它的品质去远方挣扎，扎根，争取盛放。

穿过银杏树叶里的秋

○ 吴贤碧（四川绵阳）

七月流火终于在那片泛黄的银杏树叶里渐渐降温了，望着窗外那淅淅沥沥的秋雨，丝丝雨菲斜斜密密飘洒，把思绪在雨中抖了又抖，涤荡漂洗后晾晒在爬满岩石的青青藤上；秋雨把梧桐树叶敲得滴答作响；把芭蕉梦打碎一地；把桂花灌醉浇香，阵阵幽香扑鼻而来！楼下小美女的琴声由单弦已弹成优美的和弦，声声入耳，和着那桂花香一起飘进心扉让人醉了！把银杏树叶洗得碧绿，让眼睛为之一亮，一场秋雨一场凉，水满秋池，那丝丝凉凉的秋意好似把我带进了童年的秋天……

一群嬉戏游玩的孩童，在一个秋的季节里，在一棵银杏树下杏叶铺满一地金黄，不知谁先开口叫了一声"捡钱啦"，第一个带头哄抢的我便在地上捡了起来！孩童们便蜂拥而至疯抢那片片泛黄的银杏树叶扮家家，抢完之后，便童声合唱："我明儿场，去赶沸水，找到那个刘主任，开张条子到北京！"再唱："一个黄昏的早晨，一个年轻的老人，手拿一把锋利的钝刀杀死了一个亲爱的仇人！"哄笑后各自把秋天抱进自己屋里，便躺在秋色怀抱里……

童年天真烂漫，无忧无虑，不知道一年四季有秋的季节，只觉得在捡金黄银杏树叶的季节里有一种说不出的落寞，心绪不宁，总觉得似丢了一样东西空落落的却又不知是为什么。秋雨愁煞人，别的小伙伴们笑声朗朗，我却怎么也笑不出来，直到我读了欧阳修先生的《秋声赋》才知道他老先生写的秋色竟是为我提早写了那份秋的心情！

从此不再喜欢秋天，秋风萧瑟，把绿叶变黄，把树叶扫落，秋雨把路面浇湿，把那颗童心淋透；秋让夏季丰腴的田野一下子变得瘦骨嶙峋，原野萧条，把思念散落一地，无从拾起；没有一点积极向上的蓬勃精神；庄稼的果实和秸秆早已老死不相往来，各自多愁善感地蜷缩在准备过冬的小窝里。

今秋，很是奇怪，突然喜欢上了这份多彩的秋色！

是因为你走进了我的秋天吗？

于湿地公园择一处小桥林荫，亭台小憩，一杯香茶，半卷诗书，阳光很温柔地撒下来，穿透树荫斑驳陆离地照在小径上，一圈一圈重叠无限，行人踩在上面好像又回到童年；摘片泛黄的银杏叶看秋的浸润；宠辱不惊，看庭前花开花谢；去留无意，望天上云卷云舒；五彩缤纷树叶各有层次点缀林间；听小溪潺潺流水，让思绪放飞绿丝垂柳；看佳人油纸伞下走进花街柳巷，裹紧旗袍的女子韵味十足留下一路芬芳，犹如戴望舒《雨巷》中的丁香姑娘，着实让人心旌荡漾！真想大书一笔！

好想，剪一段岁月共赴流年，借一支素笔书写秋色！

在静谧的秋色里安放一个蓝色的梦！

尘缘如故，秋色也如一颗禅意的释然，走过岁月的沉淀，将过往的时光折叠成一朵盛放的青莲；一份静中的安暖，守着阳光的安好，将岁月修炼成一只静美的蝉！

光阴易逝，隔着岁月的秋风，菩提树下，花开花落，心静如禅，寻禅的真谛！

在这个迷人的秋色里，你也是来寻禅的吗？你来了，来得那么真切，那么耀眼！那么热烈！是御风而起，遁地长行？

在一泓清澈见底的泉水旁，天边从黑夜瞬间变亮，一道金光由远而近，从天而降！拥我入怀，用你的头摩挲我的脸颊，万分高兴地对我述说人间大爱。这让我心情愉悦得难以复加！激活我全身细胞，让兴奋得像个小孩儿，似喝了罐蜜糖！

那是与前世相认，与今生相握！真值得浓墨重彩一笔！

是你在佛光悠扬声中读懂了心灵殿堂，在三生石上找回了前世轮回，多少让人有些痴人说梦！

我在红尘中苦苦修为：红尘是一场修行苦怨，走过芸芸的万水千山，才会参透菩提真言；人生是一次温馨求忏。七情六欲初牍亏欠，但去佛化的喜怒哀乐，终于来到莲花座前，放开事务放下释缘，即使因果一生来还……

人生是一场历练修行！

前世，我点一盏青灯于莲花座前！你打马路过只因那一瞬间，留下那三生三世遗憾。今生，我于春天备茶，秋天裁剪，在那片泛黄的银杏树叶里看见你前世的影子微醉走来……

在金秋银杏树叶里聆听你那么熟悉的声音，仿佛空灵天外，于是我便喜欢有声音的文字，想用最优美的文字传声于你，便开始了学习吟诵朗读。

在一个秋的下午，在飘香的桂花树下，我叠字成诗，采念成词，码字成书。厚厚的几本书里写有温度的文字都关乎于你！

今秋的快乐重复叠加，于秋天的色彩一层一层遥相呼应，似万花筒般五彩纷呈让人开心无限，缘于你已进住我的心田！

秋是一首诗，韵脚是秋雨，静谧泛黄的树叶是词牌，秋色是平仄韵，在这个秋的季节里，唯你给我留下太多留白。却仍喜欢在留白中寻找你的影子，在留白中涂鸦我们的人生；让思念在秋风中泛滥，泛滥……心里却喜欢那份孤芳自赏的孤独！

于是，我提壶酒，微醉绯红，笑妍满面，大声吟诵"无酒不成礼仪，无色路断人稀……"我也算是'色'吗？也在为秋天增加秋色吗？有些恍然，拈花含笑后便酩酊人醉于花前月下……

礼 物

○ 耿成竹（安徽合肥）

1975 年春天，我高中毕业就去苏北乡村插队了。起先是在一家社办企业养蚕，我们蚕桑场，每年养四季蚕，分配方案是：盈利上交人民公社，由公社补助粮食给我们吃，职工每天劳动记工分，年终结算，平时不发工资。

养蚕需要掌握恰当的时间去蚕室撒桑叶。同事们都戴手表，只有我一个人没有，因此，我就写信给远在千里的父亲，想要他买一只手表寄给我，结果，他迟迟没有回信。过些天，我又去了一封信，半个月后，我终于收到了父亲的来信，信封鼓鼓的，是用小毛笔写的，一共 8 张纸，信里教育我的话，当时我全都没看进去，只有结尾那一句让我至今记忆犹新，那就是："从来就没有什么救世主！"

不就是要一只手表吗？给就给，不给就罢了，什么叫"从来就没有什么救世主"？这难道是一个父亲应该对他的亲生女儿说的话吗？至于那么刻薄吗？真抠门！我心里这样想道。

要说他抠门，好像又有点冤枉。我小时候听奶奶说，父亲参加工作以后，有一次大冬天回家探亲，看到一个衣衫褴褛、冻得直哆嗦的讨饭人，他毫不犹豫地脱下自己的棉大衣给那人穿走了。对素不相识的乞丐都能那么大方，对自己的女儿为何这样小气呢？真的是"有后母必有后父吗？"我越想越伤心！

20世纪60年代初，我的父母由于特殊原因分开了。不管怎么说，我是判给父亲的，有困难的时候，我不找他找谁呀？

三个月以后，父亲回老家去探望我的奶奶，顺便到我下放地点看看，他见到我时，从自己的手腕上摘下一只"钟山"牌手表，硬要给我戴上，他说这是他好多天不吃早点省下的钱买的。我不以为然，那样的手表在当年也就值30块钱，而他当时已经是一个副县级干部了，还是全国著名作家。

打那以后，我长了志气，一切都自力更生，在蚕桑场养了一年的蚕，没有得到报酬。后来我毛遂自荐参加了公社的工作队。在工作队里，每个月有24块钱生活费，除了交伙食以外，我还有点零花钱，第二年又被县里的工作队选拔去，我还被评上了优秀工作队员。

招工进城以后，我在工厂里当电焊工。利用业余时间上函授大学，我挤时间读书，并努力学习写作，陆续在报刊上发表了一些作品，5年以后，我就跳槽了，从电焊工的岗位被调到了总厂教育中心搞文字工作。后来，我结婚、生子、买房等，都从来没要父亲资助过。

只是，只是在我50岁生日那天破例了：那天中午，父亲买了2斤"长寿"牌挂面带到我家来，那是他第一次来到我的新家，一进门看到我的房子装修得比较漂亮而又舒适，他笑容可掬、赞不绝口。中饭后，他又看了我发表过的几篇文章，特别是看到被选进安徽人民出版社出版的文集里的那篇小小说时，他脱口而出："嘿嘿，还真像模像样的咧！"然后，他又语重心长地说："人生就是要靠自己去努力。这样，今后，我对你就放心了！"听了这句话，我豁然开朗，情不自禁地拱手作揖，说了声："谢谢爸爸！"父亲的眼圈似乎有点红，他从内衣口袋里摸出400块钱塞给我，我推托，他说："拿着吧，50年才一次。下次，等到你80岁，我再来给你过生日。"我说："那太好了！爸，您说话要算数哦。"他伸出小手指与我拉了钩。

在家在外，向来一言九鼎的男人，这次他说话没算数，两个月以后，父亲就驾鹤西去了。但他说的那句话："人生就是要靠自己去努力"，我记住了，这是父亲送给我最好的礼物。

秋之韵

○ 钱声广（四川成都）

　　白露一到，秋的脚步也就随之而至。起初，只是沿着山峰由高而低，给一些灌木慢慢地披上秋装。渐渐地，阵阵秋风吹过，秋的色彩就越加浓烈了。《诗经》云："蒹葭苍苍，白露为霜。"节令至此，正当仲秋，风轻云淡，天朗气清。这都是秋天独有的风韵。

　　对于秋，自古以来，许多才情卓绝的诗人写下了无数构思奇妙、意境优美的咏秋诗篇，但大多弥漫着忧伤的味道，因而也就有了自古诗人多悲秋的结论。《红楼梦》里的林黛玉，她在《秋窗风雨夕》中写道："秋花惨淡秋草黄，耿耿秋灯秋夜长；已觉秋窗秋不尽，那堪风雨助凄凉。……"诗写得很有才情，可是把秋写得太阴沉萧索、凄凉落寞了。北宋时期政治家、文学家欧阳修在他的《秋声赋》中，把秋描写成："其色惨淡，烟霏云敛；其容清明，天高日晶；其气栗冽，砭人肌骨；其意萧条，山川寂寥。故其为声也，凄凄切切，呼号愤发。……"不难看出老先生是借秋浇愁，感慨宦海沉浮、人生苦短的"悲秋"情愫。

　　秋天，在我儿时的记忆中，一直是最美的。似乎它的凉意、萧瑟，丝毫没有浸染过我的心境。它给我的印象，始终是村前潺潺流过的清澈小溪，两岸绿树间夹杂着的片片秋日红黄，还有成片的荻花白絮。天高云淡时，不时有成群的大雁从村子的上空飞过，正如儿时的语文书中描写的那样，一会儿变成一个"人"字，一会儿变成一个"一"字。每每这时，总能感受到村子里充满了无穷的灵气。那时，我们几个差不多大的小伙伴，争相背诵唐代大诗人刘禹锡的《秋词》："自古逢秋悲寂寥，我言秋日胜春朝。晴空一鹤排云上，便引诗情到碧霄。"这是语文老师在课堂上教我们的。老师在解读这首诗时，那飞扬的神采至今仍历历在目。那振翅高飞的鹤，在秋日的朗朗晴空中，排云直上，矫健凌厉。正是鹤的这种敢于冲破云霄的精神，使得读诗的少年心胸开阔，精神振奋，并一直激励着我们前行。现在回想起来，每个人成长的路途上，都曾驻留着老师的身影。

我爱秋天，就像当代著名作家峻青在他的《秋色赋》中所言："秋天，比春天更富有欣欣向荣的景象。秋天，比春天更富有灿烂绚丽的色彩。"是的，人们在赞美秋天的时候，总喜欢用"金"或"金色"来形容它。金是贵重之物，金色是富贵之色。在这金秋时节，沐浴着金风玉露，大自然变得更加韵味无穷，仪态万千。

我去过内蒙古的额济纳，那里的胡杨林此刻正进入金秋最美时节，美得如同油画一般。有人赞美胡杨是英雄树，它代表了生命的顽强和坚韧，既能在烈日下娇艳，也能在严寒中挺拔。在这深秋时节，它一面无畏地抵挡着大漠风沙的侵蚀，一面无悔地绽放出生命的美丽芳华。胡杨不仅让人领略到大自然激越壮阔的美，更能让人产生迎风而立的高昂斗志和无畏精神。人们赞扬胡杨是"生而不死一千年，死而不倒一千年，倒而不朽一千年"。只有当你站在那飒飒秋风中，和胡杨一起接受秋天的洗礼时，才能深切体会到这一句生命的礼赞。

我到过四川巴中的光雾山，秋风把满山遍野的森林丛木梳理得层林尽染。人行至此，如在画中。那种"霜叶红于二月花"的浪漫和精彩纷呈的生命韵律，倾倒了多少文人墨客、骚人雅士。当你拾级而上，择一高处，俯视前方，光雾山的浓妆淡抹，层峦叠翠，会让你心旷神怡、感慨万千。沉浸其中，纵使胸中有许多烦闷焦躁，都会一下子平静下来、开阔起来。那令人陶醉的浓浓秋色，那让人满怀敬意的满山红叶，还有什么能与之比拟的呢？

我曾走进皖南山区，那里的秋是硕果累累的。山中的野菊花在秋阳中肆意绽放，菊的清香和收获的甘甜浸润着乡村的坡坡坎坎、粉墙黛瓦和路上行人。而深深呼吸则又能嗅见新一轮耕耘的气息。行走在山区错落有致的村落里，就如同游走在都市的画廊间。暖阳里，老乡们把秋收的果实晾晒在自家的房前屋后，五谷杂粮在阳光下显得五光十色，场面尤为壮观和喜庆。置身于"晒秋图"中，你就会真正理解栉风沐雨、春华秋实的意境，那是对生命价值的认同与追求，也是不与世俗同流的超脱充盈，任凭自己的情感在秋天里奔放。

哦，秋天的景色是美不胜收的，秋天的韵味也是说不尽道不完的。此时此刻，秋天正舞动着如椽之笔，挥洒着秋的风采、秋的辉煌，谱写着秋的韵律、秋的华章。秋之韵，如同一曲曲高昂奋进的乐章，敲击着人们的心房，令人陶醉，充满遐想。秋天虽然没有春之绚烂、夏之狂热、冬之静谧，但它却处处显示出自己独有的厚重与成熟，犹如人到中年，蜕去生命的稚嫩，拂去凌乱的心绪，厘清杂芜的思想，在这秋高气爽的人生之季，正好御秋风而行，谱写自己生命的金色华章。

秋天，到盘锦来看云

○ 张西云（辽宁盘锦）

北方的天气，就像北方人的性格一样分明。

春夏秋冬四个季节切割清晰，相互之间不缠绵，不暧昧，也不纠结，严格遵循着四时的分工，呈现着各自的特点。一点也不像中原某些地区，时常温度交叉，最易让人忘了季节。

北方的四季，我最喜欢的是秋天。尤其喜欢我现在居住的城市——辽宁盘锦的秋天。

立秋之后，天空陡然变得高远而空旷。天上的云彩也变得飘逸、绮丽，让人留恋眷顾。所以，我喜欢看秋天的云彩。

看秋天的云彩，最好是在午后时光。

经过中午的小憩，神思不再倦怠，静坐一隅，清茶一杯，诗书一本，随意翻开一页摊在面前，隔着落地玻璃仰望空中，看白云儿飘来拂去，悠悠远远。摊开的书，最好是老树的作品，色彩艳丽的水墨画加上寥寥数语的诗文有些古风古韵，画风优美、诗句简洁且回味寻常。如看云的间隙低头恰好瞥见书中"一湖秋水寂寂，无边蒹葭苍苍""眼前红尘万丈，心中一尺丘山"，心里便会生出绵绵的柔美。

秋日北方的天空，并不总是湛蓝湛蓝的颜色，经常是浅色的月白。云彩也不常是层层依叠、前呼后拥。相反，云朵儿时常是稀疏的，随意分散开来。乍一看，云朵之间遥遥相望、互不相连，仔细看时却藕断丝连，千丝万缕，各自缓缓移动，前行、后退，相互靠近，又彼此分离。

随着移动，云朵儿的形态千变万化。刚看时，像奔腾疾驶的骏马，像山涧小溪淌过的岩石，像万山呼啸的丛林；再看时，也许就像扇动着双翅的天使，像腰间系着围裙低头吸水的妇人，像沃野千里的平原……真是"看山像山，看水像水"，任你的思绪联翩，浮想联翩，不由让人想起"黄鸟情多，常向梦中唤醉客，白云意懒，偏来僻处媚幽人"的词句。

如果在野外看盘锦的云彩，则是另外一番景象。

盘锦境内大大小小的22条河流，分插在稻田里，阡陌纵横；55608公顷的苇田碧波荡漾，一望无际，成为世界第一芦苇荡；无数株碱蓬草从春天到秋天，经过海水的浸泡由嫩红变为深红，一株株、一簇簇、一丛丛形成天下奇观"红海滩"；31.5万公顷的湿地被誉为"地球之肾"；236种鸟类包括丹顶鹤、黑嘴鸥在国家级自然保护区内上下飞跃、自由翱翔；河蟹、大米正逢肥美时节；如果赶上每年举办的国际马拉松比赛，参赛人员身着统一的浅绿色服装奔跑在新修的五彩道路上，到处呈现出蓬勃向上、丰硕收获的景象。

此时的云彩，悠然飘浮在空中，和金黄的稻田、碧绿的芦苇荡、鲜红的海滩和周围白墙黛瓦的徽式民居，形成一幅浓墨重彩的图画，鲜艳而笃定。此时的云彩，就像北方人的性格悠然而洒脱、热情而包容、坚定而通达。

如果午后没有闲暇时光，也可在夜晚看云儿。

静坐一坪草地，或在自家阳台，看月亮在夜空中徐徐升起。

秋日的夜晚天空清冷，栗冽，天空的颜色也蓝了许多。云朵儿在天空中行走，随着你的思绪、你的想象渐远渐近，时而组合成田园牧歌，时而绘制成山川河流；时而闲适，时而壮观。偶有露珠落在身边植物叶茎上，"滴答滴答"的声音和墙角蛐蛐的叫声，给夜色增添了几分秋日的寂寥和静谧，很快让人进入"心与竹俱在，云与念同静"的状态，使人沉浸在山中古木，云松深处的遐想中。白日里因世俗凡念引起的不悦，在此时看来也不过是天际边一片流云而已。

即使到了西风渐起的晚秋，天气呈现出烟菲云敛之态，但北方的云朵儿依然故我，淡然飘浮。

如果有风，也许会凄凄切切、呼号奋发，疾驰在林间树梢，但只是给植物涂上艳丽的色彩，如火红的枫叶、金黄的银杏叶、路边不知名的树叶和花草也被秋风染色，就连小区楼房上郁郁葱葱的爬山虎也会在一夜之间变成殷红色，在风中摇曳。因为这里没有密林，较少阔叶植物，即使有秋风刮起，也断不会发出欧阳修在《秋声赋》中所描述的"锹锹铮铮，金铁皆鸣；又如赴敌之兵，衔枚疾走，不闻号令，但闻人马之行声"。

晚秋，北方的云儿高挂在空中，俯瞰万物春生秋实，季节更迭的自然变化，品味着诗人"西风紧、黄花瘦"的感怀，颇有些"宠辱不惊，看庭前花开花落；去留无意，望天空云卷云舒"之态。

如果秋风到了"草拂之而色变，木逢之而叶脱"时，已是秋末初冬的季节了。北方的天空也将会飘起冬天的云彩，那将是另外的一番景致，与秋天云儿的意蕴各不相同。

只有看过北方秋天云彩的静美和飘逸，才能给人长久的回味！

秋天的竹林深处

○ 王子文（云南大理）

　　连着下了几个月的雨，老家门前的那片竹林依然青翠葱郁，竹香沁脾。边上的几棵被往日的狂风暴雨扭折，父亲把它们修剪出来，打算用来编制农具。我原本想去帮忙修修剪剪、打打下手的，可父亲硬是不让。

　　刚吃过早饭便觉闷热难耐。炙热的阳光利用了近两天的时间，仍然没有能够把湿漉漉的大地烘干，相反，倒是把初秋的清凉舒爽烘得滚烫。虽然已是寒露时节，灼热的阳光下，还像盛夏那样蒸热难当。整片竹林里除了父亲挥舞刀具修剪竹枝发出铿锵有力的声响外，连薄如蝉翼的竹叶也都纹丝不动。我茫然站在家门口离父亲劳作不远的地方，看着父亲满脸的汗水，却始终没能插得上手。于是，我回屋拿上路遥的《人生》，径直朝竹林里走去。

　　竹林里铺着一层软软的、厚薄相宜的竹叶，平整而均匀。有往年枯落的，也有前些天被风雨摇落的，踩上去不声不响，还能避免雨后的泥土弄脏鞋子。越往深处，竹子的清香越宜人，终于找到了秋天里清爽的感觉。阳光碎了一地，紧随我漫不经心的脚步追逐着、闪烁着。

　　竹林深处有块大青石板，是我小时候和邻居小伙伴们的乐园。阳光穿过竹叶漏下来，洒在上面，斑驳陆离。记得顽皮的我，曾在上面刻下些什么的？如今大都被风雨销蚀了，刻印稍深的也被苔藓遮盖了。我倚着它坐下，追忆了一阵童年的美好和荒诞，仰头对着零星洒在脸上的阳光回味着童年的时光。好些年没有到这里来过了！也有好些年没有再次见到过童年时的玩伴儿！一阵感慨过后，我不由自主地翻开路遥的《人生》上次折了页脚的那一页。不知不觉，进入了高加林和刘巧珍的感情纠葛中。

突然，一声惊雷把我吓了一跳！要不是风把竹林刮得呜呜作响，还有父亲在叫我的名字，我还深深地沉浸在书中。我站起身，父亲已经来到我跟前。"走，回去了！"他说着，笑呵呵地在我眼前晃动着两个竹筒——里面装满了正在蠕动的竹虫——我不由得一阵惊喜！我小时候最爱吃这个，然而，已经好多年没吃到过了。这么多年，自己回家的次数屈指可数。

跟在父亲身后，细碎的阳光洒在父亲斑白的两鬓，洒在他微驼的脊梁和那双刻满划痕的手。我羞愧地望着，内心充满了自责。天色又暗了许多，惊雷轰鸣，疾风阵阵。从竹林深处走到家门口不过百米，而我似乎走过了我的童年至今的人生旅程。

消逝的声音

○ 贾 海（四川南充）

再也听不见故乡那些儿时熟悉的声音了。

我出生在川北一个偏僻的小山村。山高、路陡、树多，有堰塘，有稻田，有山石。堰塘可以蓄水，用来灌溉稻田；巨石可以打成形，用来砌堤，用来修房子。

我家门口有一方堰塘，水很深，喂了许多鱼，幽蓝幽蓝的，很怕人。但我们小孩子还是胆大，经常去塘里洗澡，在旁边钓鱼。这不免招来大人们的责骂。万一有个三长两短，该怎么办！给我印象最深的，还是儿时村民们修堰塘和石匠们打石头的情景。

我出生在20世纪70年代。那时，没有挖土机之类的建筑工具，挖土，修堤全靠人工。用人挖土，用人抬石头，修堤时，用重重的石头压土，村民们喊出号子，这叫作打夯。村民们把一块大石头打磨成一个圆柱形，中间凿一个洞，再用精致耐用的木头穿过洞，两边留一截，用于人手抬石柱，然后几个人将圆柱形石柱抬起很高很高，再放下来重重地压在土上。老家的堰塘很深，村民们挖了近几个月才挖了个坑。修堤是通过打夯来完成的，每打一次，村民们就一起喊："哟嗨哟嗨，哟嗨哟嘿，哟嗨嘿着哟，哟嗨嗨喝，嘿一着……"那声音，久久地回荡在村里上空，悠扬而绵长。我们小孩子爱学大人们打夯的号子，觉得很刺激。哪知，这号子，伴着村民们度过了几多艰辛的岁月！村民们挽起袖子，卷起裤腿，穿着烂胶鞋，或者干脆赤膊裸身，号子激越，汗水淋漓。为了修这方堰塘，为了灌溉稻田，村民们付出了多少艰辛！

家乡山上有很多石头，村民们往往用来砌堤和修房子。但自然生长的石头是不成形的，还得在山上把它们打磨成条石或石板，然后用人工搬回家拿来用。打石头的工匠称为打石匠。他们大多身体强壮，有凿石的技艺。一块石头先被凿出若干小洞，然后把钢钎嵌在其中，用铁锤从空中落下狠狠地击打，直到石头被开裂成若干小块或石板。一块巨石变成一块块有用的条石或石板，往往需要石匠们辛苦劳作好几天。在打石头时，石匠们举着高高的铁锤，口中喊着："嘿着，钻去！嘿着，钻去……"那声音悠长而充满力量，响彻整个山村。为了打石头，石匠们在山上要住上很久，酒饭都是主人送上去的。记得那年我家修房子，要打石头。父亲请了一批石匠，又是给工钱又是拿烟供酒。我和母亲送菜送饭送酒送了十几天。每次走近石场，我都被石匠们那有力的号子声吸引，不知不觉跟着喊起来，真带劲！看着那圆圆的铁锤准准地击打在钢钎上，然后石头按着规定的线路开裂，我好羡慕，好佩服。我跟母亲说，我长大了也要当石匠。母亲生气了，对着我说，没出息，石匠的活儿是笨重的体力活，你一个四肢无力的弱身子，还是读书的好，将来走出这贫穷的山村，做一名大人物。听到母亲的话，我有些茫然：石匠不是挺好吗？有吃有喝，还受人尊重。后来，我才明白母亲的话，明白了母亲的良苦用心。小山村的生活是艰苦的，尤其是那些石匠，由于长年累月劳累，不分干湿，大多患上了劳力病或者风湿病，很痛苦，收入又不高，一年到头没盼头。母亲怎么能让我长大后当石匠呢！虽然，石匠并不显赫，但他们的韧性，真正地感动了我。我敬重他们！在我们农村，没有石匠的劳作，哪能修防洪的堤和建造房屋！当时，山村每家每户修房造屋都离不开石头啊！

在求学、工作的岁月里，我始终忘不了那些修堰塘的村民，那些打石头的石匠，那激越的号子声。我生于农村，属于土地，我的根，我的魂在农村。是那些人儿，感召着我，影响着我，让我在岁月的风浪中学会了坚强、忍耐和坚持。那些号子声，是小山村的心音！

今年春节前，我回到了阔别已久的老家。山里的那些树依然，那些草依然，那些石依然，那方堰塘依然。那些青青的土石瓦房却几乎看不见了，取而代之的是高耸的砖木结构的楼房。一排排，白白的，井然有序，很是优雅美观。老家小山村已变成了社会主义的新农村。我叹然。虽然楼房林立，但山村里非常寂静，很少有人出没。据说虽然建起了新农村，但很多村民在城里买了房子，到城里去过年了。村子里土地荒芜，杂草丛生，以前的山路已找不着了。听在家的乡亲们说，那些石匠，那些打夯的人都已年老体衰或是离开了人世。再也见不着儿时那些辛苦的人们了！再也听不到那令我魂牵梦萦的声音了！那是我的乡音啊！

老家修了公路，公路是用挖土机等现代工具完成的。修房子也用不着多少石头了，用的是砖木。再也不打夯了，再也不打石头了。这是现代文明带来的结果。机械代替人工，不能不说是人类巨大的进步。然而，在拥有现代文明的今天，我们是否就该忘记那段似乎有些笨拙的记忆？不要忘了以前的那段经历，那是你为结下果实而付出的血和汗。不要忘了你的故乡和乡亲，那是你的根，你的魂。不要忘了那虽已消逝却仍依恋的乡音和那一缕缕乡愁！

向日葵的命运

○ 梁冬梅（吉林长春）

　　夏日午后，走在回妈妈家的路上，只见满眼的金黄色，各家房前屋后院墙外都种着向日葵，我就像走在花的走廊里。今年这是怎么了，都种向日葵了。有的正盛开着，随风摇摆着，扬着幸福的笑脸，好像在欢迎我回家。"月瓣团栾剪赭罗，长条排蕊缀鸣珂。倾阳一点丹心在，承得中天雨露多。"花儿那么阳光，我的心也充满阳光，我的思绪就像只蝴蝶在花丛中飞扬。

　　关于向日葵，西方曾有一个凄美的传说。克丽泰是一位水泽仙女，一天她在树林里遇见了正在狩猎的太阳神阿波罗。她深深为这位俊美的神所着迷，疯狂地爱上了他。可是阿波罗连正眼也不瞧她一眼就走了。克丽泰热情地盼望有一天阿波罗能对她说说话，可她却再也没有遇见过他。于是她只能每天注视着天空，看着阿波罗驾着金碧辉煌的口车划过天空。她目不转睛地注视着阿波罗的行程，直到他下山。每天每天，她就这样呆坐着，头发散乱，面容憔悴，一到日出她便望向太阳，后来，众神怜悯她，把她变成一大朵金黄色的向日葵。她的脸变成了花盘，永远向着太阳，每日追随他，向他诉说她永远不变的恋情。

　　向日葵虽很普通，也许是沾了凡·高的光使很多人喜欢它。凡·高笔下的向日葵不仅是植物，而是带有原始冲动和热情的生命体。凡·高1888年创作的名画《向日葵》，是其最著名的代表作之一。在这幅画中，他用简练的笔法表现出植物形貌，充满了律动感及生命力。整幅画维持一贯的黄色调，只是较为轻亮。这幅画被认为是凡·高在黄色小屋里面的最后一幅大型《向日葵》。

向日葵向阳面而开的花，开起来像阳光般灿烂，颜色里已经充满阳光的味道。天阴下雨都不重要，不抬头也知道你在照耀。向日葵失去了太阳，就失去了旋转的目的和方向。

入夜，雨闹了一宿，雷公电母也纷纷登台，给久旱的大地以心灵的抚慰。

清晨，我还没有起床，妈妈就兴奋地喊："冬梅，快上外面看一看，这雨下的哪都是水，都快连到王淑杰家了。"我赶紧起来，雨后的早晨，蛐蛐还在曜曜……曜曜……叫着，鸟儿叽叽喳喳地叫着，远处传来鸭子嘎嘎叫声，汇成清晨交响曲。

阳光透过树的缝隙，发出耀眼的光。花儿更艳丽了，脸上还滚动着两颗露珠，在阳光的照射下，如钻石一样熠熠生辉。我欣赏着它们的美态，多想自己就是那朵带雨露的花。推开院门，这简直就是一片汪洋，面前就是一面大镜子。路边邻居家的一棵向日葵的倒影那么漂亮，它圆圆的脸庞，金黄色的外衣，身体比较丰满。一棵有几十朵花正盛开着，它们互相拥挤着嬉戏着，后面的伸长脖子在看水中的自己。平时风吹日晒，每天追逐阳光，看不见自己长啥样，它们还是第一次看见自己的面孔。我的耳旁似乎响起了它们的声音。有的说："啊，原来我这么漂亮。"有的窃窃私语："看，那棵料吊子花，弯腰驼背瘦瘦的，穿了件破粉衣裳，就像捡破烂的。"有的说："还是咱们漂亮，谁也比不上咱们。"水中没有倒影的向日葵都默不作声。料吊子花装作没听见，仍然低着头在想着自己的心事。这棵向日葵花在感谢着这场雨，希望地面上的雨水永远不要消失。它的影子，永远在水中，它就可以永远高傲得不可一世。

向日葵、水中向日葵的倒影、房屋、电线杆、鸭子的倒影，组成了一幅清新的田园画。疑是天上掉下来的一幅仙画，柔得我心都醉了。

我拍了一张又一张照片，近镜头的，远镜头的。进屋给妈妈看，妈妈说："这是哪儿啊？好漂亮。"我说："咱邻居家门口的那棵向日葵，倒影多漂亮。"

从那之后，每次我路过邻居家门口时，我都会多看几眼那棵向日葵。它也不看我一眼，还在那张扬着。

几天后，我从街里回来。路边小山一样的垃圾堆散发着臭气，流淌着脏水，成群的苍蝇在那飞着，我掩鼻而过。可是，门口那个向日葵不知被谁给砍了，只剩下个根茬子露在外边。那根还那么健壮，还带着那种浅绿色。我纳闷心里有些伤感，我家门口的花草也被拔了一地，那棵料吊子花却还在。

进屋我就问妈妈："谁把咱邻居家的向日葵和咱家门口的花草给拔下去啦？"妈妈气愤地说："别提了，听说上面环保组来检查工作，大队那帮人就把路边的花草给拔了，说影响市容，都被砍下去了。要砍咱家的向日葵，我说看你们谁敢砍我家的向日葵，是我自己种的。谁敢砍我的向日葵，我就跟谁没完，他们就没敢砍。"我说："向日葵长得好好的，多漂亮！雨中倒影有多美，还没结籽呢，就给砍了。大垃圾堆咋没人管呢？花草咋碍着他们啥眼了呢？我若是在家，我肯定给他们上堂课，垃圾堆不管，砍人家门口路边的花草做什么？"

那棵张扬的向日葵，我似乎看到那些人来的时候，她想慌乱地逃，可是能逃哪儿呢？我似乎看到一刀砍下去，它溅出的血液，将大地染红。它的躯体被拉走、扔进垃圾堆里。悲哉，向日葵！

不起眼的料吊子花，躲过了一劫。它的穗子上有的已经结成了黑色的籽。籽有的落在地上；有的落在水沟里，明年春天的时候，它还会长出一棵棵新苗。

我喜欢默默的向日葵，高高昂起的花盘和舒展的叶片，总给人向上的力量。就算它在破败的叶子间凋谢，它也是迸发出潦倒的艳丽，无声地记述着太阳的光辉，用微笑诠释着心中隐藏的悲伤……

暖　秋

○ 李毅梅（广西南宁）

　　一场秋雨，纷扰了我的心绪，静静地依在轩窗下，心里有些许感慨，到底是秋天了，柔柔的风，蓝蓝的天，淡淡的云，真是个怡人的秋！静坐在秋里，看一抹秋色，听一片秋声，洒一帘秋雨，揣一怀诗意，醉看云卷云舒，心情也渐渐开阔了，秋风摇曳出时光的诗意，和着秋韵，我在轻柔的风里用文字轻轻回忆，吟出缕缕的相思。

　　喜欢南方的秋天，天空澄澈碧蓝；喜欢南方的秋天，白云高远纯净；我亦喜欢南方的秋天微雨过后的晴朗。当霜林染醉的时候，嗅到了秋天的味道，醉人。而我却独独不喜欢那随风飘落的残叶，入眼，满是忧伤的惆怅。让人莫名地沾染些许遗憾，些许荒芜。

　　记得我们邂逅在秋天，你说你喜欢秋的静溢，秋的温情，秋的味道，更喜欢与我一起读秋。你眼里的秋天，没有春天的妩媚，没有夏天的火热，没有冬天的冷酷，这秋天的况味，像极了完整的篇章，把四季的韶华集中在一起，生出暖暖的诗意。

　　我们隔山隔海，每当夜幕降临的时候，我端坐在电脑前，用指尖敲打键盘，你的名字便游走在荧屏之间，无数个夜晚，枕着唐诗宋词入眠，眷恋就在梦里，暖暖绽放，一朵馨香，一朵诗意！煮字问菊，菊不语，只在初秋静静地欲放；轻语问诗文，诗文不语，只在青花古韵里蜿蜒前行；倾心问墨香，墨香不语，只在缕缕飘香里享受着纯真安逸。我为你写就一句句、一段段、一篇篇醉心的文字，凝成永恒。于是，我追逐你的足迹，来到你居住的城市。

你是个细心的男子，我在列车上，你短信就陪伴了我一路。你告诉我，在列车上坐卧铺，上下铺时要注意安全；上厕所、吃饭的时候要拿好钱包；尽量不要跟陌生人交谈。当火车快到站的时候，你又短信为我指路，耐心细致地告诉我怎样坐公交车、怎样坐地铁、怎样打的？当你接到我的时候，长叹一声，把我紧紧搂在怀里，久久不愿放手，仿佛等待了我千年之久。

有你的日子充实而富有诗意。早上，你总是变着花样给我做早餐，面条、粥、包子、粉……在锅碗瓢盆的交响曲中，我静静地看着你忙碌，你温文尔雅的脸上，挂着暖暖的笑容。

你工作忙碌的时候，我就在旁边静静地看书、写作。你怕我寂寞，每工作一段时间便会停下来，与我深情对望，询问我写作的情况，给我一些小建议，幸福的味道弥漫在你我之间。

我最喜欢每天的下午，我们会到大自然去读秋。让我不能忘的是秋雨，它绵长、多情，像极情人的泪，一流就是好几天。于是，我们就在伞下听雨，沙沙的雨声，总有别样滋味在心头。我们一起在雨中漫步，你为我打着伞，雨水有时飘到我的头发、衣服上，你会很细心地为我擦去，然后深情地凝望着我。秋雨，弥漫着一种情调，渲染成一种氛围，镌刻成一种永恒的记忆。仿佛冥冥之中，我就是在等你这个雨中人。

这个秋天，因为雨的莅临，把世界装点得千姿百态；这个秋季，因有你变得很温馨；这个秋天，因为一份对文字的执着，把心与心的距离拉近；这个秋天，有一种温暖，是来自我们心灵的共鸣。

无雨的时候，凉风荡涤着肺腑，如天籁般拨动着我们的心弦。一泓流水，一弧丝竹之音和鸣，让人读出了惬意的闲适。秋之美无处不在，秋之美无时不在，清风里，偶尔有一片树叶落下，被风吹着跑，更为秋增添了一丝情趣。秋风吹起我的长发，亦有一种飘飘然的感觉。

秋月朗朗，我们会在月光下品秋，用心感知一叶秋的微凉，用情触摸一味夜的惆怅，用爱轻捻一句诗的沧桑。你总喜欢在月下泡一杯茶，在茶香袅袅的缭绕中，将一首音乐循环播放，将我们放逐在文字中，静守文字之美，把心中的爱恋，情谊，在茶韵悠香中斑驳成流年里厚重的记忆。

我们都喜欢写诗，更喜欢读一些暖心的文字。记得有一次，你给我读林语堂先生的《秋天的况味》"大概我所爱的不是晚秋，是初秋，那时暄气初消，月正圆，蟹正肥，桂花皎洁，也未陷入憔烈萧瑟气态，这是最值得赏乐的，那时的温和，如我烟上的红灰，只是一股熏熟的温香罢了。"

是的，林语堂独具慧心，喜欢这暖秋。在北方，秋天是凄冷和寂寞的，到处是一片枯枝败叶，连绵不断的秋雨，连成悠长的梦，尽情地挥洒着绵绵的忧伤，仿佛要将一季的悲凉完全释放。但在江南，暖暖的初秋，让人感受到了一派温香，秋天正是丰收的季节，漫山遍野的花草树木依旧郁郁葱葱，田里的稻谷缀满枝头，农家小院的瓜果喜人。这样的秋，更增添我们之间的情愫。

于是，在暖暖的秋风里，你在黄灿灿的稻田旁，你在红彤彤的石榴下，你在黄澄澄的橘子边，你在唐诗宋词的平仄里，你在楚辞元曲前，你在秋色、秋水、秋月里……你带给我多少遐想和憧憬啊。

喜欢在星月对语中轻轻地念着，感动于心与心的交缠，感叹茫茫人海中，能与你相遇、相识、相知、温暖、融化，是一件多么幸福的事。我轻轻地将心上的缘，梳理成醉人的秋香，张开一双温暖的手，以一颗清净的心，去拥抱宿命的邀约。让一颗洁淡如水的心，在一帧未打开的宁静里，如影随形，朝夕相伴。独处时，芬芳碎语，都化作点点诗行，寄与时光，寄与你，寄与这段静美流年……

一阕清词，一抹眷恋，今生在爱之洲，水之湄，将心中的遐想，把微笑绽放，心事如秋，将最美的记忆妥帖珍藏。让前生今世的眷恋，在一脉写意的秋香里静静流淌。暖秋，与你一起牵手走过，记忆的画卷上，用爱谱写菊黄枫红……

蜡梅香

○ 王举芳（山东新泰）

向晚时分，一个人沐浴着落日余晖，静静地漫步在城郊外的小路上。冬风丝丝缕缕拂在脸上，有浅浅的刺痛感。细碎的阳光，此时成了可贵的温暖。

公园里，一棵蜡梅树的枝头，几朵蜡梅花像生命鲜活的精灵，在阳光下闪动着黄色的翅膀，瘦而倔强地绽放着，淡淡的香在凄寒的风里若有似无，不言不语，温馨冬日的寂寥时光。

"晓日初长，正锦里轻阴，小寒天气。未报春消息，早瘦梅先发，浅苞纤蕊。搵玉匀香，天赋与，风流标致。问陇头人，音容万里。待凭谁寄。一样晓妆新，倚朱楼凝盼，素英如坠。映月临风处，度几声羌管，愁生乡思。电转光阴，须信道、飘零容易。且频欢赏，柔芳正好，满簪同醉。"不由得想起了宋朝词人喻陟的《蜡梅香》。蜡梅，用内心的清芬和勇气，用写意的风格，在冬日的大地上泼墨。白色是背景，暖色是基调，一笔笔晕染，春天便一天天深入，一天天茂盛。

蜡梅，远离你的时光，我曾无数次静静地守候着你的枝头，等候你的花朵，在冰天雪地里，唯我盛开。

乡下的院子里，母亲曾栽过一株蜡梅。每当冬日来临，院子里脆弱的花草都枯萎凋敝，成熟的果实早已采撷收仓，所有的激情逐渐冷却，北风肆无忌惮吟诵心头的惆怅时，蜡梅，静静把诗句写满枝头，笑傲寒霜，绽送清香。

我对蜡梅格外疼惜，因着骨子里一份莫名的相近。进城的时候，舍不得它，便买来一个偌大的花盆，小心仔细地把蜡梅移栽在花盆里带进城，安放在阳台上。初冬时节，开始供暖，本已育蕾的蜡梅，不多时日后，花蕾尽数凋落，一朵也没有绽放。后来，整株蜡梅越来越萎靡不振。请教花农，花农说，蜡梅性喜寒凉，过热的环境违背了它的习性，它伤心了，怎么还会愉快地开花呢？

我重又把它送回了乡下，送给了一个和我同样喜欢蜡梅的友人。每当冬天，收到友人发来的蜡梅绽放的图片，都禁不住热泪盈眶。那时空和距离隔不断的蜡梅香，让我的冬天馨香萦绕，心温煦和暖，脸注满微笑。

蜡梅香，生乡思。

台湾友人来访，离别的那个晚上，我们彼此都充满了眷恋。诗友深情地朗诵起了余光中的《乡愁四韵》："给我一瓢长江水啊长江水，酒一样的长江水，醉酒的滋味，是乡愁的滋味，给我一瓢长江水啊长江水……给我一朵蜡梅香啊蜡梅香，母亲一样的蜡梅香，母亲的芬芳，是乡土的芬芳，给我一朵蜡梅香啊蜡梅香。"母亲一样的蜡梅香，无论我身在何方，都会嗅到这淳朴的芬芳；无论我走到天涯海角，故乡都在我的心上。

《本草纲目》载："蜡梅，释名黄梅花，此物非梅类，因其与梅同时，香又相近，色似蜜蜡，故得此名。花：辛，温，无毒。解暑生津。"清初《花镜》载："蜡梅俗称腊梅，一名黄梅，本非梅类，因其与梅同放，其香又近似，色似蜜蜡，且腊月开放，故有其名。"

蜡梅，初冬冲寒而开，香气浓而清，艳而不俗。曾有诗赞美："枝横碧玉天然瘦，恋破黄金分外香。"

愿做一朵蜡梅花，藏一缕诗心，在寒风中傲然绽放，就算凋零，也要做一次清澈忘我的飞翔。

在蜡梅树下久久徘徊流连，我的身心浸透了蜡梅香。带着隔世的梅香，来生，再和你相逢。

奔跑的藤蔓

○ 张亦斌（湖南邵东）

阳光下，南瓜的藤蔓在春风里奔跑，在鸡鸣声中奔跑，在呢喃的乡音里奔跑，在母亲的目光里奔跑，在我的诗歌里奔跑。

母亲闲不住，把房前屋后的空坪隙地都开辟出来，种上南瓜、冬瓜。"清明种瓜，一片叶子一个瓜。"清明节前，母亲把地上的草刨了，挖个凼，丢几粒种子，盖一把草木灰，就算完成了种植任务。

接下来，就是南瓜冬瓜们自己的事情了。春风春雨中，地里的种子发芽了，嫩嫩的瓜苗拱出草木灰，拱出地表，舒展开两片子叶迎接春雷，用迅速生长的藤蔓四面出击，开疆拓土，攻城略地，将房前屋后围成一片绿色的海，任由花蝴蝶、绿蚱蜢、红蜻蜓在海中冲浪、畅游。

我不知道南瓜冬瓜那些无比柔韧但无比坚韧的藤蔓究竟奔跑了多少年，但我知道，从我记事起，母亲就种植南瓜冬瓜。

那时候，父亲在外地教书，工资不多，母亲带着我们四个娃娃在家，生产队分的粮食总是太少，无法喂养我们天天咕咕叫的肚子。母亲没办法，就在自留地里种红薯种芋头，在地里的空隙处种了南瓜冬瓜，弥补粮食的不足。

那时候，我觉得南瓜冬瓜是最亲密的朋友，长的藤可以吃，开的花可以吃，结的瓜可以吃。就是靠着红薯芋头南瓜冬瓜，母亲把我们拉扯大。

树大分杈。像老家门前的苦楝树将枝丫尽可能向外扩展一样，我们兄弟长大后也像树杈一样向外伸展，在不同方位的地方安家落户，只有父母亲依然坚守在老家，相濡以沫，用粗茶淡饭喂养迟暮的岁月。

母亲劳作了一辈子的双手闲不住，依然坚持种菜，将一畦一畦的蔬菜打扮得像即将出嫁的新娘子一样漂漂亮亮。我住在离老家不远的县城，时常带着家人回家，看看父母，看看母亲种的蔬菜，看看曾经养育我的那方土地。

起风了。是吹面不寒的杨柳风，是催动万物生长的惠风。

南瓜的藤蔓和花蝴蝶、红蜻蜓一起在风中恣意起舞，像雨中擎着一柄油纸伞徐徐漫步的女子那般妩媚着，又似舞池里伴着优雅舞曲长袖起舞的女子那般典雅着。

在我看来，藤蔓的奔跑是一种韵律的舞动，也是一种向上生长的力量。

南瓜的藤蔓不停地奔跑，百折不挠，勇往直前，就像乡下普普通通的杂树啊野草啊，来点雨露就噌噌噌往上长；更像乡下普普通通劳作的农人，给点阳光就将灿烂写在脸上。

阳光很温和，照在身上暖暖的。母亲带着坤宝在瓜叶间寻觅，寻找南瓜的雄花和雌花。母亲一边找，一边教坤宝分辨雄花雌花。找到雄花后，母亲小心翼翼地将雄花的花瓣撕开，将雄花花蕊上的花粉涂在雌花的花蕊上。

看了一遍之后，坤宝就懂了。其实，他在课堂上学过相关的知识，只是没有得到实践的机会，没有亲手操作而已。这次意外地得到了亲自动手的机会，他自然不会放过，手忙脚乱地忙开了。

母亲则当起了甩手掌柜，只在一边传授要诀，放任坤宝动手传粉。

祖孙俩一老一少的身影在瓜地里摇曳，醉了三月的春风。

瓜地里不时传来的欢笑声惊动了在附近觅食的鸡们。花翅膀的母鸡和大红冠子的公鸡对南瓜冬瓜的藤蔓不理不睬，偶尔闯进这片绿色的海，也只是觊觎其中的美食，啄食瓜叶间的绿蚱蜢、红蜻蜓。鸡们对瓜叶藤蔓是不屑的，因为瓜叶藤蔓上面有细细的刺儿。

母亲将南瓜的雄花花瓣收集来，又摘了一些嫩嫩的藤蔓，做成一道素菜。

黄色的花、绿色的藤，色香味俱佳，早春的美味爽得坤宝连声叫好。

那天夜里，我睡在老家，睡得特别香甜，还做了一个奇怪的梦。

在梦里，我发现自己突然成了老家瓜地里的一根藤蔓，在阳光下不停地奔跑着。我的儿子坤宝也跟在我后面奔跑。跑着跑着，我发现前后左右都是和我们一起奔跑的藤蔓，那是一些我熟悉的或者陌生的面孔。

我的达州我的雨

○　曹文润（四川达州）

　　不喜欢下雨，是因为我母亲是户外劳动者，她长期在建筑工地干活，下雨就得停工，放假休息。母亲是一个勤劳而严厉的人，平生最恨懒人，她要在家休息，总要吩咐我们几姊妹做家务，要是看到你又不做正事又不写作业，肯定会给以一顿痛骂。看小说和连环画也被母亲视为不是正事，最爱偷偷看书的二姐不知被母亲撕掉了多少本小说。我几乎每晚躺在被窝里，都暗暗盼望老天爷不要下雨，如若不下雨，天晴母亲就要去上班。

　　贪玩是小孩儿的天性。只要大人出了门，家里就成了孩子们的乐园。我们可以披上被面床单，头上围着花枕巾，挥舞着鸡毛掸子，在架子床上扮演各自喜欢的川剧角色，扯起喉咙唱半懂不懂的戏文；可以堂而皇之地与邻居小伙伴一起在院子里玩各种游戏，又唱又跳，尽情狂欢；也可以拿了粉笔在青石板和土墙上乱涂乱画，甚至可以爬到隔壁刘家院子的那棵歪脖子桑树上摘食桑葚，吃得小嘴一圈乌黑，像抹了墨汁的大花脸，互相瞧瞧，你笑我，我笑你，然后哄堂大笑，疯成一团，只差没爬上房顶揭瓦片了。这是孩子平时都被大人管教得紧，一旦大人不在，孩子们被压制的活泼自由就无节制地发挥出来。我们也一样，天天都希望母亲去上班，不在家管束我们，也就不得让我们干那些讨厌的家务活。譬如她要我们把铝锅拿到河边，用稻草蘸河沙把锅底擦亮；把马桶拿到河里用刷子洗刷得不留一点尿渍。甚至要求我们把一只已经变色的旧藤椅抬到河边洗得色泽如新。我母亲没上过学，不识几个字，是一个极其爱干净的人，在她的朴素的观念里，世上一切都是可以用水洗干净的，我曾猜想母亲说不定有过把房顶瓦片都拿到河里洗洗的念头。每次母亲买回海带炖骨头汤，不仅先要用开水泡胀，再又搓又揉地洗，还要拿洗衣刷把海带上黏着的白霜刷洗得干干净净。若干年后我偶然看到报纸上说，那海带上的白霜是甘露醇，吃了并无害，反而对身体有益。母亲并不信，依然坚持要洗干净才吃得放心。

达州有句老话："腊月二十溜"，意思是说进入春节倒计时那十来天，达州总是雨湿路滑，风雨不断，仿佛老天爷故意要用一场连绵不绝的冬雨换一个晴朗温暖的新年。我记得每年寒冬腊月，达州的雨，总是下个不停，大街小巷泥泞遍地，行人的鞋踏在泥水里，走不了几步就溅满了泥浆，成了大花脸，再漂亮的鞋子也丑了。爱美的女人换衣出门，就难免要发愁。腊月的雨夹杂着风，吹在人的脸上，刀刮一般，冷得透骨。按照达州风俗，腊月里，家家户户都要搞大扫除，干干净净地迎接新年。我印象最深的是母亲总会趁某个雨天休息那天，一大早就把全家叫起来，吩咐姐姐和哥哥在家搞卫生，她自己换上水靴，背着拆换下的全家的铺床罩被下河去洗，她每次都会叫排行最小的我去河边为她撑雨伞。我站在寒风中的河边，用手撑着那只黑布伞，一站就是两三个小时，两只长着冻疮的小手早已冻僵，尤其是稍不小心，雨水溅到冻疮伤口已经龟裂的左小指上，简直像是有把钢刀在剜我的肉一般钻心地痛。可我看到母亲粗糙的手一直泡在冰冷的河水里洗那么多衣服时，我只能一声不吭地忍受着，努力撑着雨伞，不让母亲被雨淋着。我注视着紧攥着伞把的手上那流着血水的伤口，为了缓解这种剧痛，我顾不了血水的脏，凑上嘴唇，用口含着小手指，让它获得一点点温度，以减轻疼痛……那一刻，那个七八岁的达州少年眼里噙着泪水，牙齿咬得咯嘣响，几乎用尽了他所掌握的最恶毒的语言诅咒着恶魔般的雨，在他被泪水模糊的视觉里，每一滴雨水都变成了一枚红浪浪的太阳，无数次升起，闪烁发亮，灿如繁星，艳若烟花。

　　达州的雨，带给我的这种痛，是伴随我成长的一个心结，也是苦难童年留给我的一份珍贵遗产。进入中年，我或多或少看破一些凡尘俗世后，才意识到那种痛，是上天播在我心里的一粒慈悲的种子，它让我拥有悲悯情怀，以善待人，从容而依然深爱这个并不完美的世界。也让我在喜欢的古代文学家中更加偏爱忧国忧民的杜工部，更能领会杜诗中对下层疾苦的关注。让我更愿意透过现世浮华，将眼光投向那些不易被媒体与镜头关注的城市角落，那些风雨中忙碌的底层群体，那些在风雨中守着水果摊的期盼眼神，那些躲在屋檐下避雨的卖菜的老农，那些穿着反光雨衣挤在人行天桥下吃盒饭的环卫工人，那些在雨中骑着电瓶车送外卖的小哥差点摔倒在车来人往的街边……

　　当然，还有被飞驰而过的豪车激起的一大片水花溅向正撑伞从斑马线通过的白发老人，还有幼儿园放学的小朋友们，她们因下雨堵车父母没能准时来接她回家，挂着泪花花，眼巴巴地望着门外，透着焦急与期盼。每次，这种小天使般的眼神都会像子弹一样击中我，令我顿时心碎，喉咙发哽。

　　此时，我唯一能做的就是像儿时站在河边为母亲撑雨伞时一样，祈祷雨雾放晴，大地干净，阳光明媚，心暖如春。

第六辑　性灵断章

——生命的邂逅

那些安静的时光

○ 刘　静（辽宁锦州）

日子清闲而安逸。

这个夏季，喜欢每天安静地读一些书，安静地记下一些笔记。

于网络似乎是越来越"疏远"了，燥热的天气让我越来越痴迷上了读书。斜倚在沙发上，安静地拿起一本书，一人静，满树花开，仿佛周遭的一切都与我无关。随手翻开一页，书里的故事便像迷香一样慢慢弥漫开来，氤润了独处的时光。

书架上的书已读了大半，除了上面两格是自己的作品，被我束之高阁，其他都是在书店新近搜到的偶像版本，除了古典李清照，现代我最喜欢的要数雪小禅的文章，不急不缓，清新锐辣，于徐徐道来中攫住你的心，任你跟着流泪、欢笑，却怎样都逃脱不了那种余韵和风骨。

时光是静好的，停留在这种安逸中，楼下谁家孩子的琴声婉转了夏未央。

阳台是我最喜欢驻足的地方，站在阳台上看风景，看的是世界，品的是内心。许多个阴雨绵绵的夜晚，一个人默默站在窗前，看华灯初放，总有灵感不期而至，一阕低吟，道不尽风花雪月；一笔沧桑，轻叹尽人间写意。或于某个艳阳高照的午后，看远山如黛，花草摇曳，与阳光对语，收集生活点点滴滴的感动，将它串成心灵的剪贴，静静收藏。

亦有很多时候，扔下书本，将窗台上的花儿一盆一盆搬下来，浇水，修剪，然后，再一盆盆搬回去，感叹，这俗世的人间烟火，竟是丝丝缕缕与温暖有染。或许，这一路走来，每个人都在修炼，人生原本就是这样一个修剪，感悟的过程，一路阳光一路雨，一番伤痛才会成长。

无可救药地喜欢上了晚饭后的散步，或许是因了这夏日的流火太过炎热，日暮的清凉更让人有身心舒爽的感觉。

躲开嘈杂的人群，一个人静静行走于幽静的林荫，一条或弯或直的甬路，偶尔擦肩而过的步行者，间或有三两游人并行，神采飞扬地拉着家常讲着趣闻；抑或有情侣相拥喁喁低语，手拉手前行；也有手握唱机的老者，一个人独行却似乎完全沉浸在那悠长而舒缓的唱腔中。此时不必在乎甬路是长是短，只管随意地走，思想是飞翔的，可以海阔天空，也可以幽吐芬芳，那些生活的负累都在顷刻间变得模糊而遥远，只剩下身心的舒爽与惬意，让灵魂安静而温暖。

有人说，安静是岁月留下的简约。大凡走过了年轮的沧桑，一种对安静的近乎朴素的追求也便越发枝繁叶茂起来，因为经历了太多人生的风雨，透视了太多红尘的坎坷，蓦然回眸间，安静，也便成了一种灵魂深处挥之不去的追求。

昨日，与朋友小聚茶吧，朋友笑曰，这是城里最安静的处所。环视，厅台大概有五六桌的样子，干净而整洁，大厅的一面墙上写着：清风夜话，禅茶在心。突然就想起了老树的那幅诗配画《花乱开》"无奈生于世间，日子真不清闲，与其与人纠结，不如与花缠绵"，极具哲理，又韵味绵长，然后，茶水也便在细品慢饮中多了一些禅意的味道。

随着年龄的增长，对朴素、对静好的追求也越发强烈起来，每天除了出门，再不喜欢化妆，再不喜欢在穿着上刻意束缚自己，那双让我的脚趾伤痕累累，鲜血直流的漂亮高跟鞋也早已被我打入了"冷宫"。

喜欢素面朝天，用大部分的时间去品一杯香茗，去看一朵夏花盛开，去敲几行心灵的呓语，用最朴素的思维，去记录那些春花秋月和喜怒哀乐。生命本无常，红尘本浮沉，流年无恙，浮世清欢，经过了人生的千回百转，经历了岁月的洗礼，生命宛如一条河流，已变得舒缓平静。那些曾经的伤痕，早已风轻云淡；那些曾经的快乐，也恬静成了唇边的一缕微笑。岁月无痕，我心已飞过，当人生的熟季，收获了沉甸甸的质感，那安静与简约，何尝不是生命里一份欣欣然的感悟？

原来，安静，是思维的乐园，不必倾诉，只需一眸微笑，便可点亮日月草木；原来，安静，是心灵的圣地，无须喧哗，默默里珍藏人生的喜怒哀乐，将一些过往沉淀成流年的逝水沉香。安静，是一种归真，一种淡泊，一种感受，一种抒情。

我心素已闲，清川淡如此，人生的路上，将自己安然成一泓静静的秋水，不急不躁，只需缓缓流淌。

唯愿，繁华过后，依旧能在花开的陌上收获一缕心香，做个清浅如昨的女子，守住一方清宁，浅唱流年！

微笑人生

○ 陈修平（江西九江）

初接触的人都以为我过得挺自在挺洒脱的，因为他们经常看到我脸上带着微笑；交往深的人都知道，其实我这人活得并不十分轻松，出身穷乡僻壤的境遇，与世俗的难以融入……只不过我的痛苦和忧愁不流在眼里、不写在脸上、不挂在嘴边而已。

我总以为，悲伤是你的悲伤，烦闷是你的烦闷，何必苦着一张脸去面对芸芸众生？因为这样丝毫不能排忧解难，反倒既苦了自己，又累了他人，甚至招来一些不必要的背地里议论和嘲讽，何苦呢？索性凡事看开些，管他风霜雪雨，任他雨打风吹，该来的总会来，要去的挡不住，通通达达做人，微微笑笑生活——我觉得，这样挺好的！

老家在偏僻的农村。大学期间，由于家中大的花销接二连三，盖房不久又是大哥结婚，接着又是二哥成家，家中简直可以说是一贫如洗。别的同学都去逛影院上舞厅，我囊中羞涩，自然不能一同结伴前往，于是我的课余时间要么钻图书馆遨游于书的海洋，要么去公园幽林与百鸟同乐。还别说，真多亏了那"三年困难时期"，正因为图书馆的养分，打下了我坚实的写作基础；正因为幽林静坐或散步，让我学会了甘于寂寞守望淡泊……那段日子，尽管物质生活非常困窘，而

245　·

我始终面色平和，自得其乐，始终以一种宁静的心境沉醉于文学的殿堂。

毕业时，许多同学纷纷走后门拉关系，忙得不亦乐乎，跑得顺畅的趾高气扬，门路不畅的唉声叹气……我呢，想想自己根本没什么关系网，索性懒得理了，管他分到什么地方。我甚至在心里安慰自己："乡下同样需要人去工作，说不定比城里生活得更自在呢！"

结果可想而知，自然只能到乡下工作。虽然觉得工作之地偏僻荒凉了些，但人情味却很浓。工作之余，我的陋室景况与刘禹锡先生的正好相反——"谈笑无鸿儒，往来有白丁"，有时我倒觉得这些乡下朋友实在得很，朴实得很，谈起话来如粗茶淡饭，又似行云流水，平平淡淡中显露出随意和真诚。一次，一名在城里上班的朋友下乡看我，踩着松软的黄土路，我就开着玩笑说："城里什么都是硬邦邦冷冰冰的，你看我们乡下，连路都温柔着哩！"也许是受我的情绪感染，朋友也开怀大笑起来："我要是分到乡下不哭鼻子才怪呢，你这家伙，倒真能以苦为乐！"笑声弥漫在林荫小道，与林中鸟鸣相和交响……

微笑人生，这是一种达观的生活态度。人生难免会有许多不如意，会有不少忧郁事，但一个心理健康的人就应该保持一种良好的心态去迎接生活的挑战。我们经常能看到饱受风雨蹂躏的小树依然能够茁壮成长，饱受疾病折磨的残疾人士自逆境中奋起成就大事业创造大成果。我想，他们除了拥有一颗不屈的心灵，还应有着对生活的一往情深以及微笑面对人生的勇气。只要你付出过，努力过，奋斗过，生活迟早一定会回报予你的！大学期间丰富的阅读以及一直坚持文学创作所积攒的文字功底，让我终身受用，这也是我能一步步脚踏实地走出山村、走上集镇、走进县城直至进入大都市的一个重要原因吧。

人际交往，微笑也犹如春日的阳光。微笑，代表着彬彬有礼、落落大方、不卑不亢、不媚不俗……她是信心和力量的充分展示，也是成熟和智慧的外在表现。"泪在心底流，笑容依然倔强，那是只有自己才能明白的沧桑"——这是作为成功者的歌星张咪曾经演唱的内心独白。人生道路，风雨难免，流泪的因素也时时孕育，而一个强者一个对生命和未来充满热爱充满希望的人是不会轻弹眼泪的；即使有挥泪的时候，那也应该是欢乐、激动交织而成的辉煌的泪花……

　　法国作家萨克雷曾经说过："生活就像一面镜子，你对着它笑，它也对着你笑；你对着它哭，它也对着你哭。"人生路漫漫，挫折难免，险阻难免，是望而却步还是迎难而上？我想，每一位积极生活的人都会毫不犹豫地选择后者——以自己的聪明才智以自己的不尽勇气去面对众多的羁绊，面带微笑，用勤劳的双手去擦亮自己的人生轨迹！

闲话女人

○ 王若冰（澳大利亚）

我不得不承认，到了澳洲后，我失去了这样的爱好与乐趣。每次到了市中心，我会选择一个街道的某个咖啡厅，依然是靠窗口的位置，一个人喝一杯咖啡，望着外边的行人与街道的风景，而心情却完全不同。

墨尔本的确是一个美丽的城市，这个城市的女人悠闲中带着几分散淡。这个城市的女人们，虽然来自世界各地，却风格迥异。她们不在乎自己外形的美丑与胖瘦，旁若无人地走在街上，哪怕是体重超过 200 斤照样穿着吊带裙，脚上趿拉着一双人字拖，雄壮地走在街上，我不得不用"雄壮"一词。当然也有一些打扮入时的女人，身材高挑，长发飘飘，手里拿着一杯咖啡，在人行道上飘然而过，自信而超然。那背影无疑是最美丽的。但是，澳洲的女人大多都体重超重，也不怎么太注重自己的外在形象。很多女人很男人，不仅仅在于体形的高大，更在于性格。

这里的女人似乎男女不同的概念要淡化得多，我时常看到隔壁的女人开着除草机在院子里除草；拿着电锯干活，总之那些工具我不要说用就是看着都会害怕。她们干起来一点不比男人逊色。我还看到一个有 3 个孩子的单亲母亲，愣是自己盖了一套四居的房子，镜头通常是这样的：她穿着男人一样的工服，戴着安全帽，手里拿着巨大的工具，站在搭起的各种架子前，灵活地工作。看到这些，我简直有点不相信自己的眼睛，一个女人如何能做得来这样的活呢？先生说，你别把澳洲的女人当女人，她们是女人但不像女人！

我曾经不止一次地开玩笑说，你说澳洲的女人这样能干，多好啊，你要找个澳洲的女人，你是不是特别省心呢？院子里的草也除了，树也能轻易地锯掉了，她们什么都能做，怎么就不好呢？我其实挺佩服她们的。

他说，她们什么都能做，可我不想跟一个外表是女人却没有一点女人气质的人生活。那和跟一个男人生活有什么区别？

可是，这些活儿，我可不会干，我连工具也拿不起来……

谁要你干那些？你要干我也不允许。你千万不要动那些东西，万一有蜘蛛有蛇就麻烦了，总之你不要管。

有一次，我们应邀去朋友家做客。去人家做客总要穿着合体的衣服吧？这不仅是礼仪的一部分，也是对主人的尊重。一进门，男主人就立刻夸奖我的衣服漂亮，搭配得体。女主人出来了却不解地问，你为什么要打扮呢？

她的话简直是令我不解的，我其实只不过是穿了一件经常穿的连衣裙而已。她穿着一件又大又长的背心，对，就是背心。两只粗壮的胳膊露在外边，下边是一条松松垮垮的纯棉短裤，头发也显然是很随便地扎到脑后。说实话，我看到这样形象，内心有说不出的滋味。家里也是乱糟糟的，衣服在沙发上、地上到处堆放着。房间里，有两个孩子吵架的声音，一个是他们现在的女儿，另一个是女人与前男友的女儿，两个孩子显然也有点水火不容。我当时就想：这样的一种状况，这样的一个家庭环境为什么要邀请我们来做客呢？还有就是，我立刻在心里提醒自己：无论什么时候，千万别把自己弄成这样的模样，切记啊，切记。

好不容易熬了半个小时，我匆忙拉着先生起身告辞。

后来，他们几次邀请我们去做客，我都只让先生自己去，而先生每次不得不去的时候才去一下，每次都回来得很快。那个男主人是先生多年的挚友，毫不夸张地说，他每周都会给先生打 5 次以上的电话，每次都要聊很长的时间，聊天的内容多一半都是抱怨都是倾诉，都是对家庭生活所累的发泄……

我终于感悟到：人生需要倾诉的不仅仅是女人，男人也是如此。

对面的街上新近搬来了一对年轻的夫妻与 4 个孩子。女人是新加坡人，我每次见到她，都是相同的家居服，头发凌乱而飘着白白的头皮屑……

我始终认为一个女人，无论到什么年龄，都该是一道风景。恬淡、安静，优雅地活着，不仅是一种品位，更是一个女人对待生活与生命的态度。只有在内心里有这样的态度，才能给你力量，令你充满自信。

而一个自信的女人，就算是古稀之年，也始终是美丽的！

村庄·房屋

○ 于秀芬（山东威海）

"暖暖远人村，依依墟里烟。"

闲暇时喜欢走山路，进山村，看山景。弯曲逶迤的山路两旁永远有看不够的田园风景，山下的村庄里有永远也讲不完的五味杂陈的故事。

村庄，正以它无比宽阔博大的胸怀，容纳着那些散落的年代不等的幢幢房屋、葳蕤葱茏的大树、繁星点点的花草。村庄里，生活着祖祖辈辈勤劳善良的父老乡村和他们饲养的牛羊等动物。每一个村庄，都有自己的名字与故事。看似古老的村庄到底经历了多少年代？读着村口石碑背面的村志故事，对村庄的历史也有了初步的了解与认识。村庄里，永远都怀揣着家的味道与温暖，等待着我一次次去体会品味。它月白风清，恬静淡雅，像一幅浓淡相宜的水墨画，镌刻在记忆深处，是我心灵永远的驿站。

相对于喧嚣繁华的都市，村庄无疑是质朴的，静谧的。除了偶尔的几声鸡鸣犬吠，静得甚至可以听到呼吸乃至心跳，主路高高的柳树布下大块的浓荫，大树下，几位老太太摇着蒲扇，舒适地乘凉。路东大片的菜园里，茄子辣椒西红柿一应俱全，白菜萝卜生机勃勃。年过半百的大姨摘着自家菜园里的韭菜、豆角、小白菜，讲述着在儿女城里打拼的故事。

旁边蹲着几只眯着眼睛的猫狗。沿着宽敞洁净的水泥路行走，谁家屋前的无花果、葡萄？沉甸甸的熟果挂满枝头，轻轻摘下一个，绵软甘甜，纯天然无污染，口感纯正。

这一刻，时光变成了慢节奏，悠然，闲适。

房屋，是村庄里的"庞然大物"，远远地便可领略到它独具特色的个性与风貌。新房区，光鲜亮丽，年轻的主人在结实光滑的水泥院墙的大门口两边，种上两棵蔷薇，高高长长的藤蔓顺着钉好的支架一路攀爬到房顶，一路生长一路开花，墙上开花墙外香。更吸引着我目光的却是村里的那些老房子，海草或者笆草屋顶，低矮的屋檐，厚重的泥土墙壁，屋后墙砌着泛着莹莹光泽的方方正正的大青石，屋前的木质窗棂上贴着白色的粉连纸，一把散石到顶的围墙或者干脆用篱笆代墙，散发着古老朴拙的韵味。院墙门楼高翘的檐角，仿佛在述说着一个古老的故事。有的院墙上还有一个青石做的"石洞式"的拴马桩，可以想象出主人当年生活的富庶与红火。屋檐下往往住着白发苍苍的老人，院里一条甬道两边的小菜园，金色的阳光照在正侍弄菜地的老人身上，朴素的衣着，慈祥温和的目光中透露着老人深深的阅历。

屋里陈设简净，锅台上是木质的锅盖，旁边有厚实的瓷盆，印着彩色的花卉图案，里屋一盘土炕，铺着印有青花图案的棉质炕被，目光所及之处总能触摸到它的恬静与温暖。炕前右边摆放着两节摞在一起的木柜，紫色的油漆斑驳脱落，记载着年代久远的时光历程。一副铜把手由于常常开关，依然闪烁着星星点点的光芒。右边结实大气的木箱上悬挂着一把横式古铜锁，铜锁以及锁鼻上雕刻着"福"字和荷花的图案，古朴典雅精致。木箱的右面墙壁上，挂着几个大小不一的镜框，上面镶嵌着一张张黑白照片，镜框的边缘，插着几张天真可爱的孩子开心地咧着小嘴的彩色照片，毋庸置疑，肯定是主人的孙子或者重孙。

手指轻轻地触摸着熟悉的一砖一瓦，老家、父母、长辈、兄弟姐妹，记忆像潮水顷刻奔涌而出……无边无际的蓝天下，清清的溪水旁，有我无忧无虑的童年和小伙伴们，老房子里的每一天都是快乐的，它给予了我年华里最初最早家的温馨与甜蜜。

村庄的老房屋，承载着百年的建筑文化与记忆，分明就是洞悉世事的智者，任凭阳光、清风、朗月自在地在身边穿梭往返，寂静，无声，坦然地承受着人间的风风雨雨，无论主人飞得多高走到多远，一如既往地等待。等待中，茅草屋顶长出了几棵婆婆丁和狗尾草，曾经光滑的表面上刻满了岁月中风霜雨雪侵袭的斑驳痕迹。饱经沧桑憔悴的容颜下，却自有一种深秋池塘里残荷一样的风骨，守望着家园，守着地老天长的故事。跨越时间的长廊与岁月的风霜，它的宽容与厚重依然美得令人沉醉，如诗如画。

村庄的老房屋，是漫漫岁月的见证者，是这人世间的长者。典藏着风雨人生的酸甜苦辣，记录着每一位家庭成员的成长故事，那些有人居住的老房子尚且保存完好。可是那些破败的老房屋，屋梁塌陷，门窗断裂，石墙倾斜，晴天无恙，可逢上雨天连绵，老屋就像一个饱经沧桑的老人，再也经不住一窗风雨半窗寒；散墙如张开的却弯曲颤抖的双臂，再也庇护不了怀中的房屋，轰然倒塌，那一刻，我分明听到了它呜咽的哭泣声。

倒下的不仅仅是房屋，更是那日夜缠绕在心间的一缕乡愁，从此不再午夜梦回。

由于得到了及时修缮，那些濒临破落的老房，面貌焕然一新，神采奕奕。像冬日的阳光，散发出缕缕柔和的光线，温暖祥和，照亮了每一个狭窄曲折的路口，拨动着每一个漂泊在外的游子思乡的心弦。

老屋在，家在，情在，爱在。

如若有时间，我愿意走进村庄，亲近那些老房屋，倾听老屋诉说光阴的故事。

秋凉了，记得加衣

○ 魏德华（广西南宁）

又是一年秋风起。

你离去已经七个年头了，还记得回家的路吗？

那一年的初秋，暴雨的黄昏，你未留只纸片言，决然而去。

七年了，我自地狱的泥潭里挣扎着爬起身，应付世事。

我从一个不问世事连银行都没进过、甚至分不清借记卡和信用卡是怎么回事的小女子慢慢做好了生活中所有大大小小的事……

原来以为，我离开你，没有了你，我是活不下去的。后来才明白：人若一口气在，就能活下去，哪怕生不如死、哪怕痛不欲生，也还是能活下来。

七年了，孩子已经从一个稚嫩幼儿成长为亭亭玉立的少女，黑汪汪的大眼睛、修长白皙的双手像极了你，她的身高已经超过你了。

而你的离去是我们一生无法淡化的痛，你离去时，刚刚三年级的孩子在 QQ 空间写道：窗外大榕树上知了还在一样地鸣叫，可是家里却再也没有了爸爸爽朗的笑声。

后来慢慢地长大，她便不再多提及你，我想可能是怕我伤心。但是每年清明节我带她去看你，看到孩子在你的墓前极力克制着的恸哭，我的心便碎若齑粉……

你让你挚爱的孩子和爱人承受的是不敢明示、只能隐忍的伤痛啊。一颗幼小的心灵要怎样体谅着妈妈，而坚强到不说出口对爸爸无尽的想念？

你离去时，孩子做梦起来说你在梦中问我们怨不怨你这样离去，孩子说她不怨，不知道妈妈怨不怨。我知道她是怎样爱着爸爸，心疼着你而舍不得怨你，而我又怎么忍心怨你？我知道你的痛一定比我更甚。

若你在天有灵，若你能看到人世间，却无能为力，你难道不是更痛？

你每一次出差、学习、离开家时的眼泪汪汪、依依不舍，我能不懂？每一次你转身离去时的不敢回头看一眼，我望着你的背影泪如雨下，我们就这样一次次离别。我们都以为这样的离别是为了可以拥有那个不再离别的安稳日子……

结婚十二年，你硕士三年、博士三年、特招入伍部队集训半年，还不算你常常外出的会议和学术研讨，虽说期间有假期可以回家，但是你算一算，我们在一起的日子有几天？

记得你说过，我真想哪儿都不去，就陪着老婆孩子过日子。也曾经说，我恨不得把你们变成两个小人，放在我的衣袋里，我到哪儿就带你们到哪儿。

你这样情深义重的男子，这样我们深爱挚爱的爱人和父亲，你留下孤儿寡母的我们，不得不离去难道你能不痛？

还记得每一年入秋后，天气变得凉爽干燥起来，我便把所有的冬衣和床上用品都搬到楼顶去晾晒，你会乐呵呵地一趟趟跑上跑下地搬腾。

那时候我们还是住在单位专门修建的人才楼里，一个单元里都是博士。没有电梯，从五楼搬到八楼的楼顶，你手抱肩扛一大堆的衣服被褥，乐此不疲地爬楼梯，从不怕失了面子。

还记得一次下班，我有点累，你非要背我上楼，正好被推门出来的院长撞见的情形吗？我像鸵鸟一样埋起自己的脸，你"嬉皮笑脸"地面对一脸懵懂、询问"什么情况"的院长说，媳妇累了，背上去。我埋怨你应该说我不舒服好一些，你一本正经地说，我才不愿意你不舒服！

你走后，我们已经搬到了自己买的房子里，我们多少次计划着有了自己的房子要怎样怎样装修、如何如何布置，要怎样安然度日，你还说要安安稳稳陪着我到一百二十岁，还说要我享尽人间繁华、跟随你游历世界各地……

你的话犹在耳边，甚至你俏皮地挥挥手的得意劲儿都在眼前，但你已离我而去几千个日夜了。孩子去住校读书，只留我一个人孤零零守着这偌大的房子，这是我们漂泊了十几年后，你准备给我的一个安稳的家，而少了你这就只是个房子，它还能叫家吗？

没有了你的人生孤独寂寞冷。我独自裹在大羊毛被子里，开着电热毯，仍然不能抵御南宁每一个湿冷冬日带来的寒意，后背一股股往外冒凉气，再也没有了你温热的怀抱和坚实的臂膀——我独自应对着世俗中的烟火生活，冷暖自知。

我还是老样子，不过是年过不惑，容颜和身体渐渐地都走入下坡路，生起的每一根白发、每一道皱纹、每一点伤痛都在告知我生命将不久老去，而你在我的脑海里却早已定格：永远是那么年轻俊朗、儒雅从容。

你走后，我相思成灾，一度求死，多少次想要结束了生命随你而去。但是，无数个不眠之夜，我下不了决心。我怎么能放得下年幼的孩子？让她失去慈爱的父亲后再失去母亲？我又怎么忍心我的父母也像你的父母一样痛失爱子，让他们的老年凄风苦雨？我又怎么对得起你我这么多年的苦苦奋斗？

无处可诉的相思和伤痛只好付诸笔端，我便把对你的思念和对命运的控诉、人生的思考，统统写成了文章——《自捡残花插净瓶》——这本书记录了我生不如死、拼命挣扎、慢慢活过来的全过程，不拘格式、文体的随笔已有 50 余万字。

2012 年 9 月开始，以你我为原型的长篇小说《灵性蒙古高原》进入正式创作期，今年 5 月份截稿，9 月份完成第一次润稿，经不住网站几次三番催促，便和起点中文网签了约，整篇 130 余万字。历时整整五年，中间多次因为无法克制自己的情绪写不下去而断更，其中的艰辛和磨难也只有自己明白，在写作的过程中，犹如再一次走过人生，其间的酸甜苦辣都一再品尝、回味，灵魂在文字间犹如在炼狱里锻打——痛不欲生。

我谨想以此书来纪念我的青春、我的爱情、我的故乡，纪念你——我一生中最爱的人，唯此，来怀念你，从而放下你，走出过去、走进未来。

刻骨摧心的失去成就了永恒，你在我心中完美地定格、石化成型，我把你搬入文字中，你便又是有血有肉、有情有爱的人，便是让你曾经鲜活的生命再活一次，永远活在这白纸黑字中——

还有一件顶重要的事，你要上心、照应。咱们孩子明年就要高考了，学习成绩不错，也在努力。在孩子的教育问题上，我一直记得你的话：等孩子长大了，他们面临的世界是什么样子我们完全无法预料，让孩子健康、轻松地长大，拥有健全的人格才是最重要的。因此，我并未太多干涉她的学习、生活，只是悉心照料、安心陪伴。

曾经，每一年的春夏秋冬不同的季节，我都会事无巨细地安排好一家人的衣食住行，你的单、棉、厚、薄、各种材质、款式的衣服，鞋袜、内裤，我都是一样样精心准备好……

现如今，再也不能为你添衣加裳——

秋凉了，记得加衣。

生命的邂逅

○ 薛　媛（河北保定）

　　有的人浑浑噩噩地走过人生的一春又一秋，难觅欢愉，也鲜有希望的雀鸟驻足心头。有如一帆孤篷，在生活之海四处飘荡，疲惫的心灵、沉重的形骸与他如影随形。但是，每当夜晚来临，熄灯的刹那，却总有一个声音在他心头响起，轻唤着"它"的到来——那与他心灵相约的精灵。它能为他消融一切人间的阴森冷寂，帮他甩落一地的失落与烦恼，为他带去生之力量的淡定、温馨与从容。只是，它在哪里，如何寻觅？

　　其实，"它"并不遥远。当你失意于事业的角斗场，面对来自四面八方的讥诮冷落和谣诼中伤，独自一人蜷缩于被阳光遗忘的角落，它，就是一句励志的话语，及时地在你耳边响起，让你重新看到希望的曙光；当远足的游子历尽世事沧桑，归心似箭重返故乡，夜色迷茫中，旅人步履蹒跚，渴望着停泊休憩的港湾，它，就是巷陌深处那一盏家的灯光，为疲惫的旅人带去温馨与力量；当你在钢筋水泥的都市中奔波了一天，带着满身的尘灰瘫软在座椅上，它，就是母亲从里屋端出的一杯冒着热气的茉莉花茶，缕缕茶香清明着你已混沌的心志，当你再一次踏入外面的世界，激情与活力就从口中那余留的几叶茶梗中生发。也许，你没有俊美的外表，从未遇到过慧眼的伯乐，香车宝马也只是你遥不可及的梦想，这时，"它"就是你不经意间邂逅的一双清亮的眼眸，向你投去欣赏与鼓励，在这双明眸的顾盼之间，你的创意灵感被重新点燃与激活。

世间总有这样一股力量，它有如大地母亲该亚，总能给予巨人安泰以重新崛起的能量。它又像郝思嘉一生眷恋的那片红土地，赋予乱世的佳人直面世间苦楚的勇气与毅力。它，是你在庭前徘徊，满怀的愁思无计可消除时，云天里传来的那声声雁鸣，将你的视线和心绪一齐送入那云卷云舒的万里长空，让你的灵魂摆脱小我的羁绊，从更加开阔愈加高远的境界去俯视尘世里那蚁芥般渺小的名利与得失，一种清明圆融的心境由此而生。

生命里，你是否曾与"它"相遇？如果没有，请不要放弃寻找。如果它已经出现在你的生命中，请用心去感受，并珍惜你的所有。因为，正是它，能让你明了这冷暖人间里幸福的真意。

一曲清欢原生味

○ 汪徐德（浙江温州）

山，还是俊朗。

水，还是清明。

这样的山水，我过年回老家山里，看着不生厌，熟悉并欣幸着。

家门前的菜园，满满的冬菜，绿油油的，郁葱葱的，好一派喜人气象。经霜沐雨，餐风饮露，最自然的生活状态。这块菜园朝南，阳光足，就近，浇灌方便，冬菜长势蓬勃。菠菜，本地种，矮小，叶厚，肥嫩嫩的。随便挖下几棵，洗净，在热腾腾的火锅里滚上几滚，那个青，那个脆，随着舌尖舞蹈，美不自知。芥菜，长得正旺，正在努力扩张地盘；虽然味道微苦，芥菜饭很是爽口。土白菜，个头不高，菜叶肥实，用猪油爆炒，清爽爽的，脆生生的，吃得真是叫个爽。雪里蕻蓬松着头发懒得装扮自己，莴苣的脸被冻得发紫还不忘卖弄风情，葱蒜却在吹响冬天到春天的集结号……

偶尔到菜园篱边的家鸡，探头探脑地往里打量一番，篱笆扎得严实，实在无缝可乘，便三三两两悻悻地离开，直接朝后山奔去。妈妈只是早上给它们喂食，其余时间就要自食其力了。它们还算乖巧，也不讨人厌烦，不到天黑，很少回家，除了下蛋之外。调皮的家伙，偷偷跑回家偷食的也是有的。后山山林不是很大，有灌木，有常绿树，对于家鸡来说，不啻于乐园：穿梭其间，觅食，嬉戏，打闹，散散淡淡的日子自有滋味。生活的烦琐，日子的单调，在几声相互的啼鸣里，就在后山给打发了，不喜不悲。

后山紧挨着一畦畦的山田，早就收割了稻子，剩下的稻茬，一排排倔强着曾经的辉煌。栽了油菜的，油菜长得正好，预示来年菜籽会是大丰收。从油菜田边经过，微风一吹，仿佛闻到了香喷喷的菜油香。来年村里的油坊，一天到晚打着菜油，香飘十里，一定羡煞人了。新鲜的菜油，放到锅里一热，那个香哦，闻着都流口水。长麦子的田里，绿汪汪的一片，有风拂过，卷起绿绿的浪花，此起彼伏，甚是好看。麦子长到开花拔节，小时候的我们可最开心了。信手拔下一根麦子，找到最好的麦节，截成四五厘米长，紧挨麦节处压破，再向上挤压，形成网状，放到嘴里一吹，一根麦笛就做好了。一声声麦笛，或长或短，或缓或急，或逗趣，或婉约，山乡尽在麦笛的环绕之中了。此时，我的耳畔，仿佛还有几声麦笛悠扬着……也有少数没有耕种的田，长出的乱草，裸露着季节的伤。

而山林里，灌木，常绿树，乔木，错杂相生，各自为政，自由自在。马尾松换了秋装，金灿灿的松针大部分都掉落地上了，随风飘落，地上就铺上金黄的地毯。只要踩上去，松软软的，丝丝作响，极其舒服。松针，最好的灶柴，烫豆粑的必备。平时做饭也用松针，易点燃，烧起来方便。小时候，冬天放学，我们小孩子也背起柴篓上山，不到一个小时，就能装满一柴篓，一路欢呼着回家，那个惬意，好有成就感。挎篮子捡松果，可是我们最乐于做的事情。松果易燃，火力还旺。捡松果的时候，运气好还能吃到松树糖，比蜜还甜。今天的小孩子是不大会上山的，更别说用柴篓装松针、挎篮子捡松果。20世纪八九十年代，农家都要养好几头猪，烧柴量大，山上能烧的都是砍的对象。芭茅，小灌木，便是最先被砍光的。砍完松树的树桩，埋在地里深，往往要挖开很深，费力很久，才能把松树树桩取出来。一个松树树桩，能烧很久，烧起来比其他柴火耐烧。再远就是去远的大山上砍柴，来回要走十多里路，大半天才能砍一担柴。现如今去大山砍柴基本没有了，家附近都是柴火，去我家远一点菜地的路上，小灌木长得把路都挡住了。人家养猪少，还兼有电气化烧饭，柴火消耗量自然少了很多。山林的生态倒是愈发朝原始状态进发了。

一到烧饭的时刻，家家的屋顶就飘起炊烟，袅袅娜娜，不约而同。东一家，西一家，猪油炸起，香味四溢，诱人得很。大部分人家还是柴灶做饭，要往灶膛添柴，尽管麻烦，烧出来的饭菜，可口，香甜。这样的菜吃饭，吃着吃着，不觉之间就吃醉了。尤其柴火饭的锅巴，塞进松针一烤，黄爽爽的，香脆脆的，浇上热猪油，那个美无法形容，吃了一块还觉不过瘾。或者倒入米汤，用文火慢熬，熬到香气四溢，盛到碗里，米汤稠浓，锅巴松软，扑面而来的香气就让人垂涎三尺了。每逢喜事，依旧八大碗，团团圆圆，十分热闹。邻里相互帮忙，那个热火劲，那个人心齐，喜事的味道，更浓郁，更芬芳。尤其猪肉是用自家粮食和山间野草喂养大的，香嫩可口，做出来的红烧肉，看着都馋了。用柴灶做喜宴，二三十桌都不在话下。比起大酒店的喜宴来，山乡的喜宴更有味道。

家里喝着纯正的山泉。不用担心什么，烧开了，拿出瓷杯，冲上一杯自家的清茶，慢慢品味山野的美。用山泉煮饭，松软可口，香气扑鼻。田野间的小溪，一路潺潺湲湲，依然清澈，洗菜，洗衣服，任人选择。紧邻的花亭湖，还是碧波荡漾，映着蓝天，映着群山，映着山里人的笑脸……湖里的鱼儿，肥美可爱。湖面鸥鹭翩飞，自由自在。偶尔，三三两两的渔舟轻轻驶过，留下一路清波荡漾在湖中。

不过，耕牛比原来少了很多，长一声、短一声的"哞哞——"不再此起彼伏了。来往水泥路上的车辆，一声声的"嘀嘀——"应和着断断续续的鸡鸣，在远远近近的山野间回响……

如今，老家别墅式的楼房雨后春笋般地拔地而起，生活也是芝麻开花节节高，工业的味道还被挡在老家的宁静之外。但愿我以后回老家熟悉的清欢，依旧还在，让我欣幸，延续很久很久……

一条镶嵌着花边的路

○ 韦汉权（广西大化）

每天和太阳同步，穿行在晨曦中的校园小道，温馨的风中，一张张稚嫩而又朝气蓬勃的脸是一天中最美丽的风景。就这样日复一日年复一年地重复，执着，固守，就像从花朵到果实，也像路和远方。

这其实是一次青春的远行。

许多年以前，同样是小树一样鲜活挺拔的我，一个大男孩，怀揣理想，背负行囊，从一个校园走向另一个校园，那样的毅然决然。那时，真的不在乎前路是如何的荆棘密布，还是如何的顺风顺水，也没有听进任何亲友的好言相劝，朝着所选的路，来了，走下去了。

来到一群比我稍小的孩子中间，和着校园既熟悉又陌生的风声和琅琅书声，圆梦之路启程，那感觉宛如一幅肃穆的油画，它为我人生所历练的道路边，镶嵌了一道多彩的花边。青春，也因此在先抑后扬的授业解惑的过程中，一点一点地闪亮，也一点一点地消耗，一如真理，一晃二十五年，终得以一径在我心里扎根和发芽，开花并结成果实。

古人喜欢用桃李，用栋梁，用蜡炬，用阶梯来形容和比喻。而我此刻却无法用今生所学的言语来概述。

我越是清贫越是固守，这份执着或许源于我的秉性，而我甘愿地辛苦付出，也可能像人们所想的那样庸俗，这算自我雕塑吗？见仁见智吧。我一直感觉我正行走在人生崎岖不平的道路上，既然是路，总是需要人来走的，有亮丽风景，也会有远方和尽头。那些偶尔纷沓而至甚至是层出不穷的挫折和失败，那些与日月同升沉的不眠的夜晚和混沌的白天，那些眼泪强忍而不能忍住的时刻，至今还记忆犹新，但和今生漫长的求索之路相比，这样渺小的履历又何足挂齿啊！

廿五年，最肤浅的表象是从坚挺到佝偻，从青丝到白发，从爱情到亲情，每一步都伴随着不舍和无奈，甚至是伤痛和死亡的威胁，无情地撞击和摧残，而我始终屹立。我可以无须去收受荣耀，也无须获得赞美，更无惧空穴来风般的诋毁。

——纷扰中喜获平淡！

二十五年，春风中的蜜汁已渐渐张开，花虽零落，却如晚春中幻化为花瓣的彩蝶，俯身向着大地的过程让台前台下的求知者景仰，这就是一份与生俱来的幸福，也是一份心与季节交融的深厚遗赠。

我就沉醉在这如诗如梦的风景里。

就像权贵者沉湎于声色犬马，脱俗者沉溺于钟磬经唱。

我不后悔。

我还在续写今生自己的传奇。

一纸清欢，流年声远

○ 路毛毛（甘肃通渭）

　　记忆里的炊烟依旧氤氲着隔世般的静好，故乡的风物人事因那岁月的润泽而愈加满含深情。在走过山长水远的流年之后，才恍惚明白，一生中最快乐无忧的时光，驻留在了那个淳朴简约的村落，一生中最怀念的日子，依旧是年少时恣意徜徉于山野民间的时光。

　　年华似水流深，唯独内心依旧波澜不惊，带着成长必经的喜乐哀愁，一路始终相伴的除了远赴异乡的岁月里遇到的温暖，还有儿时温存的回忆与美好。

　　依稀记得，故乡的春聚秋散永远那么分明，如同一个真性情的女子，带着自己独有的芬芳和明媚，把人生过到真实无欺。那时，放学回家的路上，无意间总会映入眼帘的是梨花似雪的洁白，杏花嫣然的守望，还有种种疏影闲花里的曼妙多彩；随风连绵的麦浪，层次分明的林木，都蕴藏着一份唯有亲身体会才会懂得的农家清欢。常喜欢，沐着夕阳的温存，在它染红半边天之际，和童年的玩伴一起去山上采摘新鲜蕨类，路过"康桥"，总不忘去感受一下海水从脚边漫延的清柔舒适，总不忘拾起几枚被打河水磨圆润的鹅卵石，当作童年最珍贵的纪念。在茂木丛生的林子里兜兜转转，大家一起有说有笑，时时夹杂着回音，偶然找到一方长势繁盛的蕨类，总会惊喜半天，仿佛这就是所有的守望。无论是否满载而归，喜悦的心情丝毫不会缩减。在夕阳只剩一抹酡红，暮色渐渐笼罩村庄的时候，我们一群大大小小的孩子，总会提着自己的篮子，在大人催促回家的喊声里，还不忘回首看暮色下"康桥"两岸波光粼粼的水，温柔静美，不可方物。

那些年，生活简单得如同康桥山边的一株青蕨，在安静明朗的时光里恬淡而纯粹，可以因为一滴水的柔情而供养一颗诗心，也可以因为天边的一只飞鸟而触及一个个渺小又伟大的愿望。每天傍晚时分，坐在自家苹果树旁的石砌台阶上，静静地看村庄里徐徐升起的炊烟，冷暖不一的人生，却一样诠释着安静和谐的日子里独有的清欢。

很多时候，经历时不知不觉，再回首时眷恋迭生。也许离开是成长的代价，或许失去也意味着另一种得到。就像后来在县城度过的三年高中时光，带着叛逆而青涩的年华，写意粉末里肆意飞扬的青春。那时候，心中植满异彩纷呈的愿景人生，似乎，一切都将与众不同，而唯一不会变的是陪伴我的人，永远铭刻着那些年的挚情真善，会陪我走到很久很久，直到发丝成雪。可是，理想太过美好，反而被现实摧枯拉朽，原以为的改变并非如期而至，原以为的陪伴转身即是天涯。有时候，期望太满总是给了自己足够失望的缘由。生活很真实，年华里很多的东西都不是一成不变的，当我明白，有些疏离和淡忘只是一种必然规律，很多事情都不是以人的意志为转移的，懂得聚散随缘，懂得珍惜当下，更懂得回忆足够美好，甘涩相宜才是人生常态时，在每一段年华里都不忘独酌一杯人生的春醪，酝酿岁月清欢。

总有一份回忆，是一个人的独家秘方，在独自行走的岁月里治愈心中的感伤；总有一段年华，在记忆里熠熠生辉，照亮人生中的每一个十字路口。也许，过去无论是欢愉还是忧伤，在经年回首时想起最多的还是那些温暖人心的往事，那些温静随心的瞬间。那么，很多的事情，总是没有原谅可言，很多的回忆，镶嵌着感恩的代名词。

一纸清欢，流年声远，不能永远活在年少，就像永远不能因为一份简单的感动而热泪盈眶，过往只是铺陈，千山万水的跋涉才是生活，冷暖皆尝，方知岁月的深度。无须抱怨经历多少聚散离合，尝遍多少人生百态，才会风干泪水结晶成盐；只需明白，那些凝噎的日子，不只有孤单和长路，更多的是回忆里的温情暖意，关于故乡，也关于情怀；更多的是平平淡淡的滋味，系于生活，也系之理想。

淡淡的秋

○ 张天珍（河南郑州）

一

"独立寒秋……看万山红遍，层林尽染……"

日子过得多了，便也学会了总结。所谓的季节，无非是冷和热。如人，冷暖自知，自知冷暖。

对于秋，虽然一样的三个月，却总觉得短暂的如阑珊的星雨。因为爱上了它流光溢彩的美。

谁都不想熬过了夏，却冻死在秋天里。

谁更不想熬过了夏，却热死在秋天里。

这两种极端的天气在中原的秋天里甚为常见。但在人们的意识里，仿佛秋不冷不热温顺的样子，才是它韵味十足山山水水的画面。再加上"庆丰收""话团圆"的极美的境界，邂逅秋，便不经意间上升到了望穿秋水的期盼。

二

"一番番春秋冬夏，一场场酸甜苦辣。"

时间裹挟着或喜或悲，但无一例外的沧桑感，让岁月有了丰满的情感。

秋是浓情热烈的。像一串串辣椒火辣辣地红；像一捧捧谷穗金灿灿地黄；像一簇簇菊花千娇百艳地开。

这样的热情是让人无法婉拒的。只要你走出家门，到田野村庄，到繁华街市，一定会感受到秋姑娘结结实实的抱，猝不及防，但总会上瘾，于是便欲拒还迎。

如果愿意，一定也会遇到煮字疗饥的陌路人，一壶浊酒喜相逢，话天侃地，或是沉默着会意。没有唏嘘、不必客套，人生况味在静脉曲张的腿部，以你可看可感的状态拘束着你的行动。比石滩的溪流更清澈，比海浪与暗礁的吻更热烈，比粘着手的蜜饯更冲动，欲罢不能且沾沾自喜。

一年的秋啊，便在这匆忘我又忘了我的痴狂中绽开又谢幕，来不及细细品味，晃眼就迷离了身心。只是这浓情与热烈会透支血液，让灵魂在沸腾中消耗，在消耗中沸腾，直至炙烤成冰冷的干枯的躯干。好在冬天会保鲜，满心的又双叒叕期待。

三

而我，更喜欢扑朔迷离的秋。忽冷忽热，阴晴不定，仿佛它是无所不能的超客，运筹帷幄任意行，格物致知天地间。

"秋老虎"将热度持续，最后一搏的田间作物们需要这样的添火加薪，咕咕咚咚的饱满饱满再饱满。家里的长辈们却不管，立秋一到便下了禁食令：生瓜梨枣的酌情还有分配，冰棒之类的冻品却是再也无缘消受了。餐桌上渐渐多了南瓜、红薯这些"红宝宝"。随着汗腺的退居二线，面对大鱼大肉也徒增了不少的食欲。"苦夏"虽然早已成了老皇历，"贴秋膘"却还是照常进行。

又有，"一场秋雨一场寒"。秋季的雨最是纠缠，不下则已，一下便淅淅沥沥的好多天，直冷得刚脱了裙装的姑娘们出门时急火火地翻了轻便羽绒服披挂上身，回家后再撤了凉席，收了风扇才放心。这是相当理智的。更多的人则是不死心，上午英勇就义般穿了短袖出门，乖乖嘞，冻死个好冷狗啊。下午果断换上长袖衬衣，不行，冷！晚上坐窗边喝个茶翻会儿书，早已换上针织衫，可是不行，还是有点儿冷！第二天再加上个风衣外套，方才觉得找到了久违的体温。

等风一停雨一住，火辣辣的太阳照旧当空照，气温直线上升。可想而知，那个慌乱哟，咋收起来的东东们还咋乖乖地拿出来吧！

四

秋的魅力在于让你抓狂又恼不得，活色生香的一个局。

像邻居顽皮的小土娃，入得水捉鱼捕虾，上得树摘果采花。潋滟的秋波，婉约的秋光，层叠的秋色，淡淡的清秋。

恰若一位从隐约的山中飘落凡间的仙子，纤尘不染，无羁无绊。不卑不骄，不怒不怨，就那样亭亭玉立地呈现。

正如人，随性也要有个性。推宠自我，不是为了吸引眼球，而是要活得精彩，足够负起必须的担。不急不躁，不喜不悲，淡淡然描绘出自己的画卷，圈点上一个大写的人字的名。

有时候你会觉得很累，那就贮粮吧，备好穴，让自己无烦扰无挂牵地长长地休眠、疗伤。将所有落魄与不堪再回炉重造，锻冶出亮丽的颜以最风情万种的姿态播散。待到叮咚欢唱的溪涧涌来纷纷雨落的春赞，记得要满血复活哦！

你可以藏一时，但不许躲一世。每个人都是这世间最可宝贵的礼物，要想馈赠，趁着秋意正浓，物华丰厚，好好地精心妆扮吧！人生是场远游，你是自己的主角，谁都替代不了。

你可以什么都没有，甚至没有双足，只要有一颗不安分不屈服的心便可远游。行囊与腰包不是必需的。往往，心灵的自由要比身体的移动更能换得恬淡丰富的思想。

远游不是为了永远地离去，而是为了更好的归来。

五

"树高百尺，叶落归根。"可以歇脚的地方叫驿站，可以安心的地方叫故土家园。一年有四季，四季各不同。相同的是，它们都是时间的孩子。

身份贵贱，地位高低，对于它们一文不值。质地坚定的它们从来不会为谁冷为谁热，为谁多一分少一秒的偏差。人类能够战胜得了极地寒冰，战胜得了赤道炎酷，又有谁能战胜得了岁月轮回，人生无常呢？

回归最初的样子吧，你本来就很美。要知道，人所能拥有的一定比它想要拥有的更有价值。你可以凭着你所能拥有的去交换、去争取你所想要拥有的，却不能飘在你想要的云端去左右你所能拥有的。

六

所以，不如每个季节我都爱，经纬分明，淡淡的感怀。分分秒秒以诚相待，真心真意不虚此生。

"一声梧叶，一声秋"，满地梧叶，淡淡的秋。

素心若雪

○ 李　妍（云南会泽）

————————————————————————

　　昨日小雪，今日亦小雪。昨日的"小雪"是中国农历中表示季节变迁的24个特定节令之一，始于秦代，带有浓厚的传统文化气息；今日之"小雪"是说素有"天使之城"美誉的会泽今晨下了立冬以来的第一场雪。它小小的、细细的、柔柔的、软软的，落在身上，似母亲的手轻轻地抚摸着你，勾起你久远的思念；又似情人间的呢喃，缱绻缠绵，伴随着清新的空气、醉人的花香、轻抚发梢的微风、晶莹剔透的飞花碎玉，构成了一幅妙不可言的画卷。

　　于我，一次小小的受伤，让很多希望如肥皂泡般地破灭，搁浅了说走就走的旅行，更因无法去大海草山赏雪而惆怅。尽管骨折在家休养，可我不想老躺着，度日如年的感觉让我做梦都想走路。当医生告诉我可以适当走几步促进血液循环，以加速康复时，如听到天籁的我赶紧行动起来，昨日便在拐杖的帮助下开车去接儿子。车启动的一刹那，我喜极而泣！原来我并不是废人！我依然可以做事！依然可以为儿子做点什么！也许我的举动的确触动了儿子，回到家里，他主动坐到书桌前看起书来。那一刻，吾心甚慰！我还求什么呢？就算我再也不能恢复，就算我终身残疾，就算我走路的样子再也不会完美。那又如何？我曾经健全过，我曾经体验过阳光下奔跑的快乐,我曾经为了集体的荣誉在球场上挥洒过汗水。我还有什么好抱怨的?这样的想法让我昨夜睡了一个骨折以来最踏实的觉,做了一个最甜美的梦:我梦见自己变成了一朵雪花,袅袅娜娜、缠缠绵绵,逍遥着到海角、到天涯。想着、梦着,我笑醒了,睁开双眼,入目一片黑暗。可是,我的心中却有了隐隐的期盼:要是天亮就下雪,那该多好啊!

晨起推窗,嗬!真的下雪了!这种欣喜难以名状,拔腿就想向楼下跑去。脚踝处的疼痛提醒我:别激动!苦苦一笑,我慢慢地拄着拐杖下楼,此时双拐撞击楼道发出的"嘟嘟"声听在我的耳中是别样的动听!这该是世界上最美妙的音乐了!"走"到门口,我小心翼翼地踏进雪地,任由纷纷扬扬、飘飘洒洒的雪花钻进我的衣服,亲吻我的肌肤,顽皮地和我捉起了"迷藏"。它们可爱的小小的白羽毛好像吹落的梨花瓣,零零落落、忽忽悠悠。仰起头来,雪飘在我脸上,落在我的睫毛上,还未来得及展示它的美丽,便凝成水珠,自眉睫垂下,宛如无声无息的泪滴。我贪婪地和雪花玩耍着、嬉戏着,偶尔张开手掌,采几束雪花,让思绪跟着飞扬。闭上双眸,静静感受雪花飞舞的梦境,有一种叫作伤感的东西在蔓延,让人不禁在这片雪白和冷意中回味,寻觅那个曾经的自己,重温那或喜悦或哀怨的时刻。微风拂过,雪花"簌簌"地从树上落下来,落到我的身上,也落到我的心上,让我想用文字来纪念眼前的景色,纪念此刻的惆怅。

到底,人是不能够逞强的。不过几分钟,我就感觉伤腿有丝丝的凉意,很快寒意侵透全身,一股钻心的疼痛自脚底袭来。我不敢大意,马上回到屋里,钻进暖乎乎的被子,好一会儿才缓过劲来。捶着自己包得像粽子似的右脚,我不得不承认自己的无能为力,对别人来说轻而易举的动作,于我却是一种奢望。不止如此,变成奢望的东西还有很多,曾相约和友人到大海草山踏雪寻香;到东川红土地看上帝打翻的调色板;到金沙江去感受"金沙水拍"的气势磅礴!看来都得留待春天了!

雪是自由的、知性的、优雅的。它飘在天空无忧无虑,散落地上真真切切。它的美丽与哀愁,是生命中永不褪色的记忆。它的生命虽短暂,但却在世上留下了刹那芳华,绚烂了整个冬季。人生若雪,爱雪,爱生命。所以,我不会抱怨,也不会消沉。为了自己,更为了关心我的人,我一定会听取医生建议，坚持锻炼，努力让自己站起来，抬头挺胸行走在阳光下，行走在春天里！

感谢生活的磨砺，给予我一些纯美的回忆，让我能够常常回味岁月的温馨；感谢生命的精彩，许我一段清浅的时光，让我与雪花同行，让雪的纯净再次洗涤我的心灵。未来的日子里，无论生活给予我什么样的馈赠，我心依旧！

夜阑人静书香浓

○ 李忠元（吉林长岭）

夜晚适合独处，独处是读书写作的好时光。我总喜欢选择夜深人静的时刻，坐于电脑桌前，读书写作，激扬文字。

夜阑人静，写稿感觉累了，还可以躺在家里的大床上，捧来一本小说，徜徉在书的海洋里，随主人公一起做人生沉浮。

我是一个爱读书的人，即便是在手机等移动终端充斥的年代，我也还是喜欢沿袭捧书阅读的习惯。捧着纸媒阅读，不伤视力，可闻书墨清香，我总感觉这样读书才有一种厚重的实在感。

捧一本书读，不但可以掌握知识，有时感觉读书之外，就像在捡拾以前生活的一个个片段，那种闲适的意境让我倍感亲切和温馨。

其实，小时候还没有入学时，我就已经迷恋上了读书。那时，父亲和哥哥十分疼爱我，一到夜阑人静的夜晚，他们忙完农活，便躺在家乡的土炕上，手把手地教我数数、认字、写字。进步快的话，我还可以得到房梁上挂着的果篮里的一枚西红柿作为奖励。

年幼时，每弄到一本书，我便央求父亲或哥哥给读几遍，然后自己再读，一边学字，一边汲取了知识，从那时开始，我便对书产生了浓厚的兴趣。

那时的我勤奋好学，记忆力超强，在每夜的物质激励和辅导下，我在未入学时就已经学会了不少字，而且能读懂一些小人书读物。

上学后，我接触到了更多的书籍，就开始迷恋上了文学。随着自己年龄的逐渐增长，自己买书、藏书的同时，还经常向同学、亲友借阅。同学们知道我爱读书，每买到一本书，总是先借给我读。

告别校园后，我幽居于小村，仍不辍读书。我除了零星购买一些中外名著外，还在邮局订阅了一些书刊，一边读书，一边练笔。那时，我读书真的达到了痴迷程度。白天忙没有时间，我就在晚上挑灯夜读。看累了，就干脆把一大摞子书抱上床，躺在床上看，看困了，就睡在书上，常常是枕书而眠。

我爱读书。读书使我增长了知识，教我学会了创作。渐渐地，我的散文、诗歌、新闻作品开始陆续登上省内外各类报刊，渐渐有了点小名气。

因为创作成绩突出，这之后我又被聘到镇里工作。在领导的关心和指导下，我读书的兴致有增无减。为了方便读书写作，我常常住在办公室里，每天读书到很晚才能入睡。为了激励自己读书写作，我在案头写下了"勿忘昔日寒窗苦读三更灯火五更鸡，挑战今朝卷土重来而今迈步从头越"的座右铭。

即便是结婚以后，读书的热情反而有增无减。在我这个小家，人不多，妻子、女儿和我。可这三口人都是一等的书迷。我每天读书，激扬文字指点江山，沉湎于书之海洋无以自拔，是我家书之世界的中流砥柱，是个真正的书痴；妻子学的是专业知识，充实的是业务；年岁最小的女儿呢，用她自己的话说——每天捧着自己的书看个没够没够的。

这也许是受大人的影响吧。女儿还是褓褓小儿的时候，我就有意培养她读书的兴趣，总是坐在她跟前朗读唐诗宋词及我们喜欢的各类文章，希望通过自己的不懈努力潜移默化地影响她，弄得邻居们常常半含嘲笑地问：你们家孩子那么小，她能听懂吗？其实，我只不过想努力培养起她读书的爱好和热情而已。功夫不负有心人。等孩子长大了一点儿，果然嗜书如命，让我深感骄傲和欢喜。

夜阑人静，是读书的最佳时间。每到晚上，我们一家三口坐在大床上捧读各自的书本，那阵势让许多亲朋汗颜。

女儿睡前必须给她讲故事，不讲故事她就睡不着觉。因此，有时候，我或妻子就得放下手中自己看的书给她讲，往往是讲着讲着，一家三口同时进入了梦乡，即使是在睡梦里也能闻到馥郁的书香。

时光荏苒，岁月如梭，如今我已经步入中年，我不但是个读书者，还摇身一变成了全国知名的作家，将读书写作变成了职业，但我还是非常怀恋小时读书的那段温馨的日子。

那时的农家夜晚，一切都显得静悄悄的，坐于窗前月下，或灯前，捧一卷书，潜心研读，耳畔或有蟋蟀长鸣，让这夜色更深，也更幽静。

夜阑人静，我放下书卷，望着窗外的夜景，不免追忆起那些美好的往昔，那些过往的人生岁月里的点点墨香，常常萦绕在身前背后，让我倍感温馨和怀恋。

古桩情缘

○ 龙水蓉（四川成都）

大邑郭氏庄园，雪山大道某段时光。

刚下车，就与一树小果相遇，像野生未熟的小番茄。果上，还淌着清晨的小雨珠。这是金弹子，而阿蝶记忆中的金弹子，分明是更小巧的金色。

哇，好多金弹子！纷纷欢叫，纷纷跑过去，围绕一树挂满金弹子的盆景，听它在风中摇曳的前世，听郭老娓娓道来。

金弹子，是一种树桩盆景。它的茎干挺拔，虬曲自然，色泽如铁。它的果、花、叶，都可观赏。园里树桩盆景，多数都是几十年、百年，甚至千年……

郭老，七十来岁，像一个老农民，却浑身艺术细胞。他的前半生，一手酿酒，一手园艺。他的后半生，完全将酒厂交给儿子打理，潜心钻研园艺。全国各地奔波搜寻奇异古树桩，不惜半生赚下的血汗。

庄园里，多以金弹子树桩为主，梅树桩等次之。

各种形状的树桩，每一树结出的金弹子，都不尽相同，或梨形或椭圆。一颗颗未熟的果，仿佛一个个顽童，嬉戏在枝叶间。一阵风过，纷纷摇头晃脑。

沿石径行去，遇一树罗汉松，虬枝曲折，绿荫如盖。众人纷纷围在树下仰望、询问、感叹它的身世。一棵铁脚海棠，一边隔空偷听来自红尘的打扰，一边与紫薇的粉在风中对望。始终不舍，任秋风在空枝扬鞭、在心海奔腾。任一树六月雪，染白含笑女子的双鬓？

阿蝶弯腰在细叶里，听雪。

一树空梅桩，形貌优美地默立池畔。仿佛望梅的女子，默默守在彼岸，等一片寒雪，催开一朵俏红？

抬头、低头，一颗早落的金弹子，躺在盘根错节的古桩前。阿蝶拾起在掌心，悄色的凉，瞬间蔓延。仿佛，正在渐深的秋。

抬头，低头，又遇一树树古。各种形态、各种表情。一些像山石、苍松，一些像动物、睡佛，一些像孩童、老人，一些像眼睛、嘴巴，或舞蹈、或相拥、或顽皮……

寂园幽幽，石径流连。紫薇含笑，人影低语。园林深处，罗汉苍劲。一池绿藻，海棠去年。雪影绰绰，六月再现。金弹树身，红白斑驳，仿佛巨石，躺在硕大无比的青石盆。故事层叠，它们究竟婆娑多少时光？故事层叠，它们究竟挥别多少清泪？有的来自军阀之家，有的来自王宫深处；有的来自深山老林，来自江浙、云贵……

隐在深山百年、千年的古桩，被自然风化得几乎朽木。当它被发现，被郭老从千里之外，救回庄园。一息尚存的它，在郭老悉心照料和陪伴下，一月月、一年年，竟是慢慢苏醒，慢慢鲜活了。这期间，郭老和徒弟一直深入研究它的习性，为其构思、嫁接、设计一套套"新装"，精心培植出一款适合它的叶子和果型。

漫步石径，一园深处又一园，仍是形态各异的树桩，仍是满园金弹垂爱。

金弹子，又名瓶兰花，花色乳白。4月花开，形似瓶；5月挂果；10月绿果，变橘红或橙黄。金弹子，在成都或龙泉，也叫金刚子、算盘子。花香若兰，却无法解释和提炼……

鸟语花香，旧事久违。

一圈塑胶黑格子，安静护盆泥的画面，让阿蝶忽想起黄河北岸防风固沙的"麦草方格"。为此，她曾一度陷入想象，想象风沙肆虐的北，母亲河和父亲山是如何携手护佑那片土地，将其喂养成丰饶的"塞上江南"？

　　一朵白花秋水仙，几朵萱草花，一株神仙草，在角落里寂然生长，自在欢喜。两根硕大的褐黑乌木，静静躺在旁侧。其中一根乌木，已空心半截，任阳光漏进去、任风雨漏进去、任时光漏进去，任我的好奇漏进去，打听它们曾在哪朝哪代、哪片古河床，与哪朵花香鸟语一起经历地震和泥石流？被深埋淤泥，百年、千年甚至万年？最后，炭化作"东方神木"。

　　郭老说，一直舍不得卖，也一直没想好要将它雕琢成怎样古朴、典雅、仪态万千的艺术品，呈现其沧桑饱满的东方美。他怕不谨慎的雕琢，会亵渎"东方神木"的神韵。所以，他宁愿将其置于园，沐浴天地精华。等一朵刹那，恰好而至的灵光……

　　被压扁的金弹子树来自贵州，是被几个山民慢慢用铁镐、铁锹敲打，从石头里解救出来。这受尽大自然恩赐又受尽大自然摧残的生命，它顽强地活着，是否就是为了等一个懂它、疼它、护它，重新燃起生命之绿的伯乐？

　　郭老，就是它等的伯乐。它来到园里，从此被人敬仰、颂赞。

　　那些山民，和长在深山的树一样，靠天地生存。他们靠山吃山、靠水吃水，锻炼了各种生存技能。当昏迷在深山的古桩，被发现后，派不了大型机器上山。于是，靠山吃山的山民被请来，小心翼翼地将硕大的古桩挖出来，慢慢抬下山。山民抬着树桩，深一脚浅一脚，翻一座山又一座。那时那刻，那情那景，古桩与山民，命运紧密相连。一起历经艰险，跋山涉水，终于平安抵达庄园。

　　山民回去，继续靠山活着，听草木悄然回填一座山，忽然的空。古桩从此留下来，留在庄园，慢慢苏醒，慢慢活过来。在时间的安抚和陪伴里，从一座山迁徙而来的记忆，慢慢地结痂，被时光包裹成一枚血色的琥珀……

　　古桩不渝，天地不朽。

林中有隐客

○ 祝宝玉（安徽颍上）

炎炎夏日，行于山林之中，爽凉无比。

我随于后，看树，望山，听鸟鸣。张老大在前，行色神秘，谨慎而行，他呀，我了解，是个文人，神经质是免不了的，所以，我不在意。他前日在电话中约我去山中访友。我也是闲散无事的人，便答应了。

山路渐窄，愈往前行，愈不见路了。我突然心生畏惧，怕他万一迷了路，他孤家寡人倒不惧生死，我还有一家老小呢。我跟紧他的脚步，他也不言笑，弄得我也紧张兮兮。掏出手机，没一点信号，坏了，我心惴惴不安。

你小子熊样，张老大揶揄我，他从我的表情上看出了端倪。我咧嘴笑笑，尴尬极了，酒桌上我自诩生死度外，此时却胆小怕死起来了。张老大端着指南针，自言自语说，应该翻过前面的小山冈就到了。他的话，恰如一阵清风，吹散开我心头的焦躁。好了，这下不会葬身虎狼之腹了。

果然，山冈之后，陡然视野开阔了。我嘿嘿，道，真有桃源的味道。张老大瞥了我一眼，很不屑。他的境界总装得比我高。仔细瞅看，山下林间竟隐约有三五人家，白墙黑瓦，十分耀眼。张老大诡秘一笑，自顾往前走。我紧跟。下山坡，道路渐渐明朗，是乱石铺就的。遇一小溪，溪上有搭建的简易木桥，走在上面，摇摇晃晃。鸡鸣也清晰了，有老羊咩咩在叫，看来此处有人居住。

入林中，风清清爽，吹得人心思荡漾。山外山内，差异大矣。张老大开始吊书袋，"连峰数千里，修林带平津。茅茨隐不见，鸡鸣知有人。"我一时没听清，问他，他告我回去找度娘。我颜面大失。这首诗是我问度娘之后补上的，真贻笑大方了。老诗僧道潜的诗句，这人是苏轼的好友。想来和苏轼能交朋友的人都不是一般人物。比如这个张老大，我虽不喜欢他，但在外人面前提及他的名号，我自豪无比，脸面有光。

林深处，有房屋四五落，篱笆围院，开一柴扉。我俩停在一院前，门首有木匾，上书"林中人家"。张老大大吼"王麻子"。进来吧，应该是王麻子在屋里回应。我俩推门进去。院落内干干净净，栽有翠竹七八竿。屋是由土石垒成，很是朴拙。进屋，那厮端坐蒲团之上，也不回头看我们。我和张老大坐在桌前，自顾倒茶解渴。半个时辰后，王麻子从神境中归来，变成了俗人，骂道，你个狗崽子，让我好想啊。

由王麻子相陪，我们拜访了他的邻居李瘸子、刘法子，都是淡漠人间的方外之士，他三人在五年前结伴隐居于此。真是妙啊，我心羡不已。与他们交谈甚欢，有相见恨晚之感。我与张老大逗留三日，游戏山林，喝酒谈天，十分逍遥自在。

我与张老大归，他三人送至桥边，挥手返去。我想，他们怕是再不愿踏进红尘一步了。这样好，熙熙攘攘的尘世只是我等俗夫寄身的枯木而已，怎比得他们拥三千绿林，快乐逍遥得好。张老大一路无语，出山林时，我竟见他眼角湿润。问他何故，他说风沙迷眼。

我读书，我快乐

○ 曾潇然（四川成都）

　　英国哲人培根说过，读史使人明智，读诗使人聪慧，演算使人精密，哲理使人深刻，道德使人高尚，逻辑修辞使人善辩。总之，知识塑造人的性格，提升人的品位。

　　人人都知道，爱别人与被别人所爱是一种快乐，能够将爱人之心推之于众生，更是一种快乐。而读书就让我体会到了爱的真正内涵。美国诗人埃米莉·狄金森说，如果我能让一颗心免于破碎／我就没有白活／如果我能为一个痛苦的生命带去抚慰／减轻他的痛苦和烦恼／或让一只弱小的知更鸟／回到自己的鸟巢／我就没有白活。在诗人的心目中，生存的意义就这么简单：让一颗心免于破碎、为一个生命带去抚慰、让鸟儿回到自己的鸟巢。其实这就是一颗爱心，她告诉我们生存的意义在于奉献，用爱心去关注周围的一切事物，才会得到真正的快乐与幸福。台湾地区的证严法师说："发大心者，必有大力；发大愿者，必有大福。"也许你的一次善良的举动、一张温暖的笑脸、一个会心的眼神、一声真诚的问候都会使别人感到快乐。正因为如此，史蒂文生说：快乐并不总是幸运的结果，它常常是一种德行。

　　读书之中，尤以读诗为重。的确，读诗不仅是一种感悟，更是一种享受。一首好诗是一道永恒风景，诱惑着我们；是一泓清碧的山泉，滋润着我们；是一片缤纷的落花，熏陶着我们。中国是一个诗的国度。当苏东坡的"一点浩然气，千里快哉风"吹到我耳中，当王勃的"落霞与孤鹜齐飞，秋水共长天一色"扑到我的眼前，当林逋的"疏影横斜水清浅，暗香浮动月黄昏"浸入我鼻中，我不禁为诗词所征服，心里萌生了一种信念：身为中华儿女，应与诗词签下亘古不变的契约，受她的润泽！

如果说读诗是含英咀华，那么品诗就是探骊得珠。同是写送别，李白说："孤帆远影碧空尽，唯见长江天际流。"王维说："劝君更尽一杯酒，西出阳关无故人。"王勃说："海内存知己，天涯若比邻。"……真是不同的人有不同的感慨啊。这与个人的生活体验、文学素养不无关系。难怪孔夫子说："诗可以兴，可以观，可以群，可以怨，迩之事父，远之事君，多识于鸟兽草木之名。"诗让我们眼界开阔，让我们进入一个全新的天地。读诗使人聪慧，真非虚言啊！而读史呢，则更能使我们提升境界。在那么多的史书中，我最喜欢《史记》。翻开《史记》，太史公司马迁笔下的人物就栩栩如生地浮现在我的眼前：淮阴市井之中，身材高大的韩信无奈地放下手中的长剑，匍匐钻过少年屠夫的胯下，那是一种怎样的屈辱啊！然而正是它成就了英雄千古不衰的功勋；魏国囚室之中，满腹军机的孙膑凄然地望着遭受酷刑的双腿，呆傻地抓起一把猪屎，那是一种怎样的悲壮啊！然而，正是它铸炼出英雄百折不挠的性格；狭窄的石屋之内，衣衫褴褛的勾践卧薪尝胆；如豆的油灯之下，周游困厄的孔子韦编三绝……"穷且益坚"，这就是《史记》英雄共同奏出的那个时代的最强音！掩卷而思，英雄的精神对我们把握人生的方向难道会没有启迪吗？

……读书让我明白拥有清贫是一种快乐，拥有苦难也是一种快乐，拥有一颗纯净的心灵是一种快乐，拥有爱更是一种快乐。当然，读书在很多时候是一个漫长、艰辛的过程。可是，"会当凌绝顶，一览众山小"。一旦我们征服了书路上的那些艰辛，蓦然回首，我们就会有一种不可言传的快乐。这种快乐，不仅是一种坚定，一种信念，更是一种超脱，一种升华。在我心里，读书永远是一种快乐！

话说菠菜

○ 曹文生（陕西洛川）

入冬，天地空了。

白菜入窖，萝卜埋于土下，在豫东平原，也许只有菠菜，才有些傲骨。一丛丛，站在北风里。

苏轼云：北方苦寒今未已，雪底菠薐如铁甲。这个四川男人，一定不适应北方的寒。或许，一场雪，只剩下菠菜，念叨着手中杯。

或许，菠菜是一种与人心靠得最近的蔬菜，春天有它，秋天有它，冬天也有它。春嫩冬绿，用来形容它，最恰当不过了。

入冬，摘一把菠菜，切一块豆腐，一起炖着，这汤，是天地间最素的汤，白似玉，绿如翡翠。

有人说，菠菜豆腐汤，有一颗干净的心，我相信，在中原，无肉不欢，唯有菠菜豆腐汤，在锅里念佛。

母亲常对我说，菠菜性格恬淡、温和，如一老人。给菜分性格，我是第一次听见，母亲常这样给我们说。也许，生活到了一定境界，便能与草木对话了，只是我远在草木之外。

很多人，似乎没有真正打量过菠菜，它的根圆锥状，带红色，叶如戟。这叶子，有英雄气，让我想起三国的吕布，唐朝的薛仁贵，一柄方天画戟，立于当世。

　　据《唐要会》记载：菠菜是唐太宗贞观二十一年，尼泊尔国王那拉提波作为贡品传入中国的。

　　这菠菜，是富贵命，或许在盛唐，吃菠菜、喝清酒的人，都是豪门。

　　后来，它流入百姓家。

　　中原，是种菠菜的大户。

　　有时候，母亲一边做饭，一边让我猜谜语。母亲虽然是文盲，可肚子里全是乡下的趣事，"红嘴绿鹦鹉"，一出口，把我难住了。

　　红与绿，似乎是一条主线。

　　可是，我猜不透，一个人，猜不透这个谜语，也就猜不透了生活。母亲一边摘着菠菜，一边偷笑，我似乎顿悟，这菠菜，救了我。

　　红的根，像一个鸟喙。怪不得人们叫它红根菜、鹦鹉菜。真是形象啊！入冬，一只只伏于地的红嘴鹦鹉，在迎风而长。

　　说起鹦鹉，便想起两句俗语："金镶白玉板，红嘴绿鹦鹉""金砖白玉版，红嘴绿鹦鹉"。这两句俗语，和两个帝王有关，一个是乾隆，一个是朱棣。一个，没事就喜欢往江南跑。入贫家，无可招待，豆腐入油，煎黄，外加一把青翠的菠菜。焦黄的豆腐，绿的叶，捕获了帝王心。另一个，也说法相似，不过是豆腐干和菠菜的配合。这些帝王，吃惯了大荤，吃一口素淡的菜，便念一辈子。

　　在春天，柳树鹅黄，菠菜叶肥了。

　　母亲，摘回来一下，洗净，不切，整株过沸水后，入凉水；红薯粉，过沸水；一起搅拌，然后加盐、味精、老醋，最后以一滴香油收尾。

　　这是春天里，我最喜欢的吃法。

　　可是，远在江南的汪曾祺，在文字里描写拌菠菜的过程，竟然和北方相似。他把菠菜切碎、剁成碎泥，加虾米、姜末、蒜末，把老醋和芝麻油掺在一起，然后浇在上面。

　　这是两种做法，反映的是两种性格。北方人粗枝大叶地吃，而南方人，要吃就要吃得细腻：菜，要切碎；味，要慢慢品尝。

　　或许，这吃法，农家不常见。

　　在一些饭店里，经常出现的是扇贝拌菠菜、红油鸡丝菠菜、菠菜芝麻。

一些人，看到菠菜端上来，便有些不悦，在乡下，这菜吃不完，好不容易上了回饭店，本来打算开开眼，吃顿荤菜，却还要吃菠菜。

量小不说，还贵得要命。

猪心菠菜汤，或许一些人吃不惯。绿的叶，有佛的清瘦，然而一颗心，悬浮于汤内，善恶需人读。

说起佛，便想起了一些诗句"头子尖尖脚似丁，只宜豆腐与菠薐，释迦见了呵呵笑，煮杀许多行脚僧"，这菠菜，与佛有缘，总能看透佛心。素，与佛本就最近。在寒冬季节，素且不畏寒者，也只有菠菜了。

南唐钟谟，给菠菜取一个雨花的雅名，天女散花，如雨零落。这或许，是一个信佛的人，胡想的，我不信佛，也杀生，不喜散花的虚名，倒是来一盘碧绿的菠菜，更让我欢喜。

我在意吃，胜于念佛。

一个人，没事干，夜半读书，突然遇见一片春天。春天来，吃法渐多，是我喜欢的逻辑。

员兴宗说："菠薐铁甲儿戟唇，老苋绯裳么染口，骈头攒玉春试盘，掐指探金暮翻韭"。一片春色，野菜躺了一地。

我是那个迷恋野菜的人。

菠菜，也混在野菜中，一点一点，把年华散在风里，散在雨里。

我是那个躲在诗词里研究吃的人，或许好吃于我而言，是一种宿命。儿时太贫，吃法甚少，吃相难看。

和我一样吃相难看的，还有一个耿直的大臣，叫魏徵。太宗，是个帝王，不喜别人在耳边聒噪，这魏徵偏不停地说，太宗问人计策，长孙无忌说，用菠菜招待他。

一桌子的菠菜宴，这魏徵仍说帝王旧事，太宗以为他不喜欢菠菜，准备让人撤下，这魏徵忙说"臣最爱菠菜了"，或许，这长孙无忌是魏徵的知音。

在陕西，有一种面，叫菠菜面，面与切碎的菠菜，和在一起，绿绿的，煮沸，加上油辣子，色相好。

我吃过几回，很是喜欢。

菠菜，或许能救命。

古代道士居多，道与医，多半是一体的。如今道巫分离，一个无限拔高，一个心生恐惧。

道士，喜欢炼丹，这重金属超标，一般人吃了，或许是短命的，许多人借菠菜化解丹药带来的不适感。菠菜，以贫寒之身，入富贵之体。

汪曾祺，除了研究吃，也喜欢画。没有了绿染料，便用菠菜汁代替，这是他儿子汪朗在文字里说的。

一个人，入菠菜太久。

打开画，一阵扑鼻的菠菜味，在空气里弥漫，只是这画，见者很少。也不知道，这绿色，会不会变色，如果变了色，或许是一番风趣。

我的家乡，很贫穷，与书画无缘，也许只有满地的菠菜，比画中物，更鲜活，更有味道些。

我没有汪老的雅。

他也没有我贪吃的俗。

秋风中的黄桷树

○ 赵洪禄（四川巴中）

　　初秋的巴河格外温柔祥和。滨河北路麻柳湾桥头的黄桷树撑开遮天的华盖，伸展一片浓阴。每天都有许多人到这里来唱歌跳舞，享受浓阴下的清爽。

　　每天早上八点左右，就有一位老孺人推着轮椅到这里来。她叫张述华，今年61岁，住状元桥街72号楼。她曾是一名环卫工人。轮椅上坐的是她丈夫，叫李仕益，比她大3岁。老李是个农民，中风3年，全身瘫痪，四肢不能动，有口不能言。咽不下食，鼻孔长期穿过一根灌食的软管；嘴角不停流口水，述华每隔几分钟就要揩揩擦擦；大小便失禁，一日数次更换尿不湿，净身清洗。推他到树下来，不是述华自己喜欢歌舞，而是要让丈夫呼吸户外的清新空气，听听音乐，活动筋骨，企盼恢复知觉。

　　轮椅推到树下，解开系在腰间的带子，蹲下架起丈夫的双臂，再直起身来，是背，是驮？然后迈开沉重的脚步，一步、二步……慢吞吞，晃悠悠。背久了，驮累了，扶着他坐下，捶、捏、按、拿，从头到脚，前胸后背。或扳开手掌让其撑扶，或分开双脚让其摇动……总之，一刻不停。

　　我问她："累吗？""累。"她说。"有没有产生过放弃的想法？""没有。""生活有困难吗？""有。""跟子女住一起吗?""没有。""每个月收入多少，支出多少?""我当了 17 年环卫工人（打扫街道），自己买的养老保险，现在每月领千把块钱，老头子没有养老保险，每月领残疾补助 70 元。但每月必须开支 4000 多元，每月单是医药费就要两千多。""不足部分从哪里来?""我有两个女儿，都在外地打工，每月各寄 1000 元。"

听了她的话，看了看黄桷树，我想，眼前这位头发斑白的老妇与黄桷树何其相似。黄桷树不因土地瘠薄而枯萎，不因逆境袭来而退缩。无论是烈日暴晒，还是霜雪寒冻，依旧巍然屹立。受到打击，坚韧不拔；遇到困难，随遇而安。天旱，不等上苍的恩赐；雨急，从容面对。哪怕浑身皲裂，却依然郁郁葱葱，截取半枝，插在土里也能发芽生长；斩断根系，移去异地也能成活。述华，人如其名，毕其一生表述着中国妇女的传统美德，表述着人间华美的品性。正如这株高大的黄桷树，只有奉献没有索取，给人凉爽不图回报。她曾经是巴城的美容师，为市民送去清爽。而今则是病残丈夫的庇护神，不弃不离，守护着，延续着一个濒危的生命，要让相伴终生的生命之树不倾倒，不枯朽。物华，没有使她迷失；磨难，却让她更加坚强。她用行动，诠释了"相濡以沫"。她，恰似这秋风中的黄桷树!